每個祕密都有眞相……

馭光者

〔3〕破碎眼　The Broken Eye　中

Brent Weeks

布蘭特・威克斯——著　戚建邦——譯

馭光者

各界好評推薦

「布蘭特．威克斯的書寫自成一格、直接真實，讓讀者忍不住持續投入他的故事。無法移開目光。」

——羅蘋．荷布

《刺客》系列暢銷作家

「布蘭特．威克斯真是寫得太好了，甚至讓我有點不爽了。」

——彼得．布雷特

《魔印人》系列暢銷作家

「『馭光者』系列樂趣無窮。無人能如布蘭特．威克斯般完美駕馭刺激驚人的劇情大逆轉。」

——布萊恩．麥克雷倫（Brian McClellan）

《火藥法師》系列暢銷作家

「冷硬派奇幻，刻畫出複雜精細、讓人驚艷的魔法奇幻世界！」

——Buzzfeed 網站

「死前必讀的51部奇幻小說」

「故事情節就像天才大師間精心布局的精彩對弈。」

——《出版人週刊》

「威克斯筆下的史詩奇幻與其他當代作品截然不同。充滿想像力與創意，爲其他同類型作品設下了極高的標準。」

——網站 *graspingforthewind.com*

「純粹，富有娛樂性的大長篇。」

——網站 *The Onion A.V. Club*

「建構完美的奇幻，讓人難以自拔。」

——網站 *Fantasy Book Review*

「魔法系統獨特，動作場景精彩，權謀算計，顛覆情節，讓譯者一拿到續集就想立刻開始翻譯的故事！」

——戚建邦
本書譯者

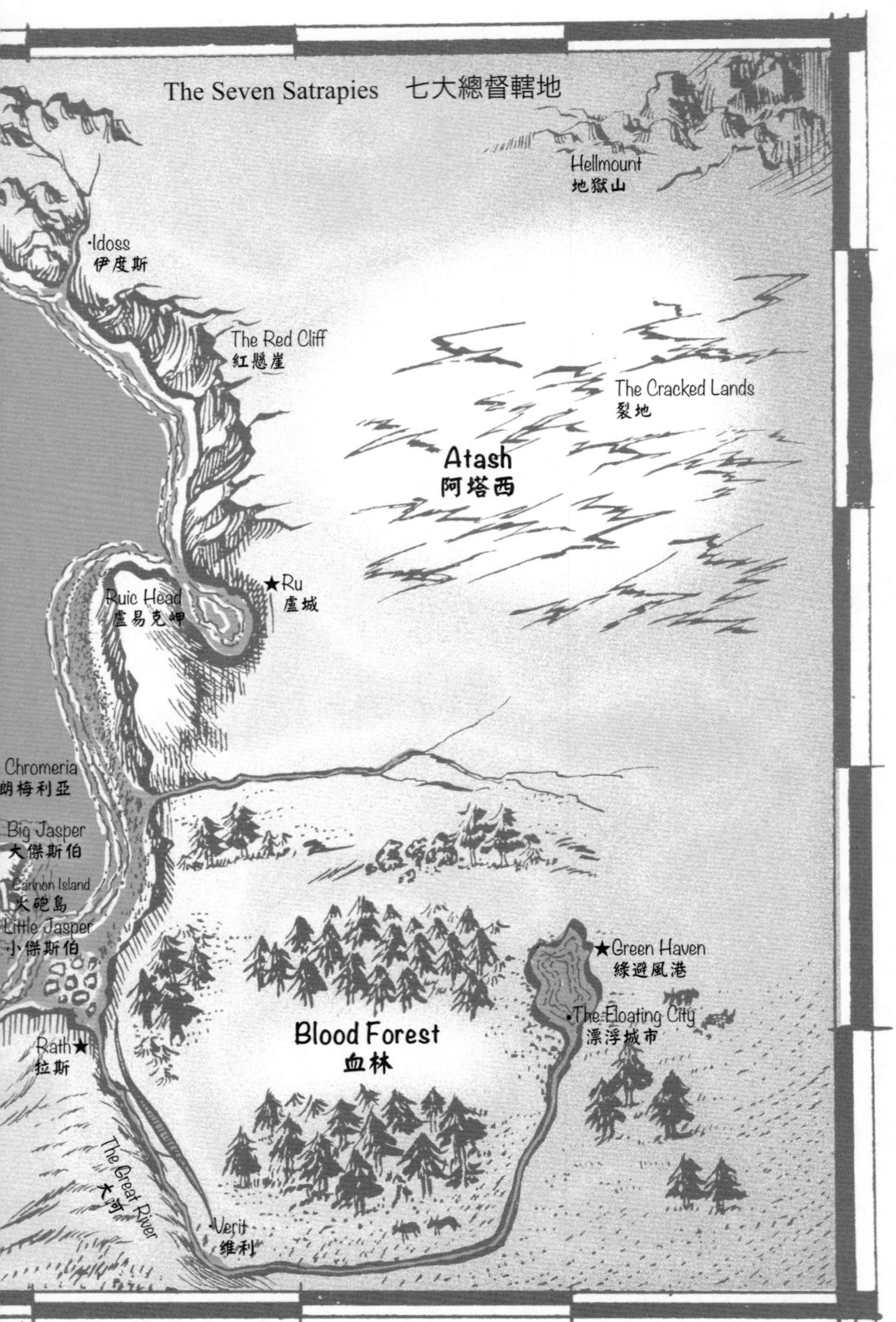
The Seven Satrapies 七大總督轄地
Hellmount
地獄山
Idoss
伊度斯
The Red Cliff
紅懸崖
The Cracked Lands
裂地
Atash
阿塔西
Ru
盧城
Ruic Head
盧易克岬
Chromeria
朗梅利亞
Big Jasper
大傑斯伯
Cannon Island
火砲島
Little Jasper
小傑斯伯
Green Haven
綠避風港
The Floating City
漂浮城市
Blood Forest
血林
Rath
拉斯
The Great River
大河
Verit
維利

The Great Desert
大沙漠
Crater Lake
克雷特湖
Tyrea
提利亞
Kelfing★
凱爾芬
Umber River
昂伯河
The Badlands
提利亞荒地
Rekton·
瑞克頓
Karsos Mountains
卡索斯山脈
Atan's Teeth
阿坦之牙
Garriston·
加利斯頓
The Everdark Gates
永恆黑暗之門
The Cerulian Sea
瑟魯利恩海
·Smussato
斯慕沙托
·Pericol
培里寇
Ilyta
伊利塔
Wiwurgh
威爾
White
Mist
Reef
白霧礁
The Deeps
大深海
S
Cravos·
克拉沃斯
Abornea
阿伯恩
Odess·
奧迪斯
The Narrows
娜若斯
Azûlay·
阿蘇雷
·Tabes
塔貝斯
Aslal★
阿斯拉爾
Paria
帕里亞
Ruthgar
魯斯加
·Aghbalu
阿格巴魯
The Verdant Plain
維丹平原

地圖插畫：黃靄琳

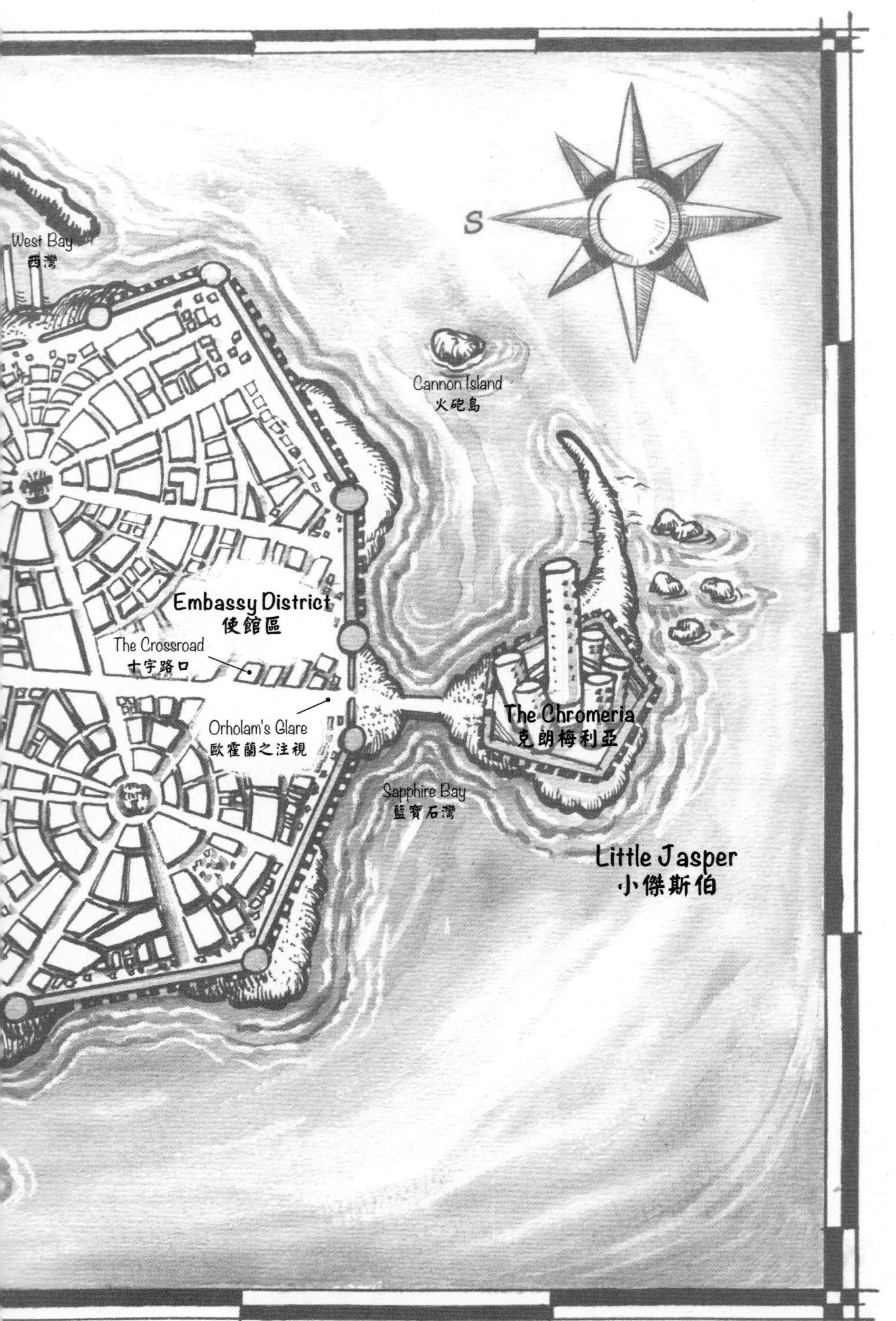
S
West Bay
西灣
Cannon Island
火砲島
Embassy District
使館區
The Crossroad
十字路口
Orholam's Glare
歐霍蘭之注視
The Chromeria
克朗梅利亞
Sapphire Bay
藍寶石灣
Little Jasper
小傑斯伯

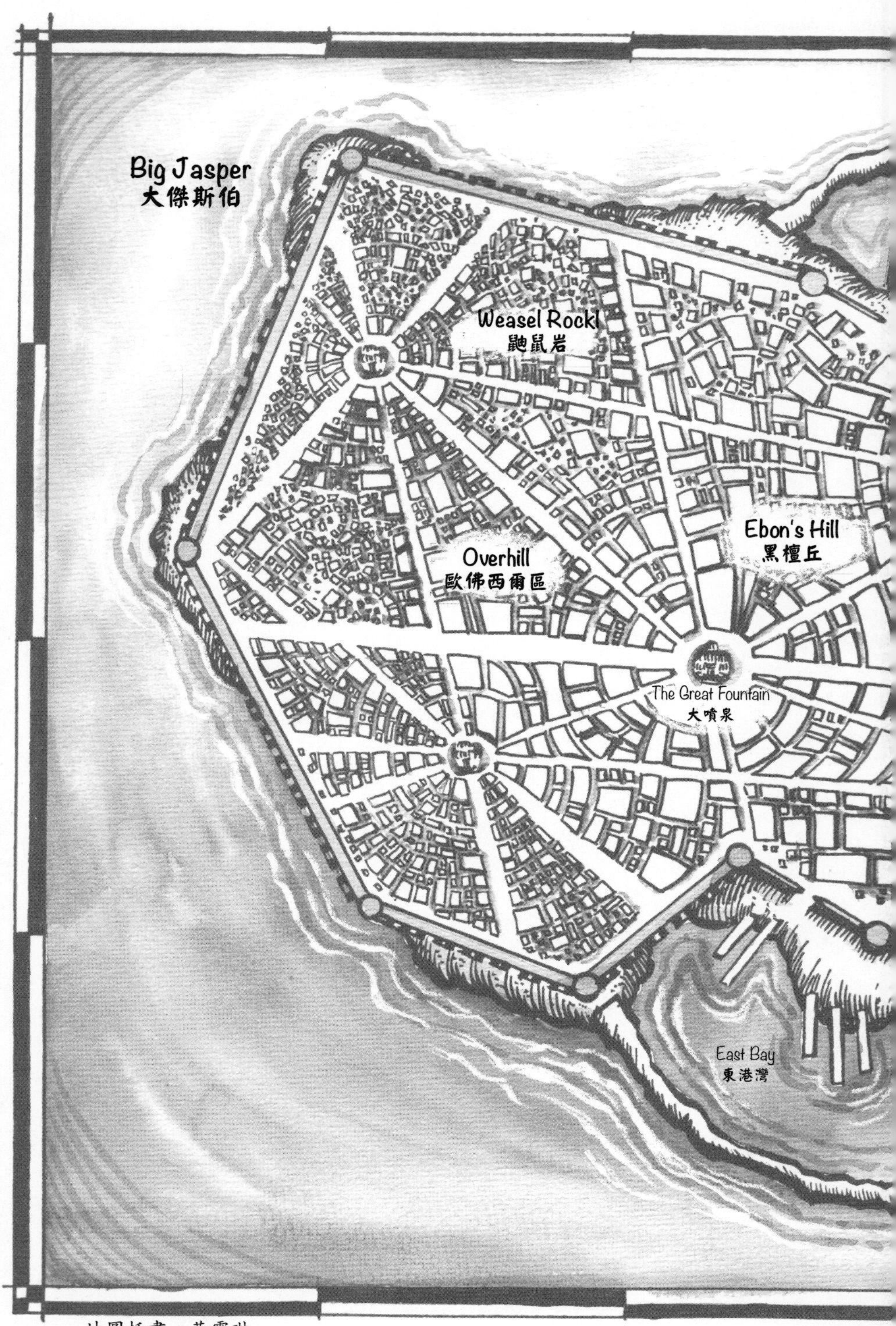
Big Jasper
大傑斯伯
Weasel Rockl
鼬鼠岩
Ebon's Hill
黑檀丘
Overhill
歐佛西爾區
The Great Fountain
大噴泉
East Bay
東港灣

地圖插畫：黃靄琳

The Lightbringer

馭光者

[3] 破碎眼

第四十章

基普不曉得爲什麼自己會覺得驚訝。他以爲只要進入管制圖書館，問題就能迎刃而解。就好像得努力爭取某樣東西，那就會是好東西一樣。眞相沒有那麼容易找。那些書裡寫滿了盧克教士不想讓別人發現的事，但找出基普需要的部分——而且他根本不曉得要找什麼——困難多了。

禁忌圖書館變成小隊的第二個家。當基普沒和卡莉絲訓練、上課或參加黑衛士訓練時，就會跑到那裡。如果安德洛斯・蓋爾一開始對於基普用他的許可證帶朋友一起進去圖書館感到不悅，也都在基普回報盧克教士私下違背普羅馬可斯的命令後舒坦多了。

基普很肯定安德洛斯和高等盧克教士進行了一場非常不愉快的討論，但他當然沒有親眼看到。他同時也很高興安德洛斯阻止了所有可能會對昆丁採取的報復行動。但這位年輕學者對此可沒抱有多大期待。「光永不遺忘。」他說。

「呃？」基普問。

「我們用這句話形容盧克教士很會記仇。」昆丁說，目光始終沒有離開那本古神學書籍。昆丁大多在做自己的研究，爲了寫一份論文而利用基普提供的權限閱讀禁忌文獻，但他同時也成爲了小隊的重要資料來源和好朋友。

「歐霍蘭慈悲爲懷。」關鍵者說。他已經讀完當天的書，在幫基普尋找研究黑牌的書。他從攤在面前的卷軸前往後靠回椅背。

「怎麼了？」弗庫帝問。

他們全都圍著一張桌子坐。弗庫帝和戴羅斯——他去年才學寫字，閱讀速度還是很慢——幾乎和班哈達一樣爲功課所苦，班哈達識字多年，問題在於書上的字彙在他眼前亂飄。

所有人都放下手邊的事情。教廷禁止了很多超無聊的東西，不過他們三不五時還是會發現好料。

大里歐說：「你不能瞞著不說。我已經看了顯花植物兩個小時。顯花植物耶，關鍵者。顯花。植物。」基普很喜歡大里歐。他母親是巡迴馬戲團的雜耍員，父親是馬戲團壯漢。他們死於僞稜鏡法王戰爭；弗庫帝說那是因爲里歐的父親不懂打鬥的技巧，空有一身蠻力。大里歐誓言要成爲最強的戰士，永遠不當弱者。他除了汲取紅或次紅時會變得比較激動外，基本上是個幽默風趣的人。

關鍵者說：「我有點知道綠法師崇拜——」他左顧右盼，突然臉紅。「抱歉，提雅。」

「閉嘴，」她說。「繼續。」小隊成員大部分時間都把她當男孩子看待，但是小隊成員和提雅對於她不想被當成男孩子看的時機往往有不同的看法。

他搖頭。「聽起來很有趣，是吧？狂歡、爛醉、跳舞、還有，呃，神廟女侍——」

「神廟可不是只有女侍。」提雅說。

他們看她。

「別起頭。」她說。

關鍵者清清喉嚨。「呃，總而言之。我剛剛看到一份種植儀式的指示。那是，呃，一份教人怎麼準備嬰兒獻祭的指示。重點不光是如何從這麼小的身體裡移除心臟，還要讓音樂在嬰兒開始嚎啕大哭時轉強，以免信徒……失去信仰。」

整個小隊的人沉默了好一陣子。「歐霍蘭詛咒他們。」大里歐說。

「那個我還可以接受。我是說，我聽過他們把嬰兒丟入火裡的故事，而在我看來……」關鍵者聳肩。「那只是故事。但這個……最可怕的部分在於，這裡詳實記載他們如何從大批嬰兒中挑選祭品，『有鑑於往往只需要一打嬰兒，但是願意提供小孩獻祭的父母實在太多了』。這並不是邪惡祭司從某個年輕媽媽懷裡強搶嬰兒。他們是自願的。我們的祖先。我們的族人。他們怎麼能這麼做？」

昆丁說：「我可以說話嗎？從前有名叫達江的戰士祭司，據說他曾做過所有戰爭中最醜陋的惡行：屠殺、謀殺、刑求，還有更可怕的，每一件都駕輕就熟。他本來是個異教祭司領袖，但後來私下皈依盧西唐尼爾斯，經過在九大國度中的七個國家裡爭戰不休的一輩子後，他弄瞎自己一隻眼睛，遷居提利亞，以修行者的身分度過餘生，每天都會爬到——呃，一座雕像，或現在成爲裂石山的地方或——關於這點有一些爭議，然後——不重要。他餘生的三十年裡每天從早到晚祈禱，還有——更多不重要的細節。他說過：『我們一生中大部分時刻裡，歐霍蘭都有理由讓我們心存恐懼，但有些時候眞相乃是唯一能讓我們內心平靜的東西。』」

基普說：「你是要告訴我這就是我蹺掉『聖徒人生』課所錯過的東西？濫殺無辜的戰士祭司在瑞克頓郊外度過餘生？我爬過那座雕像！」

「完全錯過重點，粉碎者。」提雅說。

「你得先撐過很多堂課才能聽到好故事。」昆丁承認。他們全都笑了一會兒，而他們都知道自己只是在用笑聲蓋過剛剛聽見的事情。他們都準備好要跳過那個話題了。

「就是有點『先審視內在，但也要注意外在』的意思？」提雅問昆丁。這是句古諺。

「差不多——原文出於安布羅修・阿布拉克斯：『首先審視你最深沉的內心。認清自己，一如歐霍蘭認清你，然後再去審視迫害你之人的所作所爲。』有些聖人很會說話，其他的就……」他微笑。關鍵者還是很嚴肅。「這就是我們的敵人。這並非個人犯罪——不是一個壞祭司壓迫一群懼怕他的人。這是一整群人迫不及待參與明知是邪惡的事情。」

「沒有證據顯示法色之王的手下幹過這種事。」班哈達不安地說。

「這是他們要我們返回的生活！」

「他們搞不好根本不知道這個。」班哈達說。「卷軸在這裡，圖書館裡。他們怎麼——」

「你是他們的人嗎？」關鍵者問。「你讀完這份記載，然後告訴我這種事不能解釋克朗梅利亞為什麼要派盧克裁決官前往世界各地。」

現場一片死寂。所有人裡，昆丁的臉色最難看。「那是……教廷史上極為黑暗的一章。我們不太願意提起。」

提雅說：「有謠言指出高等盧克教士已經在考慮重新賦予教義部一些從前的權力。」

昆丁搖頭。「有些盧克教士會說這種蠢話，沒錯，但我不認為高層會這有這種想法。」

「但是他們沒有出面闢謠。」基普說。

「他們怕了。」昆丁說。「但不會對恐懼屈服。我們可以相信他們。」

「我敢說第一次建立盧克裁決官制度的時候，大家也是這麼想的。」班哈達說。

「不過昆丁說得沒錯。」提雅說。「他們應該要擔心。每次聽說戰爭的消息，都是盧易克地峽那種節節敗退的消息。就連捷報都毫無道理可言。贏了西塔拉之泉？然後兩週後又在阿密頓打了場勝仗？我們的敵人會回頭趕往下一場『捷報』作戰？我認為我們只有在吃敗仗，只是有人謊報戰功。」

「談夠戰爭了。」關鍵者說。「我認為我們不該繼續看這些書。這些書之所以被禁都有很好的理由。我認為這些知識最好消失。」

「你不是認眞的。」班哈達說。

「看看我剛剛說的那份記載。」關鍵者說。「我無法忘掉它！我甚至還沒把全文唸給你們聽。後面更糟。而且我也沒看完。我認爲在某些事情裡，別人的想法比我們周全，這樣有錯嗎？」

「我不會讓任何人幫我思考。」班哈達說。

「那或許你不該加入黑衛士。」關鍵者大聲道。「因爲你一接受命令，就是在讓其他人幫你思考了。」

「夠了！」基普說。「關鍵者，我很抱歉你看到那個。如果你不能繼續看，那就別看。但我必須繼續。」

「有必要嗎？你甚至不曉得你要找什麼。」

這是他的痛處。他們翻閱了數量驚人的族譜：克萊托斯・藍就和大部分貴族一樣，幾乎與所有人都有血緣關係，儘管他們發現一打醜聞的線索，但都與克萊托斯沒有直接關係。想要不做出這是在浪費時間的結論越來越難。基普回道：「如果你無法承受人可以對人做出多麼恐怖的事情，那或許眞正不該加入黑衛士的人是你。」

現場陷入死寂。

關鍵者溫暖的目光變得冷酷。「粉碎者，不管喜不喜歡，我們都會參與這場戰爭。戰爭會導致這張桌旁某些人死亡。戰爭會改變所有人。但那不表示我們該急著擁抱那些改變。大部分改變都不好。」

「這些書可以讓我們取得戰勝的優勢。」基普說。

「這些書最大的用處就是教我們禁忌魔法。」

「用以防禦！」提雅說。「我們要怎麼防禦不懂的東西？」

「知識是火槍。你可以只把它當棒子使用，但你會這麼做嗎？當你生命受到威脅的時候？在我看來，真正的奇蹟在於盧克教士有辦法隱藏這些知識這麼久。粉碎者，露希雅在我懷中死去時，那一刻裡，我願意墮落，去學所有已知或未知的魔法，只要能幫她報仇。」

所有人的表情都嚴肅了起來。年輕的盧克教士一副快要昏倒的樣子。對墮落的話題太過敏感，基普想。

「這不光只是危害我們的靈魂，」關鍵者說。「如果我們使用這些……法色之王的手下也會使用。」

「如果想得出來的話。他們沒有這些書。」提雅說。

「他們可能有自己的書。」班哈達說。

「但如果他們在和我們作戰的過程中學走了呢？」關鍵者說。「到時候他們就會認定必須使用這些魔法，因爲我們在用。」

「他們很可能已經在研究這些了。」大里歐說。「我們禁用這些知識——他們痛恨我們，想要消滅我們。現實一點；他們不會受自己不相信的信仰束縛。」

「這樣等於是展開武力競賽。」關鍵者說。

提雅說：「不是我們展開的；我們只是在他們穿越終點線前起跑。」

「想要結束武力競賽唯一的辦法就是獲勝。」班哈達說。

「這種勝利根本沒有贏家。」關鍵者說。

「失去理想總比失去性命要強。」基普說。

「你們都同意這麼做？」關鍵者問。

沒有人覺得很興奮，不過大家都點頭。「或許這件事該聽基普的，隊長。」弗庫帝說。「我是說，他是馭——噢！幹什麼，提雅？」他伸手揉肋骨。

她瞪他。桌旁所有人都在忍笑。

「喔，對，我們不討論馭……馭……小隊成員？」弗庫帝說。

所有人唉聲嘆氣。大里歐把臉埋在掌心裡。

「又說這個？」基普說。他知道他們如此推測。所有人都想活在歷史的關鍵年代裡，對吧？如果你沒有驕傲自大到幻想自己就是馭光者，次好的選擇肯定是認定你認識他。「你們不是全都這麼想吧？」

「那麼，」提雅轉變話題。「是，隊長，我們全都這麼想。」

關鍵者長嘆一聲。他逐個凝望他們的臉。「我不能領導不服從號令的手下，所以我同意這麼做。但是我要你們全都記住這個時刻。我們是有得選擇的。」

基普想要繼續馭光者那個蠢話題，但是現場氣氛實在太凝重了，提那個會很尷尬。

他們回去念書。漸漸地，他們又開始抱怨古時候的用語、老師要他們學多少知識，或是黑衛士訓練——或是對昆丁來說，抱怨自己還沒辦法破解管制圖書館和所有常見的歸類法都不一樣的編排書目方式。

起身離開時，關鍵者把班哈達拉到旁邊。「班。說句話。」

基普留下來。

「班，這個小隊就像一具身體。我們都要扮演不同的角色，但我們得攜手合作。我要知道——」

「因爲我說我不會讓任何人幫我思考？」班哈達問。

「對。」

「關鍵者，」班哈達說。「我不認爲你知道怎樣對我來說才是最好的做法。但我相信你知道怎麼對小隊才是最好的做法。對黑衛士。他們比我重要多了。這就是我聽你號令的原因。我會一直聽你號令到死爲止。」

關鍵者氣勢緩和，突然間不再是個擔心的領袖，變成快樂的年輕人，很高興能找回朋友。

「再說，」班哈達說。「大家都需要個屁眼。」

關鍵者嘆氣。

「你聽到了嗎？」基普說。「他自願要收全隊隊員的大便。」

「我的意思不是說我是屁眼。」班哈達說。

「每次都會用大便笑話收尾，是吧？」關鍵者說。

「在航海用語上，大便【註一】的定義就是——」提雅開始說。

「別說了。」

「啊，只是個蹩腳的【註二】——」

「不要。」

譯註一：大便（poop）也有船尾的意思。

譯註二：蹩腳的（crappy）也是大便的衍生字。

第四十一章

似乎每當基普以爲已經摸熟克朗梅利亞時，就會發現還有更多更多沒到過的地方。今天，他和卡莉絲約在藍塔下的工作室碰頭。這裡有熔爐和玻璃窯爐，每面牆前都有工作櫃，至少擠了上百名男女，有馭光法師也有普通人，全都有指定的工作要做。

儘管沿著一面牆上全部都是窯爐，工作室裡卻完全沒有煙，溫度也只比外面高一點點而已。到處都是通風管——除了導引空氣，還導引光。基普一輩子見過最純淨無瑕的透鏡在桌上投射用以汲色的完美法色。這裡就是研究光線工藝和盧克辛實際運用法門的地方。四面八方都有人看寫著他們在樓上計算結果的紙張和書寫板，比照計算與實際應用上的不同。

基普看到他的私人老師站在一個相貌普通、膚色白皙的女人旁邊，那女人的金髮在腦後綁成一條大辮子、袖子捲起，皮膚上隱約浮現綠色和黃色，但她肯定才剛三十出頭。這個女人正迅速消耗自己的生命。

基普看到卡莉絲對他招手，便走了過去。開始指導基普後，卡莉絲也開始穿著上好的服飾和最新流行的打扮。基普問過她一次，她說因爲身材瘦小，很多人會以爲她比實際上年輕，於是質疑她的權威——這在她眼中算是挑釁，而這種情況太常發生了。只要看起來像蓋爾家的人一樣有錢，卡莉絲就能免去一些不必要的口舌。基普知道她寧願換上黑衛士制服，但她只有在和基普一起訓練的時候才會穿，而且即使在那種時候，她的「黑衛士制服」也是紅色或綠色的，不是黑色的，雖然那些布料成本較高。她生命中的那個階段已經結束了，她說。從說那句話時一直不和基普目光接觸的模樣來看，她顯然覺得十分傷心。

「這位是菲比．卡莉珍娜雅女士。」卡莉絲說。她的頭髮最近變成栗棕色混搭一點更淡的顏色，看起來很富有，但是很無趣。她還把頭髮留長到擔任黑衛士期間絕對不會留到的長度。

「她是最能掌握黃魔法的黃超色譜法師。比加文還精準。卡莉珍娜雅女士，這位是我丈夫的兒子，基普。」

「叫我菲比女士就好了。」女人說。「我是工藝大師，在這裡，那比與生俱來的頭銜有意義多了。」

「黃超色譜法師不就是與生俱來的嗎？」基普問。

賤嘴基普。但這一次他沒有瞇起眼睛，神色尷尬。他一直凝視著她。

「啊哈！或許，但我努力善用這項與生俱來的能力。盡量避開其他與生俱來的東西。」她微笑，露出門牙間的大牙縫。

「所以，妳比稜鏡法王還厲害？」基普問。

她看起來好像咬了一口檸檬。「只是在一些小細節方面。我絕不可能造出明水牆，這我可以肯定。」

「那你比他厲害的地方是？」

菲比女士望向卡莉絲。「他眞直接，是吧？」

「讓人耳目一新，」卡莉絲說。「有時候。」她瞪了基普一眼。他懂她的意思。

「我和稜鏡法王合作過，指導過他。」卡莉珍娜雅女士說。「他懂盧克辛。卡莉絲說你也一樣。他的特色就是透過膽大妄爲的手法創造出美麗驚人的作品——一整面黃盧克辛牆，誰敢嘗試這種做法？更別說是在大軍壓境下。但……明水牆缺乏優雅。以黃盧克辛為建材，可以做出一面強度達到需求——能承受砲擊——的牆，只要加文的牆三分之一厚。當他無法肯定時，就會選擇加量，向來都是加量，而不是坐下來用紙和算盤仔細計算。」

「我不是在批評他，眞的。如果你擁有無止無盡的汲色潛能，為了速度增加汲色量也是很合理的選擇。其他人那樣做的話，不出幾天就會油盡燈枯。我們得用優雅的方式取代粗暴汲取。加文另一個長處，就是記得一切細節。老實說，那樣挺惹人厭的。每當設計完成後，我都會看到他盯著設計圖，在手裡翻來轉去，然後就把設計記在腦子裡了。十年後，你叫他重建同一個麵包冷卻架，他還是有辦法做出一模一樣的。那很驚人。但是！我們不是來討論加文・蓋爾的，而是來教你的。我聽說你是超色譜法師。」

測試他的老師的話在他耳中響起：怪胎。「有人說男性的超色譜法師就像條會叫『我愛你』的狗——」

「很新鮮，但沒有先例？」她皺起鼻頭。「塔溫莎・黃金眼是天賦異稟的老師，比我還高明。但同時也是個婊子。卡莉絲說她拒絕教你。即使卡莉絲親自上門施壓也一樣。直接拒絕。」

「說我是妓女。」卡莉絲說。她似乎並不覺得幽默。

「抱歉？」基普問。

「無所謂。如果她沒有拒絕，菲比女士就不會接手教你。」卡莉絲說。

「你了解，如果我教你，而你日後有機會在黃金眼的學生面前露一手，我要你放手去做。這表示你得比她們強。」

基普微笑：「樂意之至。至少在這一點上，我還像我父親。」

「你能汲出穩定的固態黃盧克辛嗎？」

「狀況好的話。」基普說。

「等我指導完畢後，你會記下如何在……呃，八秒內從記憶中製造出黃盧克辛劍。」

「三秒，」卡莉絲說。「最多。太陽節前。」

有一瞬間，基普想起在裂石山的古戰場上搜刮寶貝，在日出時分找尋黃盧克辛的反光。固態黃盧克辛是最值錢的盧克辛。在泥巴裡挖來挖去，吐口水在石頭上，用已經髒兮兮的袖子擦拭乾淨，抱著微薄的希望期待可以有錢買晚餐，而是不再度靠人施捨，討厭自己，討厭母親，然後深感罪惡。

現在一切大不相同。他不確定原因，但經歷了這麼多重大改變，卻是這點小事觸動了他的內心。**就算失去了現在的生活，我單靠製作黃盧克辛販售就能過著在瑞克頓時難以想像的富裕生活。**所有繼承而來的財富和地位都只是身外之物。但這點小事眞正屬於他所有。他再也不可能回到從前的生活了。辦不到。

「四個月？」菲比女士說。「嗯。你的記性和父親一樣好嗎？和他一樣聰明嗎？」

「不，差得遠了。」基普說著返回現實，拋開所有自我感覺良好的想法。

「至少你比你父親謙虛，也不是說這有多難。」菲比女士說。「很好。我會讓你比他更用功。我們這些平凡人得工作謀生。一天一個小時，小蓋爾。」

「兩天一次。」卡莉絲說。「他還有六種法色要練習，加上黑衛士訓練。」

基普哀號一聲。很小聲。太大聲會被卡莉絲唸。

「可惜了。」菲比女士說。「我本來打算讓他去做各式各樣的粗活呢。看來只能用來上課了。」

就這樣，基普展開所有法色的課程。基普不知道卡莉絲是威脅、勒索，還是哀求，但每種法色她都幫他找了一個老師。她讓他去上一些學校的課程——工程學和一堂基本歷史課——但要他蹺掉其他課。聖徒語錄可以晚點再學，她說，如果他活下來的話。他的老師全是一時之選，毫無例外。有些老師是專業領域的佼佼者，像菲比女士。其他人單純就是很棒的老師。

卡莉絲親自教他格鬥，融合汲色與黑衛士學員所學的世俗戰技。她說等其他囊克開始在格鬥中融入汲色時，他要不是會變得更強，不然就是更糟——其他人只要弄清楚怎麼融入一、兩個法色就好了。基普要學七種。

人一生中要學得東西太多，她說，等到女人學全的時候，身體狀況已經變虛弱了。但她還是盡其所能地教他。

即使得在她本人不能汲色的情況下教他汲色，她仍是個好老師。她有種不可思議的能力，能察覺他什麼時候會想偷懶，但並不會嚴厲懲罰他。

他看得出來她也在調適自己的新角色。當她陪他走出藍塔，進入黑衛士集合的大練習場時，他看見她眼中流露出悲傷。

費斯克訓練官向她手搥胸敬禮。她本來要回禮的，後來阻止自己，點頭回應。她是貴族仕女，不是黑衛士。

基普跑去排隊前想到一件事，脫口而出：「他會回來的。我保證。」

她沒有否認自己正在想這件事。「這個世界並非總是這麼慈悲，基普。」她突然轉身離去，抬頭挺胸。姿勢僵硬到讓基普知道，如果她不這樣離開的話，就會崩潰。

和母親差太多了，她只要讓人唸上兩句就會變成抽海斯菸或喝酒的藉口。他希望母親有卡莉絲一半淑女。

這個想法讓他想起辛穆。歐霍蘭的大便呀。基普的誓言似乎變得一天比一天值錢了，那個他當初樂意提供，用他不需要的本錢購買需要情報時所立下的誓言。

基普從常常找他去玩牌的安德洛斯那裡得知，卡莉絲在戰後失蹤了一段時間，一年多後才回到克朗梅利亞。

那並非什麼不尋常的事情。戰爭有超過一打方法可以摧毀家族，很多老衛士在裂石山大戰後根本沒回家。也有人消失許久，返回各自的總督轄地，修復家園，雇用或訓練新人取代在戰爭期間慘遭殺害或放逐的人。許多家族無法繼續戰前的閒散生活。一個曾經不可一世的家族後裔失蹤一年，根本沒有什麼值得一提。

安德洛斯說他調查了很久才查出當時發生的事情。卡莉絲跑去血林找遠房親戚，然後把孩子留給他們。

她依然以爲那是祕密。但就算基普願意冒險觸怒安德洛斯，打破誓言，他又怎麼能揭開別人引以爲恥的瘡疤，然後把事情越弄越糟？

「妳以爲不爲人知的那個兒子？安德洛斯知道得一清二楚，而且準備要把他帶來這裡。妳兒子可能只對安德洛斯效忠。喔，他除了野心，沒有任何人性和情感。」不管基普怎麼想像這段談話，情況都會急轉直下。還先不考慮安德洛斯展開報復。

我是賤嘴基普，結果這件事情居然沒辦法脫口而出。

安德洛斯曾在一場牌局中停下來凝視他。基普一直在打探戰爭的消息。上次聽說的時候，克朗梅利亞輸掉了盧易克地峽，不過——不管提雅如何嘲弄——打贏了西塔拉之泉，以及一座名叫阿密頓的小鎮戰役。安德洛斯當然知道最精確也最即時的情報。安德洛斯說：「這些話不能和別人說，懂嗎？」

「當然。」

「我們節節敗退。還會繼續敗退幾個月。冬季風暴會吹沉所有運送援軍或軍需品的船艦。我們盡量集結兵力，努力拖延時間，阻止他們行進。要等太陽節後才能把所有物資投入戰局。我們會損失整個阿塔西，或許三分之一的血林，看情況。」

「那麼糟？」基普問。有些人還認爲現在總督轄地聯手抗敵，很快就會獲勝。

「更糟。」接著安德洛斯好一陣子沒有說話。

「男人的誓言代表什麼意義，基普？」

他不是眞的要聽答案。

「一個男人的誓言除了把意志化爲言語外，還代表什麼意義？如果男人說假話，用意志抵抗言語，那這兩者是不是都被削弱了？」

基普肯定把懷疑——不是針對這些話，而是針對說話之人——表現在臉上了，因爲安德洛斯說：「你會發現，孫子，儘管我常誤導和操弄——」

「說謊。」

「對，說謊，」他說得好像這兩種說法沒有差別。「但我幾乎從不發誓。當我發誓時，就會遵守誓言。絕不違背。打從歐霍蘭賜給人類理性之光後，人類就擁有說謊的能力，如同呼吸一樣自然，沒有意志作爲後盾的言語。所有人都能分辨謊言和誓言的不同。發誓。創造的時刻本身就是一個與完美意志完美結合的完美字眼。」

「你相信那種話？」基普問。「我以爲你是無神論者。」

嚴厲的眼神回到安德洛斯的彩色眼珠裡。「我希望你不要在公開場合用那個字來形容我，不管有心還是無意。」

「絕對不會。」基普說。

他怒氣平息了一點。「我和大多數人……抱持不太一樣的信仰。歐霍蘭是個在遙遠國度裡制定法令的人。祂是上千個世界的王。祂滿足於這種權威，至於人類的行為則大部分或完全不值得引起祂的注意，他們的愛和恨、成功與災難——」

「但是他們的謊言不是？」基普問，透過插嘴強調自己的論點。

「石頭會注意到你為了讓石頭落下而放開手嗎？歐霍蘭是立法者。年輕的情人逾矩通姦，生下私生子時，他們不會受罰。那是體系允許下自然產生的結果。你難道跟盧克教士一樣蠢到看不出這和無神論者之間的差別嗎？」

「歐霍蘭是關懷世人的神。」基普說。不是因為他相信，純粹是想看看安德洛斯會怎麼說。

「祂願意賜給我們合理又一致的法則，這確實是關懷的表現。這些自然法則適用於虔誠的信徒、判教者、異教徒還有生存在未知海域之外，從未聽說過『歐霍蘭』名號的人。我認為這種說法比某個擁抱某些人又懲罰某些人的大鬍子神祉要關懷世人多了。」

基普心裡浮現直覺。你要怎麼應付一團欺瞞和誤導的迷霧？把那個渾蛋拖到陽光下。

「我很喜歡和卡莉絲一起訓練。」基普說。如果爺爺不是在做基普以為他在做的事，這段話就會顯得牛頭不對馬嘴。

但安德洛斯・蓋爾一臉愉快地拍了拍手。「幹得好，孩子。」

「這一堆歐霍蘭和自然法則的說法就只是要提醒我，發過誓不告訴她辛穆的事情？」基普問。

「劍常用的話就會變鈍，頭腦則會變聰明。」安德洛斯說。但只是在拖延時間。他打出他的九王牌，基普現在的經驗已經可以判斷安德洛斯幾乎再過幾回合就會贏牌。基普抽牌，需要的是「白晝和黑夜」。他沒抽到。

安德洛斯似乎決定要擴展話題。「你想要違背誓言，你在找藉口這麼做。但是不。我說那些不光是為了那個。我在教你怎麼做人，基普。人對家族都有一定的責任。這也是自然法則。你母親並沒有善盡她的責任，現在你變成孤兒，沒有別人可以教你。」

一股冰冷的憤怒宛如卡索斯山峰上的冰層般蓋在基普身上，能撐過最炎熱的夏季、在岩石的擁抱下凝結而成的堅冰。語氣中那股殘酷的肯定意味如同鐵槌敲擊冰塊般打擊他的信念，把它敲成碎片。基普得相信加文還活著，因為少了他的保護，少了他可能對任何傷害基普的人採取的報復行動，基普等於是在群敵環伺的環境下赤身裸體。他如此深信是因為他想要相信。

你要怎麼處理自我欺騙的迷霧？

雖然這把牌還沒打完，基普還是默默收牌，不面對爺爺的目光，起身離開。

安德洛斯．蓋爾一直到基普走到門前時才開口。「我應該料到你還沒準備好的。我錯估你了。你依然是個孩子。」

但基普沒有違背誓言，這可能表示安德洛斯已經達到他想要的目的。

這已經足以讓他輾轉難眠，思索他本來該怎麼說或怎麼做——這又讓他非常高興能參加訓練。那是完全在吸收的幾個小時。徒手搏鬥的語言簡單明瞭，欺敵的動作會在幾秒內明朗化，而對基普來說，還能用非常有限的字彙表達。

「集合！」費斯克訓練官大叫。「今天以小隊為單位。我們要做特殊訓練。」

新進學員交頭接耳，心情振奮。特殊訓練是費斯克訓練官和鐵拳指揮官想出來挑戰學員發揮創意的奇特又危險任務。這是有違傳統的訓練方式，但鐵拳指揮官毫不畏懼。他需要盡快訓練好黑衛士，所以傳統循序漸進的訓練方式並不適用。

現在，他告訴他們，只要學會了所有技巧，並證明自己擁有需要的特質，就可以獲得晉升。對其中某些人而言，應該要不了多久，他說。

所有人都認為他是指關鍵者和其他幾個名列前茅的男生，不過所有人也希望他是在指他們自己。資深訓練班的學生有些怨言，當然，但在鐵拳立刻讓他們半數學員進行最終宣誓後就平息下來了。還有些年輕男女組成的新進矮樹露出敬畏神色看著那些學員。那種感覺很奇怪。

到了最長黑夜慶典日時，他們已經進行過十幾次特殊訓練，看到二十個新進學員宣誓成為正規黑衛士了。

但並非所有改變都是鐵拳指揮官主持的。身為普羅馬可斯，安德洛斯・蓋爾立刻派遣大部分正規黑衛士訓練克朗梅利亞的部隊。另外，所有大傑斯伯的馭光法師，不管是學校的學生、在學校進行研究，甚至是離開學校已久的居民，都得去上黑衛士開的戰鬥課程。

這一切都是因為基普對安德洛斯提出建議——而他完全沒有洩露這個祕密。黑衛士會為了此事對他動用私刑，但他還是認為這是正確的事。

儘管很多小隊的成員都有更動，基普的小隊一直都是由關鍵者、提雅、大里歐、笨弗庫帝、戴機械式眼鏡的班哈達、小戴羅斯，還有正在摳疥癬的噁心高斯所組成。

「如果你把那玩意兒放到嘴裡，就別怪我不客氣。」戴羅斯說。

「我沒打算那樣做。」高斯抱怨。

「是喔。」

「我看不出來那樣有什麼不好的。」

「整隊，囊克。」關鍵者說。他是小隊眾望所歸的隊長，雖然每週都可以提出挑戰，但關鍵者是最強悍的隊員，也是最好的領袖。沒人會去挑戰他。

「阿列夫小隊！」費斯克訓練官叫道。「我向歐霍蘭發誓，你們再繼續拖，下周就把你們降到幽德小隊。排好隊，立刻！」

基普的小隊，儘管有他在，仍是最強的小隊：他們是阿列夫──古帕里亞字母中第一個字母。基普問過。當然，頂尖的小隊一直會有隊員晉升正規黑衛士，這種混亂的情況會降低團隊合作的效率。關鍵者本來要晉升的，這會讓他成爲史上最年輕的黑衛士，但他拒絕了。

由六、七或八名隊員組成的十個小隊全部排好隊。特殊訓練的內容每一次都不同，但向來都是設計來強化黑衛士生涯的某樣課程。有時候特殊訓練單純就是觀察某個街角──什麼都沒有發生。接到那種任務的小隊總是忿忿不平地抱怨，當然，因爲其他任務通常都有趣多了。

「幽德小隊！使館區有個名叫阿山諾索斯大師的珠寶匠。他收到了一枚價值兩萬丹納的紅寶石。帶過來。去！動作快！」

當他們跑上斜坡，聽不見這邊的聲音後，他說：「泰斯小隊！在幽德小隊回來前偷走那顆紅寶石。如果他們沒有成功偷到寶石，就由你們代勞。不要傷人。用腦袋。去！」

他繼續分派任務。凱斯小隊奉命去城市另一邊跟蹤造訪情婦的外交官。他們得輪番上陣，避免被發現，還要小心目標的保鑣，來自分盾傭兵團的傭兵。薩音小隊負責監視貧民區裡的一條巷子，只有黑衛士新進學員路過時才能採取行動──一旦行動，他們就要搶走目標身上的東西，帶到貧民區的一間房子裡。他們不曉得那是什麼東西。瓦夫小隊要在一座熱鬧的市集裡扒走某個商人的東西。小隊每一位成員都要從他的攤位或店裡偷走一樣東西。如果他們引起注意——就算沒被抓到——便得賠對方兩倍錢，從薪水裡扣。如果沒被抓到，就要把贓物拿給市集裡的黑衛士看。接著希小隊要把那些東西物歸原主，同樣不能引起商人注意。

達來思小隊得找出在難民區日漸茁壯的幫派領袖，教訓他和兩個地位最高的手下，然後在沒有人受傷的情況下脫身。他們離開後，吉梅爾小隊奉命前往監視位置。如果達來思小隊陷入險境，他們要擔任後援。不能殺人，其他手段都在允許範圍內。如果達來思小隊裡有人宣稱不用幫助，那兩個小隊排名對調。

貝斯小隊收到的是「去拿東西」的任務。這是最棘手的任務。有時候任務直截了當，但有時候執行任務的小隊會遭受各式各樣攻擊。這對年輕黑衛士而言，當然是很棒的測驗，因爲殺手總是會從意想不到的地方出手，而且還得不失去警覺地應付無聊的空檔。

然後就只剩下基普的小隊了。

費斯克訓練官輕蔑地看著他們。他們全都期待會收到最困難的任務。畢竟，他們是最頂尖的。

「你們有個新隊員。小鬼，入列！」

小隊成員在一個年輕的高山帕里亞人上前時彼此對看。他不高，有點嬰兒肥，而他的族人是出了名的身材高瘦。但他們都認得他。他是文森。之前和他們同班，直到在最終測驗中輸給基普，被踢出去——只有基普知道，他是因爲討厭主人才輸的。

「現在我們要收被踢出去的人了？」大里歐問。

「他怎麼能加入我們小隊？」弗庫帝問。「他排名二十。爲什麼不先讓十五到十九的人歸隊？那些被踢出去的人都比他強，對吧？」

基普沒有指出自己就是第十五名，謝謝。

「粉碎者就是第十五名。」戴羅斯說。

謝謝。

「或許其他人已經離開。收編到其他部隊，或是乘船返家了？」大里歐問。

「你不會認爲光衛士會收他，是吧？」弗庫帝說。

「光衛士，」大里歐語氣嘲弄。「那只是謠言。」

關鍵者開口了：「怎麼回事，文森？」

文森看了基普一眼。「運氣好，我猜。」

「各位女士的下午茶時間結束了嗎？」費斯克訓練官問。

「女士？」提雅抱怨。「我是唯一沒有——」

「妳在打斷我說話嗎，囊克！」費斯克訓練官對她大叫，直接走到她面前。她吞嚥口水，搖頭。

「很好！某個街角有個男人在散播異教言論，自稱阿利爾斯法王。我沒聽過這個法王。他在維若許街南邊的街口。找到他，痛扁他一頓。別穿黑衛士制服。換正常服裝。」

毆打威脅窮人的幫派領袖是一回事。毆打瘋狂的傳教士？那可就不一樣了。

「他有多少守衛？」關鍵者問。

「據我們所知，沒有。」

「那爲什麼要——我是說，爲什麼要我們這麼多人去扁他？」提雅問。基普看得出來她差點要脫口問出眞的想問的問題——爲什麼我們要因爲人家說幾句話就圍毆人家？

「這是命令，」費斯克訓練官說。「妳不打算奉命行事嗎？」

第四十二章

「靈魂之毒，」歐霍蘭說。「你沒告訴過我靈魂之毒。你為什麼不告訴我靈魂之毒的事？」

「住口。」加文說。「別再說了。」

「難道沒人告訴過你那代表了死亡、邪惡和謀殺？它會吞噬、摧毀你！」歐霍蘭說，雙眼綻放激動神色。

苦棒號於昨天晚上抵達拉斯港口外海時被迫下錨停船。今天天一亮，船務官就會出來計算稅金並指揮他們靠岸。加文逃跑的選項越來越少了。

不，不是這樣。本來就沒有多少選項。船務官一來，加文就必須隨對方走，把自己交給瑪拉苟斯家族看守。他毫無疑問會成為他們的「客人」。在無法汲色的情況下，他毫無希望。

好了，嚇倒一個船務官。這會有多難？

加文丟下歐霍蘭，跳上舷緣。他可以游泳。靠腐肉為食的鯊魚和鱷魚向來都會往大城市海岸聚集——特別是用把屍體丟進河裡的傳統方式處理死者的城市。漁夫會用魚叉獵殺鯊魚和鱷魚，採收魚鰭、鱷魚皮和牙齒。加文不太喜歡這個小自然圈。在自然對抗人類的永恆戰役裡，在這種港口游泳往往對人類不利。

就算能游上岸，濕淋淋、髒兮兮，從海岸線上的淤泥中爬起後，他就得展開逃亡。沒有硬幣條、沒有朋友、沒有魔法。加文赤身裸體過，但都沒有此刻感覺到的這麼赤裸。他看著下方平靜的海面，第一次發現自己有可能溺死在裡面。

不設防的感覺和死亡手牽手坐在一起，招呼加文過去加入它們。

「告訴我黑盧克辛的事情。」歐霍蘭說，聲音很輕、很緊張。加文沒注意到他走過來。眞是不行了，竟然會被嚇到。

「那是用來嚇唬年輕馭光法師的故事。」

「你希望能坦白面對自己。但在這裡還是失敗了。你一定被嚇壞了。膽戰心驚。屁滾尿流。拔腿就跑。但是無處可逃，是不是？突然之間，全世界都跟你原先相信的不一樣了。你見過它們嗎？」

「它們？我不知道你——」

「砲手剛撈你上來時，你還比較會說謊。還是你在我面前特別不會說謊？」

「大家都期待我們在歐霍蘭面前特別不會說謊，你覺得呢？」加文語調輕鬆地說。

「人類記載歐霍蘭的第一部語錄就是謊言，所以不。人類欺騙歐霍蘭就跟欺騙妻子一樣稀鬆平常。把你的手給我看。」

加文跳下舷緣。天逐漸亮了，但是起床的水手還不多。他們有隱私。不過並非他想這麼做。他攤開手給歐霍蘭看。

「了不起。」歐霍蘭說。「就像我們的嘴巴會祝福也會詛咒、同一口井裡會有清水也有髒水，你的手也一樣。你也汲取過白盧克辛。」

「你到底在說什麼？」加文問。

「呵呵！你眞是一團謎！你記得製作黑盧克辛，但不記得白盧克辛？」

「小聲點，可惡！」

加文見過腳筋被斬斷的男人，但都沒有倒地這麼快過。先知直接倒地。加文伏在男人面前——

他對他眨眼。然後起身，搖了搖頭。他始終直視加文的目光，站在原地，呆若木雞。他吞嚥口水，努力說話：「你和眞相面對面，但卻拒絕看見眞相。你有能力選擇勇氣，但卻選擇當個懦夫。你選擇了黑色，而不選白色。你失敗了，蓋爾。」

「我失敗?!那些夢是你丟給我的，是不是？透過我不瞭解的魔法，某種意志法術。是你幹的。你，和祂。」

「小心選擇，安姆之子。」

「我愛怎麼選擇就怎麼選擇！我沒有失敗！是神失敗了。」

「在任何合理的情況下，神與失敗都兜不在一起。」

「神辜負了我。」

「因爲祂不能拒絕誠心的禱告？」

「說謊！」加文斷聲道。

「那歐霍蘭就會坦白告訴你：繼續撒你的謊，到時候就會變成瞎子。」

這個奇怪的威脅令加文心驚。「我已經瞎了。」

「或許這樣說並沒有錯。」歐霍蘭說。「拒絕去看的人等同於看不見的人。」然後他蹣跚離開，小心避過在甲板上睡覺的人。

肯定是摔倒時弄傷腳了。沒被我弄傷其他地方算你走運。

那個男孩隨時都會上甲板來。到時候安東尼就會像小狗一樣跟著加文。雖然他不蠢——他能說服水手航向拉斯就足以證明這一點——但很無知。他根本不曉得自己家族痛恨加文。他不曉得叔叔變成了神，然後死在加文手上。不曉得加文阻止他堂姊提希絲參加光譜議會。要不就是他不曉得那些事情，不然就是他不在乎。

但是期待伊蓮・瑪拉苟斯會和堂弟一樣不在乎就有點想太多了。

伊蓮有可能變成盟友嗎？她可是出了名地保護家族，很容易憤怒和嫉妒，不過做生意十分公道。從不違背誓言，但會耗費心思去對付那些對她違背誓言的人，不管是在生意上還是在床上。即使可以運用逐漸壯大的權力推翻那些合約，她仍會要求家族履行條件很糟的合約內容。換句話說，一個令人害怕又尊敬的女人。她就是會提醒加文不是所有力量都出自魔法的那種人。如果加文能在她的盛怒下逃出生天……不。他傷害她的家族太多次了。

如果他還是稜鏡法王，那情況就不同了，但現在？能給盟友什麼好處？

「你和那個假先知在講什麼？」有人小聲問道。是砲手。

有人從貨艙裡翻出了一個鐵籠，上次從維丹平原運送獵豹用的。他們把鐵籠綁在甲板上，把砲手痛毆一頓後，將他塞了進去。他眼睛腫到剩一條線。加文在他被打死前阻止了他們。

「別和我講話，」加文說。「我今天已經受夠瘋子，而現在天都還沒亮。」

「砲手又不是瘋子。」砲手說。「砲手很瘋狂！那不一樣。」他竊笑，不過很小聲。顯然傷口很痛。

加文看著城市在第一道陽光的照射下隱隱發光。這座城圍著山丘上俯瞰大河三角洲的堡壘而建。很久以前，橡木盾堡壘曾有一代是蓋爾城堡，之後隨著家族財富耗盡，又變成了柯林斯城堡，接著是拉斯史庫德。現在大家直接叫它「城堡」。在塔亞・橡木盾的年代，城堡打造了兩面高牆，像腳一樣直通港口，確保補給線不會中斷。之後的戰爭和戰爭期間的空檔讓人們把原始高牆向外延伸，用原始高牆的石材興建新牆，新牆被血林部隊攻破，舊牆再度重建。

血戰爭終於結束後，拉斯一直向光譜議會請願修建新牆，但一再遭駁回。最大力反對的人就是安德洛斯・蓋爾，利用大家共通的弱點——向來都是其他人的弱點——來鼓吹和平。當然，現在這座城市得擔心的不是血林人，而是血袍軍。該城被迫落入缺乏防禦的狀況，也是伊蓮・瑪拉苟斯討厭蓋爾家族的原因。

更令人擔心的是，任何當權者都會對加文結束血戰爭的手段心生不滿。那場仗很大膽、很血腥、很有效。對年輕的加文而言，唯一重要的就是有效。他在這裡不太可能找到盟友。

加文打量船上。這裡眞的是名副其實的苦棒號。

「你把那把來福槍給我，我就幫你在那個船務官身上打個洞。」砲手說。「一槍，直截了當。從這個距離開槍，他們甚至不會想到是我們幹的。會在那艘船上找尋這槍的發源地。」

「來源。」加文說。「還有什麼叫來福槍？它的姓嗎？」到處都有人會替武器取名，但是他不熟悉這個字眼。

「一把來福槍。不是名字。關鍵在於槍管裡的螺紋。我知道有個鐵匠在研究這個。手藝非常好，但是彈丸要磨得很精準，銼掉所有縫隙，做成正圓球體。我不認爲這把槍需要圓球彈丸。那個鐵匠會爲了一睹我的女孩的風采願意把他握老二的手砍下來。」

他不理會砲手。遠方，船務官登上位於西方半里格的另一艘槳帆船。海岸位於北方一里格。要游很遠，最後幾百步的海面漂滿浮渣，可能是下水道。那可不光只是噁心而已。加文知道戰時有些泳技絕佳的人游過那種海面去偵察敵情。一天後，他們開始發燒發抖。三天後死亡。

「距離半里格。」加文說。「接近兩千步。那些人把你心中僅存的理性都踢飛了。」

「兩槍，或許。絕對不會超過三槍。」

砲手有個強項，就是從不懷疑自己。這是他們的共通點，曾經。

加文沒有必要直接游到海岸。三角洲上有些駁船和划槳帆船專門經營河運。在太陽東昇，遮蔽視線的情況下，有可能不會被人發現。

但是水裡不光只有鯊魚和鱷魚，對吧？加文聽過友善海豚的傳說。不過那或許只是傳說。他聽說那種海豚是粉紅色的。友善的粉紅海豚？

對，聽起來像是眞的。

「喂，富克拉特，」加文說。那傢伙躺在不遠處，正在起床。「還有其他人。」他伸手抵住嘴唇。他不要安東尼聽見。「這就是我的火槍。有些人聽我說過，得到這把槍讓我失去所有魔法。現在除了這把槍，我一無所有。從前，我會命令各位聽我號令。現在，我請各位幫忙。如果我曾給各位任何好處——」他就是忍不住。如果我曾給各位任何好處？這種用語是爲了讓他融入他們，成爲他們的一分子。掩飾自我對他來說就和汲色一樣是與生俱來的能力。「幫我保管好，好嗎？我不要求別的。不要和人分享。你們知道我在該用力划槳的時候有用力划槳。你們知道要不是我割斷了那些繩索，我們現在還在划槳。我不能強迫你們幫我做事，就算可以也不會這麼做。」好吧，不過那又是另一個謊言。「別讓那個男孩找到這把火槍，還有瑪拉苟斯家的女人，還有我父親，還有這傢伙。」他朝砲手點頭。「日後如果我有能力，我會支付上百倍的報酬。但此刻我不能把槍帶在身上。」

「爲爲爲什麼不能？」富克拉特問。

「因爲，」加文說，露出最漫不經心的笑容。他每次害怕的時候就會這樣笑。「我的泳技沒有好到能帶槍一起游。」

他把來福槍丟給富克拉特，水手發出讚嘆的咒罵聲、砲手發出沮喪的咒罵聲，而加文自己的喉嚨則在顫抖中腫大。

這樣做很蠢，但很單純——留下來，任由該發生的事情發生，或是冒險面對鱷魚、鯊魚和下水道。下水道在洪水期不會太髒亂，對吧？還是會更糟？加文站在舷緣上，四平八穩，沒拉船索。他轉向站在甲板另一端瞪大熱切雙眼看他的先知。

「歐霍蘭，」加文說。「我吸引你的注意了嗎？」

「一直都是。」

「很好。」他左右轉頭，骨頭喀喀作響。「因爲去你的。」

他跳入海面。

第四十三章

海水溫暖，浮力很強。這是加文的第一道警訊。跳下水後，他回想宛如隔世般的許久之前，蓋爾家族奴隸教過他的游泳技巧，游出第一下，他就想起了大河與瑟魯利恩海匯流處在整個大三角洲範圍內產生了幾道奇特的洋流和暖點──還有鯊魚不喜歡河裡來的淡水。話說回來，鱷魚不喜歡鹹水。鱷魚比較可能出現在距離海岸較近的地方。所以加文等於是讓兩種獵食者都有機會攻擊他。

儘管如此，這片海面上還是帶有那股古老的藍色寧靜。當然，如果能乘坐藍盧克辛飛掠艇漂在海上就更好了。如果能感受陽光灑落在皮膚上，又有海水提供清涼的感覺就更好了。如果能更看見藍色那就好得不得了了。他感到一股失去的悲痛，然後是一股純粹無瑕的怒氣席捲而來。

四肢流暢地劃入海面，他突然希望有鯊魚過來。他想要作戰。不，他想要殺戮。想要感受差點死亡的恐懼，還有殺戮和勝利的支配感。

瘋狂。

他勇往直前，沒有回頭。他脫掉破爛的上衣和褲子，盡可能提升速度。他看見前方有艘河運槳帆船，於是朝它游去。他游得比印象中快。或許划槳練就的精瘦肌肉，遠比噴射盧克辛讓飛掠艇從靜止不動到乘風破浪練出的大塊肌肉，更適合游泳。他永遠沒辦法感受那種自由自在的快感了。

河運槳帆船在他還差兩百步的時候開始移動。船的慣性讓他還有機會趕到。他努力踢水。

不要有天殺的鯊魚。拜託不要有天殺的鯊魚。

海水流過他的鬍子，造成一種從前不留鬍子時沒感受過的阻力。

別讓他們發現我，再撐一會兒就好了。

但是槳帆船開始移動了，沒過多久就不再和他垂直。他改變角度，但最後只能游到與船平行，然後落到船後。

接著船開走了，把疲憊的他留在原處。

但是他身處一條水道上，兩旁都有浮標。他繼續往前游了一會兒。回過頭去時，苦棒號位於遠方，但是船槳伸了出來，開始朝他划。

喔，見鬼了。

但另一艘河運槳帆船正從外圍穿越水道。船會路過他南邊五十步處——於是他朝苦棒號游回去。又過了一會兒，他發現自己估計錯誤，或是河運槳帆船轉向了，因為那艘船直接朝他而來，會撞上他。

他開始往旁邊游，隨即在前方看見一片背鰭和黑影。他轉向，心臟跳到喉嚨裡，然後在另一側又看到另一隻。

現在往兩邊游都太遲了。槳帆船已經開到他面前，乘風破浪，船頭兩側濺起水花。

加文深吸一大口氣，調整方向，雙腳指向船身，然後往後下潛。船身在他下沉時撞上他的腳底，但他吸收撞擊力道，然後往前推開，利用船身的力量驅使自己潛得更深。

他邊下沉邊弓起背脊，希望沉得夠深，不會被後面的船身壓爛或被藤壺輾碎。他翻過身來，睜開雙眼，耳朵充滿海水，胸口承受壓力。巨大的船影通過他上方。沒辦法判斷船身距離多遠。

是有個好消息，如果這能稱作好消息的話。船身上沒有藤壺。當然了，這艘肯定是河運船。比較容易清理，移動得也快。

這表示他可以浮出水面，如果錯估形勢，也不會因為擦傷和感染而死亡。但如果他流血了，附近可是有鯊魚。

他踢水，接著感到手掌揮過某樣粗粗硬硬的東西。他還沒看清楚，鯊魚的身影就已經消失在黑暗中。他嚇得噴出一些空氣。機會只有一次。

一排船槳從一側落水，擾動海水。船突然轉彎。這個動作在正確的時間點減緩了船速。加文肺部燒灼，奮力游向海面，差點在船身駛過時撞破腦袋。

他破水而出，在水花中盲目地亂抓。

他手指勾到某樣東西，但左手立刻被甩開。他單靠右手固定，身體隨著海浪沉浮穿梭。他在撐不住放手前揮出左手抓住那張網子。

他眨眼咳嗽，試圖弄清楚方向。他的腳還在水裡拖行，雙手緊握一團很厚的網子，身體的重量導致網上的細繩畫破他手指的皮膚。

網子不是空的。有隻虎鯊困在裡面。活的。加文有一隻手掌就位於牠的胸鰭旁。另一手很接近牠的血盆大口。加文的體重讓他的手遠離那幾排利齒，但是只要鯊魚掙扎一下……

鯊魚掙扎了。

加文放開那隻手，身體急旋。船拖著他前進，所以他沒辦法阻止身體旋轉的力道。另一隻手被纏在網子裡。他差點痛得叫出來。

接著，身體被反向拖行，他差點又被眼前的景象嚇得叫出來。海面上有四片背鰭——不，六片。全都跟在船後。以此刻被拖行的情況來看，他等於是魚餌。而船速比鯊魚游泳的速度慢多了。

他看到拉撐的手臂上有血液流下。不是他的血。上方網裡的鯊魚被魚叉刺傷了。加文身處漁網最底端，血會流經他的身體後才落海。他不是鯊魚專家，但見過牠們發狂的模樣——而發狂的開端向來都是鮮血。

「血在吸引牠們，克里歐斯。看看能不能在開到淡水前再抓一隻！」加文上方甲板上有人叫道。

他聽見甲板上傳來胖子大口喘氣的聲音，即使在海浪聲中依然清晰可聞，他還看到魚叉的尖端忽隱忽現。

加文差點張口呼救。但他知道自己看起來像是什麼樣子。他像個逃跑的奴隸。水手大多會把他當成大海的賞賜，然後立刻把他送回去划槳。沒有文件證明自己不是奴隸，除了說服他們拿他要求贖金外，什麼都不能做——但找誰要贖金？卡莉絲有可能比父親更早聽說他的處境嗎？船員會相信稜鏡法王本人上了他們的船，還是會把他當成是瘋子說瘋話？

纏住他的手的漁網突然移動，那個胖子踩在網上，把魚叉投入海面。加文再度轉身，這一回是因爲漁網鬆開他手掌的關係。他甚至已經感覺不到那隻手了，也無從判斷自己還抓不抓得住網子。他奮力爬，雙腳在水裡亂踢，不顧一切地努力增加一點點助力。

另一手有兩隻手指勾到網子，幾個月的划槳生涯中磨出了滿手痂繭，那兩根深受祝福的手指在這種情況下還是固定住了。現在他筆直面對後方，可以清楚看見鯊魚逼近。他看得出來，牠們並不打算刺探。牠們打算直接進攻。

加文慢慢從左往右晃，雙拳緊握網子。他沒有時間抬頭去看自己的手有沒有伸入網中鯊魚的嘴裡；他的目光不能離開水裡的鯊魚。

他在鯊魚進攻時把膝蓋縮到胸口。閃亮的利齒掠過他的腳——沒咬到。鯊魚在海裡轉身，大弧度游走迴轉。牠們不喜歡接近船身。牠們不喜歡只能從後方攻擊的東西。

至少加文希望牠們是這麼想的，也希望沒有鯊魚游到深處然後從下方跳起來攻擊。

這時甲板上的人已經快要收回魚叉了，加文看到了機會。魚叉的重量會讓它垂在船尾觸手可及的位置。魚叉接近的時候，他就會抓住魚叉，用力拉扯。上面的水手不會料到這種事，所以會被他拉下海。餵給鯊魚。

這表示要殺死一個陌生人。加文一無所知的人、無辜之人。

去他的。加文會活下來，不會被抓，而且會有武器。

繩子路過他身邊只有短短一瞬間，加文來不及放開緊握的雙手盪過去——接著水手爲了避開漁網而把魚叉拉向另外一側。可惡！

加文把目光移回鯊魚身上，但牠們都還沒逼近。確實，牠們離船越來越遠。拿魚叉的水手咒罵。

「淡水。」他喃喃抱怨道。

現在脫離了作戰時的狹隘視野，加文看見他們駛入河口，距離西海岸不遠。大河本身相當寬敞，比世界上任何河流更加寬敞。但西海岸很近——而且緩慢流動的河面就和他原本擔心的一樣骯髒。如果這艘船會在附近靠岸，至少船身會穿越淤泥，碼頭上也有很多可藏身處。但如果繼續往內陸航行，他就得在大橋跳船。

不過短短幾分鐘內，他就發現自己過度樂觀了。他掛在一艘船後面，儘管手臂不需要支撐全身的重量，因爲有半身浸在水裡，但還是得要對抗試圖把他扯離船網的海浪，而雙掌又開始失去感覺。

他決定試著爬上漁網，但是當他讓一隻手掌放開漁網時，另一隻手卻背叛了他。他落海。

一開始，鬆開的手指痛得要命，但是隨著他重重落海，又覺得手指會痛是好事，那表示還會恢復正常。有一天。

河運槳帆船逐漸遠去，加文再度弄清楚方向。隨著太陽東昇，他的身影在河口比之前顯眼多了。

如果可以沿河向上游得夠遠的話，他就會進入城市管轄，到時至少有可能會被移交地方官員處置，而不是直接被抓去當奴隸。這點端看打撈他上船的船長對法律的敬畏程度而定。

最好還是別被抓到。

他運氣好，離大橋不遠。如果可以游到橋下陰暗處，就不會那麼容易被發現了。游到一座大橋塔，爬上一座鷹架，然後上岸。

他立刻開始行動。他可不是靠著遲疑一路活到今天的。

離橋兩百步時，他同時看見兩樣東西，兩者都讓他難以喘息，不過理由截然不同。一艘魯斯加加利戰艦駛出大橋下的陰影，那低矮船桅——故意做到只比橋底矮上兩呎——上飄揚的旗幟，畫著瑪拉荀斯家族那頭驕傲的公牛徽記。同時，加文看見一隻海豚穿越河面朝他而來。牠躍出海面，儘管加文看不出牠的顏色，但還是記得描繪海豚的圖畫，長長的嘴，肌肉發達。是淡水海豚。

請游過來，你這個小奇蹟。

加文聽過海豚救人的傳說。聽說牠們會讓人騎在背上。海豚是他唯一及時抵達橋底陰影的機會。淡水海豚。他無法辨識牠是不是粉紅色的，當然。就算是尿黃色的加文也不在乎：牠是他的救贖之道。

加文繼續朝著向他游來的海豚游去。但在最後關頭，海豚突然轉向，長嘴撞上他的肋骨。他氣息一岔，吸入海水。還沒把水咳出來，海豚突然又不知道從哪裡浮上來，撞斷他一根肋骨。

他揮手掙扎，奮力呼吸。接著海豚又撞了他一下，這一次撞到他腦袋。他頭昏眼花，吸入一大堆海水。他失去意識。

第四十四章

「我辦不到，」大里歐說。「這個阿利爾斯法王根本不經打。」

「這有什麼難的？」戴羅斯問。「走過去施展你那招帆杆墜。我就看你這麼做過。」

「帆杆墜？」弗庫帝問。

「我不是說打不過他。我是說不能這麼做。」大里歐說。

「這樣完全沒有道理。」弗庫帝說。

「我是說這樣有違良心——」大里歐說。

「不，我是說帆杆。帆杆應該是在甩來甩去的時候比較危險——」

「或許那才是測試的重點，里歐，」班哈達邊調整眼鏡邊說。「或許我們該要拒絕不道德的命令。」

「又或許我們該在情況不明的時候執行命令。」弗庫帝說。

其他人看向他。弗庫帝有四分之三的時間在扮演小丑，但有時候也會提出獨到的觀點。

「什麼？」他問。「什麼？」

基普的小隊成員，身穿便服，已經打探過了維若許和哈夢尼亞的大街口。這個街口看不出任何不尋常的地方。沒有其他人監視這裡。人潮也不特別多。這裡不是城內最繁忙的區域。或許對於異教徒來說，這裡沒有多少商人守衛和私家守衛會動手毆打他或拿石頭丟他。或許他只是個瘋子，隨機挑選了這個街口。

戴羅斯和高斯還在外面監視通往街口的道路，提雅則在路口移動，注意任何值得注意的事情，剩下的人在一間商店後面圍成一圈，想要決定該怎麼做。他們通常都會把會合點定在更遠的位置，但附近沒有什麼好地點。

「嘿！你們這些小鬼在幹什麼？出去，滾開！」一個滿手是毛的商店守衛叫道。

關鍵者低聲罵了句髒話。基普知道他將被人發現視爲個人的失敗。關鍵者比個手勢，他們全都開始遠離商店。

「對呀，沒錯。滾遠一點，你們這群小害蟲。」商店守衛說。

他們咬牙切齒，但沒有回嘴。知道自己打得贏並不是危及任務的好理由。不管有多誘人。

那傢伙冷笑一聲。他顯然認爲他們在打壞主意，但只要不會威脅到雇主的店，誰管他們？他沒跟出來。

「總覺得事情沒有那麼簡單。」基普說。

「有問題。」提雅無聲無息地來到他們身邊。「不過不是針對我們。」

「什麼問題。」關鍵者小聲問。

「對面有個女人在觀察布道者。她帶著繃帶。至於布道者本身，是玩眞的。他是個血袍軍。他會在某些人路過時交給他們彌封的卷軸筒。他是間諜的負責人。」

「喔，那我可以。這個阿利爾斯法王根本不經打。」大里歐說。他放鬆了足以讓馱馬嫉妒的闊肩。

「等等。」關鍵者說。「我們不確定他沒有幫手。先擬定計畫會讓我好過一點，就算不知道什麼計畫也行。給我一秒鐘。」

關鍵者讓人覺得瘋狂的地方就在於他眞的只想了一秒。他皺眉，看看隊員，然後開始下令。

片刻過後，小隊散開，所有人都前往指定位置。只有基普沒有分配到任務。「關鍵者，」基普說。「我是說，隊長。」出任務的時候，即使是新進學員也要謹愼考慮上面下達的命令。「你幫了我很多忙。我們都知道要不是你，我根本不能待在黑衛士裡，但你不能不讓我執行任務。這麼做只會讓我和原先就比我強的人差距越來越大。我得參與行動。」

關鍵者的棕眼睛——瞳孔附近隱隱浮現綠色和黃色斑點——目光如同大錘般擊落在基普身上。「我是隊長。」關鍵者說。

聽到這話就沒什麼好說得了。「是，長官。」基普說。

「那邊有個制高點。我們得爬上去。」關鍵者說。他出發。

難爬到關鍵者認爲要特別提出來？「太棒了。」基普說。他慢跑跟上年紀稍長的男孩。

他們繞出幾條街口，在穿越幹道時放慢腳步，最後來到間諜對面的一棟建築。他們繞到建築背面，因爲在整修圓屋頂，這裡架設了鷹架。鷹架的樓梯收起來了——肯定是要防止小無賴爬上去。

關鍵者背靠牆，雙腳張開，雙掌交疊，等基普踩他跳上去。

「我可以做一道樓梯出來。」基普說。

「用跳的。」關鍵者說。

「好，用跳的。」

「手舉到肩膀，然後爬上去。」

說得容易。基普轉動肩膀，搖搖腦袋，深吸口氣。

「時間不多，粉碎者。」關鍵者壓低一邊肩膀，讓基普多一點踏腳的空間。

基普宛如喝醉酒的龜熊般優雅地衝刺，踏上關鍵者掌心，另一腳踏上肩膀，關鍵者雙手一撐，基普立刻躍起。他的手輕鬆拍到木板平台邊緣，衝勢依然不止。他爬上平台，癱在上面。

他翻過身去，伸手向下。關鍵者原地起跳，抓住基普的手，在牆上踢一腳，然後落地——穩穩站著，小心跨過基普。

那就是他是隊長的原因。

鷹架一路延伸到建築物正面，上面疊了很多磚塊，等著放至定位後用石灰水刷白。關鍵者和基普向前移動，身體放低。交岔路口有四十餘步寬，在陰暗的圓屋頂和磚頭掩護下，下面的人應該看不到他們。近到足以監視，又遠到不會被發現，如果情況失控也可以出手相助。

「粉碎者，」關鍵者說。「該是我們面對現實的時候了。」

聽起來很不妙。「嗯？」基普問。

「你永遠不會成爲黑衛士。」關鍵者的語氣不像在威脅。他說得像陳述事實。

基普覺得心臟都跳到喉嚨裡。「我有進步了。我會趕上大家的，我發誓。」

「問題不在那裡。」

基普懂了。「聽著，我知道小隊成員認爲我是馭光者，」基普說。「但是——」

「無所謂。」關鍵者探頭出去偷看。大里歐沿著維若許街走。雖然他刻意駝背讓身材看起來矮小一點，但這個年輕的壯漢還是很難不被一眼就認出來。「他們絕不會讓你進行最後宣誓。」

「他們？」

「假設你成爲全職衛士。你就要輪班去保護紅法王，而大家都知道他和你不合。很難想像，是不是？又或許你和他言歸於好，然後你輪班去保護白法王——大家都知道紅法王和她不合。很難想像，是不是？我敢說你爺爺已經幫你安排好了。成為黑衛士會讓你得到各式各樣保護。他絕不可能任由這種事發生。那還是在白法王沒有幫你安排好的情況下。」

「說不定她的計畫是要我得到加入黑衛士的保護。」但基普只是因為他希望事情不是這個樣子而加以否定。

「黑衛士會面對眞相，粉碎者。除非奇蹟出現，不然她不可能活到你進行最後宣誓的時候。」基普心裡一沉。大家都知道白法王只能再撐一年，最多兩年。關鍵者說得對。基普不可能在這段時間內成為正規黑衛士。鐵拳是靠變通規定才讓他走到這個地步的。

「如果你父親及時回來施展他獨特的魔法，我敢說他也有幫你安排。」

他想到爺爺對於誓言的看法。如果安德洛斯．蓋爾告訴基普的是眞心話，那麼他絕不會希望基普發下可能會對抗他的誓言——而宣誓成為黑衛士剛好就有這種效果。他舉起雙手。「那為什麼要讓我加入小隊？」

關鍵者面露失望，用身體撞了他一下。「別又變回只會抱怨的胖基普。你現在是粉碎者了。」噢。

「你加入小隊是因為你夠資格。」關鍵者說。「明知和我們一起的時間有限，你的問題就是你打算在這裡成就些什麼？注意。展開行動。」

大里歐盡量低調地穿越稀疏人群，直到距布道者十步為止，布道者口若懸河，但似乎沒人想理他。基普無法從這個位置聽見他們在說什麼，不過里歐是打算指控異教徒要為他姊姊的死負責。

里歐叫了一句話，然後在對方逃跑前撲了上去。

里歐假扮成單純的勞工，所以刻意掩飾訓練有素的身手。他一手抓著布道者的頭髮，另一手不停捶打對方的臉。對從來沒有被打過臉的人而言，就算打得力道不重也會嚇呆。基普知道里歐一拳就能打死那傢伙。但他只是一拳接著一拳毆打對方：臉頰、眼睛、鼻子、嘴巴、臉頰、眼睛。對方血流滿面，要不了多久，就會看起來，也感覺起來像被打得半死不活——但不會有生命危險。大里歐在對方癱倒時把他一把提起，抓著頭髮撐起他全身的重量，然後朝他肋骨捶了兩下，力道重到足以打斷肋骨。

里歐丟下男人，轉過身去，這回說話的音量大到基普能夠聽見：「你們這些容忍異教徒的人真該慚愧！這些人都是怪物！殺人兇手！你們讓他自由走動，在這裡散播毒素？可恥！」里歐往石板地上吐口水，然後轉身離開。

沒人採取任何行動。並非小隊成員預計會有人動手，但看到他們的計畫奏效感覺很棒——藉由把間諜貼上異教徒的標籤，讓里歐能大搖大擺脫身。

里歐沒看到身後的阿利爾斯法王雙腳發抖地站起身來。他拔出一支匕首。里歐背對著他。間諜朝他衝去。

他們距離太遠，用叫的沒有好處。更糟糕的是，叫聲可能會讓里歐忽略間諜的腳步聲。

間諜舉起匕首，準備插入里歐背部——接著手臂垂落，攤在身旁。里歐聽見匕首落地的聲響，轉過身來。立刻看見匕首還有跌跌撞撞的男人，隨即舉起他的拳頭。

「不要殺他！」關鍵者低聲說，彷彿能用意志力阻止里歐。

大里歐鬆開拳頭，抓起間諜的衣領和腰帶。他提著對方迅速轉圈，然後丟到街上。他在原地站了很長一段時間，鬆展拳頭。基普看得出來他戰意甚濃。大里歐剛剛赤手空拳毆打對方，最後差點死在對方手上。這種情況下很難理性思考。里歐朝地上的間諜跨出一步。

提雅從人群中冒出來。「哥哥！」她叫道。「感謝歐霍蘭！」基普聽不見她還說了些什麼，不過她挽起里歐的手臂把他拉走。他沒有抵抗。她的出現讓他清醒過來。

她拉著他沿著維若許街走。

「剛剛那是怎麼回事？」基普問。

「運氣好？」關鍵者說。但他微笑。基普看得出來他很清楚那支匕首是怎麼掉的。

「我是認眞的。」

「帕來魔法。你不是唯一在改變的人。提雅也學了一些新招。不過那招不是每次都有用。所以說，運氣好。」

他們一起觀察後來的發展。提雅很快就消失在人群裡了，但大里歐又過了一段時間才融入人群。接著弗庫帝和班哈達抵達維若許街的幾條街口外，開始分頭朝廣場移動。他們和大里歐擦身而過，彼此都裝作不認識對方。

「你看到有人在跟蹤里歐嗎？」基普問。他沒有。

「可能有一個。待會兒就知道了。」

如果間諜有同夥急著想報復，甚至只是要確認里歐來自何處的話，他們絕不能讓那個同夥成功。弗庫帝撞上一個人，兩人一起倒地，弗庫帝摔得比對方慘多了。他刻意鬧大，摔入一家販賣帕里亞頭巾的攤位，撞飛了一堆頭巾。

只有弗庫帝有辦法把帆杆砸在自己身上。

一個瘦瘦的帕里亞女人立刻閃出攤位，比手畫腳，大吼大叫。

「他們跑掉了嗎？」基普問。

「如果搞成這樣還沒能趁機跑掉？那我會親手教訓他們。」關鍵者說。

不過他們下方的交岔路口又上演了另一場無聲好戲。提雅提到的那個女人走到倒地的間諜面前，開始處理他的傷口。

「想法？」關鍵者問。

基普打量那個女人。提雅說她早在事情發生前就已經準備好綳帶。「監視間諜的間諜。」基普說。「這樣混進去總比直接跑過去說：『哈囉，我也討厭克朗梅利亞！我能加入你們嗎？』好多了。」

「說得不錯。看到後面那傢伙嗎？綁鬚辮，金耳環？」

基普嘟噥一聲，表示看到了。他之前都沒發現。

「那個才是眞正指揮間諜的人。里歐動手時，他差點就從隱身處現身了，然後他又差點逃走。現在他只是在看戲。我想我們這次任務算成功了。」

「只要沒人發現我們。」基普說。

「我們在這裡等一會兒。」關鍵者背靠磚牆坐著。基普坐在他旁邊。

幾分鐘後，基普心裡浮現之前想過至少五十次的想法。現在算是把話說出口的時機。他覺得自己把話悶在心裡惹上的麻煩，不比亂講話惹上的麻煩少。但他實在太常當個毫無作爲的懦夫了。

「隊長……」基普說。「我只是……露希雅的事。那個殺手——殺手瞄準的人是我。」他還記得露希雅背對殺手，在最後關頭踏入火線的模樣。他永遠不會忘記關鍵者把露希雅血淋淋的屍體從基普僵硬的手上搶走，擁入自己懷中時的表情。

關鍵者遙望遠方。接著嘴角揚起悲傷的笑容，想著露希雅。然後他回過神。「我知道。」他說。「你知道？」

「我事後曾回那條巷子去。重現謀殺現場。對方的目標只有可能是你。」他聳肩。

「你不……你不生氣？」基普問。

「我氣炸了。但不是氣你。粉碎者，如果露希雅的死救了你一命，儘管她的死還是一場意外，至少不是毫無意義。爲了信念而死？我們還求什麼？露希雅沒有強到能夠加入黑衛士。她知道，而她已經開始調適那個夢想已死的事實。她永遠不會成爲我們的一員，但還是爲了我們的最高理想而死。她並不是白白犧牲。」

這就是他這麼希望我是馭光者的原因。如果我是，露希雅就是爲了史上最重要的人而死。

「但萬一我不是馭光者呢？」這話就這麼脫口而出，很小聲，很悲傷。

「不要讓她的死失去意義。」關鍵者說。「那和那個沒有關係。所有人在歐霍蘭眼中都是平等的：她爲了一個朋友，爲了小隊隊員而死。黑衛士的世俗職責就是要爲法色法王和稜鏡法王而死——但在歐霍蘭眼中，爲乞丐而死與爲王子而死都是一樣的。」

基普又在那裡坐了一段時間。他知道關鍵者是眞心的。但關鍵者認爲歐霍蘭的手無所不在。他相信歐霍蘭隨時都在干涉世局。鐵拳指揮官視歐霍蘭爲身在遠方的王，會選擇干涉世局的時機，不過很少這麼做。安德洛斯認爲歐霍蘭爲世界訂定規則，之後就不管了，任由克朗梅利亞和教廷的體系變成貴族和克朗梅利亞用以統治七總督轄地的騙局。

奇怪的是，最後那種說法似乎也是法色之王的看法。

加文的看法爲何，基普不知道。他也不曉得眞相究竟爲何。

「隊長。我不知道現在提這個合不合適，但是世人對馭光者究竟是什麼看法？那一次做禮拜時，克萊托斯．藍說我們都是馭光者，我在圖書館花了點時間研究預言解析，但是所有預言似乎都互相牴觸，所以我放棄了。我只能肯定他將會找回眞正的信仰——不管那是什麼。他會安撫苦難者、開啓盲人的視野、拆掉聖壇和高高在上之處、凝聚受壓迫者、剷除邪惡之人。」

「還有殺死諸神和諸王。」關鍵者說。他微笑。

「諸神和諸王，複數？」基普不安地問。

「我不記得。當然，那要看你接受哪一個先知的說法。幾乎所有人都接受那些說法。有些比較奇特的先知說，呃，不記得確實的字句了，總之是說他會殺死自己的兄弟——」

「好了，這倒不錯。」辛穆很該死。

「——還會死兩次。」

「我收回剛剛的話。」基普說。

「你落海，我們都以為你死了，所以那或許可以算一次。」關鍵者說。「然後所有人最後都難免一死，所以那可能也算一次。」

「又或許……救我的海盜又把我給丟下海了，那樣就算兩次。」基普說。不過他不相信這種說法。「太好了！很有幫助。現在我知道我只要再死個一次、二次，或是零次。或許得再殺至少一個神和一個王。要想出治療盲人的辦法，或許再弄點真正的信仰。」

「粉碎者，如果事情有那麼容易，預言就不會有那麼多版本了。先知看見真實的景象，但他們必須把景象翻譯成文字，那表示翻成他們自己的語言、自己的比喻。先決條件還是說話的人要真的是先知才行——世界上有不少偽先知。有些盧克教士一輩子都在研究這個。那些盧克教士都是比克萊托斯・藍更稱職的學者，我要強調這一點。」

「但如果一切都是神學上複雜難明的說法，那就根本沒有意義！我是說，如果我不能弄清楚那是什麼意思，那又有什麼意義呢？」

「或許那一切都與你無關。」

「我接受這種說法，但如果我眞是馭光者，難道我不用……」

「不用，即使是那種情況。」

基普看著他，一臉困惑。「我……呃，不太懂。」

「馭光者的預言很可能不是說給馭光者聽的。那些預言是給其他人聽的。說給對預言一知半解的士兵聽，幫助他堅守陣線。說給喪偶的寡婦聽。說給尋找意義的年輕學者聽。說到底，那有什麼差別？你在不清楚預言的情況下還不是做得不錯？」關鍵者說。

「刻意無知。我喜歡這種想法。」基普說。他想了一段時間。「我們說的一切都有可能是指我父親。他落海的時候，大家也以爲他死了──」而且在被一支刺穿他就變成劍的匕首攻擊後，他活了過來。基普沒告訴任何人那部分。他說父親沒淹死時已經有人不相信了。誰會相信其他事？就連基普都不信；他有一半時間都認定是自己看錯了。「──我們也討論過在加文指揮下殺死的神也可以算是他殺的，就算最後一擊不是他下手的也一樣。」

「他的童年不符合。預言說馭光者是來自體制外，從不被接納還是什麼的。這種說法符合私生──大家原先以爲是私生子的提利亞男孩。沒有比這個更體制外了。加文・蓋爾是安德洛斯之子。他在這裡長大。從小就爲了掌權做準備。沒有比這種背景更屬於體制內了。」

「好吧，你之前沒告訴過我這個！」基普抱怨。

「我是黑衛士，不是盧克教士。如果想要討論預言，你該找……好吧，事實上，他們是你最不該去找的人。事實上，我不認爲我們該繼續讓昆丁參與此事。」

「昆丁？爲什麼？」

「我以爲這很明顯。我都忘了你是在提利亞長大的了。」

「爲什麼不該找盧克教士？」

「因爲如果現在是需要重新找回眞實信仰的時刻，那表示盧克教士的做法錯到歐霍蘭得親手撥亂反正的地步。」

「好了，他們不是該樂見歐霍蘭的神蹟嗎？我是說，他們是盧克教士。」

「粉碎者……你眞的那麼天眞嗎？」

「他們服侍歐霍蘭！那是他們的工作！」基普說。

「小聲點。」

「抱歉，隊長。」

「黑衛士存在是爲了要阻止暗殺。但那並不表示我們期待暗殺。」

「這根本是兩碼子事。」基普說。

「擁有的權力越大，就越容易懷疑那些想要剝奪權力的人。以前出現過好幾個假馭光者。如果你在缺乏無可否認的證據時突然冒出來，可能會發現自己站在分裂的大裂縫上。已經不只一次有人暗殺你了，粉碎者。你認爲那些人是誰派來的？」

其中一個是我爺爺派來的，但其他的他通通否認。

「還有誰知道你活著？」關鍵者問。「你剛來的時候，我不認爲法色之王會把你視爲威脅。如果有什麼値得一提的，你甚至還出手幫他殺了加拉杜王，讓他大權在握。」

「謝謝你提醒我。」

「所以如果不是他，那會是誰？」

碎眼殺手會？但他們只是受雇於人的殺手，對吧？

所以除非外面還有其他未知敵人，不然想殺基普的很可能就是盧克教士。但盧克教士？當眞？

「見鬼。」基普說。更多敵人。

接著他很驚訝，因爲關鍵者竟然會對教廷抱持如此憤世嫉俗的看法。「隊長？這不會動搖你的信仰嗎，我是說，如果眞的是盧克教士殺死露希雅的話？」

關鍵者別開頭去。「我的信仰不在於人。」

這話讓基普無言以對。

但是無言以對就基普而言向來不是問題。「那，」基普說。「如果我永遠不能成爲黑衛士，你認爲我該利用這段時間做什麼？」

「學習如何殺人。學習如何領導。認清你的朋友，然後把他們帶在身邊，確保每次有人對你開槍時，子彈都會打到你朋友，而不是你。」

「這樣……這樣看待朋友實在太可怕了。」

「粉碎者，如果你成爲法色法王或稜鏡法王，甚至變成了馭光者，你就不光只是我們的朋友。你的身分首先會是我們的上司。我們爲你而死很合理、很恰當。那是我們的職責所在。」

突然間，基普覺得自己又被鎖在櫥櫃裡，身上爬滿了老鼠，不停咬他，不停咬他。但現在的老鼠是關懷、擔憂、負擔、他可能會辜負的人、如果他失敗的話會死的人、就算他成功一樣會死的人。他覺得噁心想吐、恐懼幽閉、又熱又冷。

「在明知我會爲你而死的情況下，你的人生要怎樣才承擔得起那種犧牲？你就是要那樣過活。」關鍵者說。

「那麼單純，呃？」基普挖苦道。

「單純。不簡單。」

他們又安安靜靜坐了幾分鐘。基普假裝在想事情，但是那整個想法太龐大了，他難以承擔有人凝視著你，考量你究竟有多少壓力。所以基本上，他只是坐在原地，假裝在思考，然後自怨自艾。

當他們起身離開時，他說：「我們應該走他們的路線去安全屋，確認他們的安全，還是直接回去？」

「直接回去。他們都安然脫身了。」

第四十五章

不出三條街，提雅就發現自己並沒有安然脫身。儘管她自以為行蹤隱密，還是有人在跟蹤她。這種事情是有技巧的，就和很多事都有技巧一樣，總之察覺被人跟蹤是黑衛士的訓練之一。於是提雅謹慎地在附近繞路。剛和大里歐分開時，她的移動速度很快。沒有眞的跑起來，但顯然在趕路。轉到第五個彎時，她非常肯定：有人在跟蹤她。

這種情況很奇怪。大里歐應該比她好跟蹤一百倍。但或許他們認為大里歐也比她謹慎一百倍。又或許他們怕他，或許他們也在跟蹤他。

跟蹤她的男人身材矮小。勞工打扮，黑髮後梳，鬍鬚上有色澤黯淡的珠子裝飾。他手裡拿著一頂寬邊帽。三不五時會戴上帽子，不以固定形象跟蹤。這招不錯。

他行走的模樣彷彿十分熟悉這附近環境——不會四下找尋路標。當提雅放慢腳步，回過頭來，彷彿已經停止警覺般朝來時路走時，他又跟了過來。她就是在那時候肯定他在跟蹤自己的。

這裡就顯示出小隊合作的美妙之處了。

提雅強忍笑容，朝第二伏擊點走去。那是關鍵者的主意，而提雅非常佩服他這個狡詐的做法。他看起來很正直、善良，她很擔心他不會採用狡詐的手段。高斯和文森會在那裡等待並解決跟蹤她的人。弗庫帝會往回走一分鐘。戴羅斯會去幫大里歐。如果大里歐看起來像是被追趕的話，基普和關鍵者會跟著他。

這樣分派任務十分合理。沒有敵人會派不能打的人去追大里歐。儘管如此，小隊中提雅最不佩服的兩個人——或在這個情況下，最沒信心的兩個人——肯定就是高斯和文森了。

而且一如往常，當他們在城內出任務時，就只有在攸關生死的情況下才會汲色——不能洩露身分。

提雅轉入一條巷子，拉起兜帽。當時是寒冷的冬天，跟蹤他的人應該不會因此而警覺，但戴兜帽就是暗示高斯和文森有人跟蹤她。不過她皺起眉頭。她轉入巷口的時候有低頭矮身，是不是？

她沿著巷子走，路過高斯和文森的藏身處，低聲道：「黑髮、阿塔西鬍鬚。」然後繼續走。

不能回頭，提雅。不能露餡。她確保自己轉出巷口的時候沒有低頭矮身，不過一離開巷口立刻停步。她深吸口氣，拔出一把薄匕首。她矮身跪倒，把刀刃伸出巷口，試圖看清巷子入口有沒有人影。

什麼都沒有。至少她什麼都沒看到。她得爲此買面好鏡子。

她繼續等候，滿心以爲會聽見扭打或是高斯按照計畫拿木棒擊中對方小腿的聲音。可以的話，他們會搶劫財物，讓對方以爲是隨機打劫，但主要目的是阻止對方繼續跟蹤。

沒有聲音。他跑去哪兒了？

提雅一想到這個問題，她立刻知道自己有麻煩了。她雙腳使力，從跪姿變成蹲姿。她在感覺到身後有兩條手臂逼近時開始往上跳。

對方把她往後拉，一手抱住她的胸口，阻擋跳起來的力道。她的反應快到足以讓任何弓箭手驕傲：當妳很少能跟對手一樣強壯的時候，就必須學著改變規則。提雅沒有嘗試跟男人角力，反而順勢往他的方向推去——他本來就正把提雅往後拉，所以她也乾脆往後跳。

對方大吃一驚，向後傾倒，兩人一起撞在一棟房子的外牆，男人的身體吸收了提雅撞擊的力道。他放鬆手，她翻身下地。

不過男人掌握最後一點抓她的力道，把她的手甩去撞牆，當他們面對面摔倒在地時，兩人都看著她那把落在地上的匕首。

他們一起撲向躺在兩人中央的匕首，並且同時趕到。但當他們撞在一起、男人伸手去抓匕首時，提雅已經抓向男人的手腕。由於缺乏預期中的阻力，男人沒辦法在提雅將匕首轉而向上時阻止那股力量——在最後關頭扭轉男人的手腕，讓刀柄整個插入他肚子裡。

感到匕首入體時，對方神色震驚，這讓提雅有機會奪走匕首。接著兩個人緊緊貼在一起。他伸手到她背後，抱緊她。他抓住一把她的頭髮，使勁拉扯。他的口氣又熱又臭，噴在她臉上。

「阿德絲提雅，果然毫不容情。」他說。「祝福我，女神。祝福我！」他發出噁心的笑聲，緊緊抓住她。

搞什麼——弗庫帝在哪裡？他是她的後援。他跑到哪裡去了？

提雅受困。她慌了。她握持匕首的手可以活動，於是她刺了下去。刺、刺、刺。刺得一點也不精準，沒有像許多小時的課程裡所教的那樣仔細找尋肋骨間的角度。她掙扎、甩手、尖叫，幾乎沒有聽見自己的聲音。她的視線變紅，全世界緊逼而來，火熱難耐。

有人在叫。叫她的名字。她轉身，在對方從自己身上滑落時出肘攻擊，力道微弱，不過沒有擊中任何東西。

有人把那個小男人從她身上拖開。弗庫帝熊抱對方，夾住他的手臂。接著他跑向巷子對面的牆壁，在最後關頭壓低肩膀，把那個男人往地上摔。男人摔倒在地，血肉模糊。

提雅轉身，壓低身形，一臉凶狠，手持匕首。

高斯和文森高舉雙手，站在原地。「歐霍蘭的睪丸呀，提雅，是我們！」高斯說。

「哇！」文森說。「妳把那傢伙殺了。」他的語氣……是讚嘆。

提雅看著那個死人。他衣衫破爛、血肉模糊。鮮血染紅他的頭髮和綁鬚珠的鬍鬚。他頭髮是怎麼染到血的？她根本不記得有砍他頭皮。她很想吐，但心裡只覺得冰冷。死了。殺手。

「你有抹布嗎？」她低聲問。「我身上有血。」

高斯和文森對看一眼，然後看向弗庫帝。他們同時敬畏地搖頭。那感覺很有趣。她笑了。

他們臉上浮現驚訝之情，彷彿是在怕她。喔，他們以爲她笑是因爲殺人的關係。基於某種理由，那其實也很好笑。她笑得更大聲。聽起來像是瘋了。

然後她走向死人。她在他褲子上找了塊乾淨的地方，仔細擦拭她的匕首。然後在褲子小腿的部位割下一塊布。兩個年輕人就這麼呆呆看著她。

她站起身來，不知道爲什麼死人裸露在外的毛腿，比他死掉的事實更令她不安。怎麼會有人長這麼多……腿毛？

多毛。應該這樣形容。表示毛很多。爲什麼會有兩個意思一模一樣的字？

她拿起那塊布，開始擦臉。把布擦得都是血，還黏黏的。她看看自己。她身穿淡褐色的上衣。至少本來是淡褐色的。現在整件衣服都毀了，血跡斑斑。她再度渾身是血。

「弗庫帝，」她說。「上衣脫下來給我。」

「呃？」

「上衣，笨蛋。」

「爲什麼？」

「因爲你可以打赤膊走出這條巷子，過十分鐘就沒人記得。」她瞪著他。他還不懂。「我打赤膊走出去的話就不一樣了。」

過了一段時間。弗庫帝神色茫然。

高斯低聲說：「不然她就得要穿著血衣走出去。」

「喔！」弗庫帝說。他鬆開腰帶，脫下上衣。

提雅脫掉上衣。戰場規則，對吧？她甚至沒辦法讓自己去在乎這種事。喔，不，我的隊員看過我的肚子？血滲透到她的內衣上了，可惡。那是她三件內衣裡最喜歡的一件，唯一剛好合身的一件。她解開繫繩，把內衣也脫掉。旁邊的年輕人都沒看她。弗庫帝默默交出上衣，目光偏向旁邊。但提雅沒有立刻接過。她用她的上衣乾淨的部分——大多是背面——擦拭身上比較明顯的血跡。

現在她知道黑衛士穿黑衣的另一個理由。掩飾血跡。這做法很聰明。她穿上弗庫帝的上衣，腰帶沒有繫得很緊，然後抓起死者的寬邊帽。三個年輕人都呆呆地站在旁邊，什麼也沒做。她把血衣踢到文森面前，說：「摺好，囊克。弗庫帝，把屍體拖到裡面，藏在垃圾底下。高斯，踢土掩蓋血跡。」

年輕人又呆立了很長一段時間，依然無法接受腳下躺了個死人的事實。

「歐霍蘭呀！」她罵道。「動手！動手！」

他們返回現實。開始動作。

兩分鐘內，他們輪流——不同方向、不同時間——離開巷子。沒人阻止他們。沒人大聲叫。好像剛剛的事根本沒發生。

第四十六章

加文手腳受縛，嘴巴也被塞住，在一輛馬車後面醒來，開始笑。那些白痴不知道——他是稜鏡法王。

不再是。好了，這個想法在加文嘴裡留下一股怪味。或許是來自鮮血和污水。馬車在石板地上打滑，加文身體隨之一震。喔，歐霍蘭呀，肋骨斷了。

不過肋骨似乎沒有從奇怪的角度刺進肉，或許只是裂開而已。而且他也沒溺水。這樣算很幸運。但他近期內應該沒辦法游泳了。會攻擊人的海豚？那是什麼玩意兒？海豚應該很溫馴的。

他配合馬車震動慢慢翻身，透過車身看向旁邊的景色。太陽高掛在俯瞰大三角洲的海角上，照亮所有供給拉斯和大部分七總督轄地糧食的遼闊農地。看著大河及沿岸農地，加文第一次感受到色盲的好處。透過黑、白和灰色的目光，雜亂的城市景象不再那麼令人分心。灰色和黑色的建築還是擋在燦爛的白河與農地之前，但卻不會蓋過燦爛的美景或讓人轉移注意。

加文已經很多年沒在洪水季節到拉斯來了。透過傑克斯丘頂的宅邸圍牆往外看，他小時候非常喜愛河岸遼闊的景色。事實上，他至今依然讚嘆不已。每年，大河的洪水都會淹沒大片區域，地圖——比例大到足以顯示整個七總督轄地的地圖——得依照季節不同繪製不同的海岸線，而且不同之處還不只是海岸線而已。在加文眼中，他彷彿看著一片汪洋，遠方的村落宛如玻璃海上的小島。現在是洪水季晚期，河水只有幾根拇指深，淤泥都已經沉澱下來。當有人說瑟魯利恩海早晨比較平靜時，大家都知道那是相對而言比較平靜。但是在此刻這種晨間時分，大河河面平靜到不像是眞的。

就像成年人參與一件大工程般，眞正令他讚嘆的是自然界的架構。住在大河沿岸的人並沒有征服自然；他們在自然身上放了一具牛軛。每年洪水都會來襲，農夫就會撤回小村莊、安逸的家園裡。每一棟屋子的地基都挖得很深，深入肥沃的沖積土之下。整座村落比周遭地面高出五到六呎。村民很清楚河水會漲高多少。他們毫不懼怕洪水。

洪水季節相對而言變成了休息的時刻。人們舉行婚禮、舉行宴會、舉辦體育賽事、整修房屋、整理工具、唱歌、清理器具、做愛。還有，在加文平定血戰爭前，他們會強化城牆，男孩和男人入伍受訓，打磨武器，準備應付接下來數個月內的盜賊掠奪。

但對大河的仰賴沒有結束。隨著水位上揚，等到農夫能確定今年水位會有多高，村裡的長老便會指示開啓或關閉渠道，控管水流速度，避免土壤沖刷。整個洪水季裡，老男人監視大河的狀況，老女人看顧村民。當洪水終於消退後，長老會指示開啓那些渠道，慢慢抽光田裡的水，不過要先讓沖積土沉澱，永遠都努力想取得最長的生長季，也永遠在準備提防暴雨的防洪堤。

他們駕馭土地、大河和勞力的高超技巧，取得了其餘總督轄地只能嫉妒的農業成果，眞的非常嫉妒。

賜給他們這麼多食物的平地並沒有提供多少保護。大河本身只能防禦一側。地廣人稀，沒辦法看守所有土地——這還得先假設沒有任何村長接受賄賂，在承諾會剷除住著宿敵，或是有宿怨未清的鄰近村落的強盜動手時，睜一隻眼閉一隻眼。

他們不是平白自古稱這裡爲血平原的，不過那同時也是九大國度中包含今日的血林和魯斯加地區王國的名稱。只要攜手合作，森林裡的戰士和河岸的農夫就能成爲無可抵擋的勢力。他們建造了歷史上第一支海軍，有錢人得建造並維持一支眞正的艦隊。

而國王善用艦隊，其中一個國王甚至派遣艦隊順流而上，直達漂浮城市，那個年代只有在洪水季節才能完成這種旅程。這趟旅程在後勤挑戰上的成就超越軍事意義。當時沒有人想到要建立常備軍。支付無法種田農民的開銷肯定高到不像話。所有人都知道強盜到晚夏才會開始出沒。

所以當艦隊抵達漂浮城市時，防守方完全沒有防備。海軍經歷旅途勞頓、飢餓，各式各樣運輸勞動，還有對同袍累積出的怒氣，於是在抵達漂浮城市後做出許多令人髮指的事情。他們的指揮官不但沒有管制部隊激動的情緒，反而主動搧風點火。

他們竭盡所能地掩飾在那裡的作爲，宣稱獲得光榮勝利。但當時有張九王牌流傳了下來。

加文沒有看過那張牌。他一生中已經見過夠多的屠殺景象了。有些牌裡的景象是沒辦法從記憶中抹滅的。有時候他懷疑哥哥加文十三歲生日的時候就是做了這件事。父親是不是帶他去看牌了？

十三歲？父親當然不會這麼傻。

但那之後加文就整個變了個人，拒絕談論發生了什麼事，當達山持續逼問時，他第一次動手毆打弟弟。那件事在兄弟之間畫開了一條鴻溝，無意間激怒哥哥，還有那一拳。達山以爲是自己的錯，不該那樣逼哥哥。他看見哥哥雙眼含淚，彷彿不敢相信自己打了弟弟。但他還是站在弟弟面前。沒有道歉。一直沒有道歉。

那就是裂石山大戰的開端。

我很抱歉，達山。

什麼話？我很抱歉，「達山」？我這張面具實在戴太久了。

我在船上時到底在想什麼？竟然告訴他們我是達山？瘋了。我爲什麼要做這種事？

他們甚至沒有改變對待他的方式。更重要的是，在他們與安東尼・瑪拉苟斯相處的短短幾天中，似乎都沒有告訴那個男孩說加文曾宣稱自己是達山。

無論如何，他手滑了。在繩索頂端手滑，會往下掉幾段繩結的距離。但是在繩索的底部手滑會跌落萬丈深淵，而加文此刻肯定位於最底端。

四周景色掠過，美麗但是對他而言毫無意義。接著，當他們開始爬上傑克斯丘時，有人注意到他眼睛睜開了。幸運的是，對方沒有拿鈍器捶打他的腦袋，只是丟了塊毯子蓋住他的臉。有時候人們會在你意想不到的時刻展現教養。

或許又過了一個小時，頭上蓋著毯子被領著走過好幾扇門後，加文被丟在一間囚室裡，然後毯子才被拉開。他沒在那裡待太久，門就開了，一個女人走了進來。

「妳操控了淺水海豚的意志，」加文說。「聰明。」

伊蓮・瑪拉苟斯沒有屈尊俯就回應他。雖然毯子拿掉了，他還是在地牢，這表示前途不太光明。

「施展那種魔法可被判處死刑，但真的很聰明。」加文說。

她還是什麼都沒說。伊蓮・瑪拉苟斯沒有她妹妹那種少見的金髮，而是留著一頭垂到下巴的褐髮，有時候會遮住她半張臉。而且她不懂汲色。也沒有她妹妹曼妙的身材，雖然這點在她身穿男人服裝時不容易分辨。她們的臉形一樣是心型的，伊蓮的目光也比提希絲銳利。

「在你眼中，一切都與魔法有關，是不是？失去了魔法，你們蓋爾家的人就變得一無是處。」她搖頭。「你是怎麼讓全世界聽從……那一套的？海豚是我們訓練出來的。用傳統方式，拿點心、愛、毅力和紀律慢慢訓練。」

「八成是謊言，但我很欣賞妳那義正嚴詞的模樣。」加文說。「很有說服力。」他雙腳移到床邊，試圖站起身來。肋骨痛到令他難以呼吸。裂開的肋骨。不過傷口包紮過了，還有人趁他昏迷時幫他洗身子。或許他眞的有機會。他淺吸幾口氣，蓄積力氣，站起來。在別人坐下時站著，或是別人站著時坐下，都會產生一種權力消長的關係，或是拒絕這麼做。

他比伊蓮・瑪拉苟斯高，也壯碩許多。高壯的身材和俊俏的五官通常能夠大幅降低對方敵意。就連喜歡女人的女人也會喜歡英俊的男人。

伊蓮・瑪拉苟斯皺眉，這表示他這樣做有效果了。當然，相貌英俊只能把門推開一條縫。特別是牢房的門。

「可否請問，」他說。「我爲什麼會在牢房裡？請原諒我之前的無禮。因爲我很痛。劇痛會讓男人脾氣暴躁。」他微微一笑，同時皺眉。

小心不要演得太過火了，加文。

事實上，這座地牢算不上什麼地牢。只是有分隔出幾間石室的地窖。這裡很乾燥，沒有老鼠，這表示他們有養貓，但也沒有貓毛和貓尿味，這表示有人在打掃。從堅固的屋梁判斷，這裡肯定大房子或宅邸的地下樓層。所以是傑克斯丘富人區的奢華大宅。除了瑪拉苟斯的家族宅院外不可能是別處。

這表示他只要張口大叫，他自己家的人就會聽見。儘管他已經多年沒回來了，蓋爾家在這裡還是有房子。他們和瑪拉苟斯家是鄰居。地段稍微好一點點，當然。

這對瑪拉苟斯家族而言就像插在全身的芒刺一樣——一個世代前，蓋爾家族只擁有一小塊沼澤地，用看起來可憐兮兮的土牆圍著。蓋爾家族曾勢力龐大，聯合大河兩岸的家族——但在一次形勢逆轉後，就只剩下在血林地區的一些影響力和用那塊腐臭土牆圍起來的地方。安德洛斯・蓋爾以那塊地爲根據地，最後成爲代表魯斯加的紅法王。他利用紅法王權勢，強行收購了傑克斯丘上最好的地產，而瑪拉苟斯家族顯然在瑪爾希歐斯家族衰敗後就想把那塊地據爲己有。

取得那塊地產後，蓋爾家族根本沒有住進去；他們鮮少造訪拉斯，但安德洛斯・蓋爾還是爲了滿足虛榮心而搶走了最好的房子。有些人說那棟房子比總督的房子還好，而總督還得和所有政府官員分享自己家。現在加文來了。他環遊世界，最後淪落到家鄉的一間囚室裡。

伊蓮好一陣子沒有說話，只是一直打量他。他保持愉快中立的表情，抱著渺小期望她會宣稱這是場誤會。大戰略家說過，想要敵人戰死，那就切斷所有後路；如果想要敵人撤退，那就留一條生路給人走。年輕時，加文喜歡截斷後路，喜歡壓倒敵人、支配敵人、摧毀敵人，就算那種做法風險很高也無所謂。

加文沒有看見任何手勢，不過有個站在加文視線範圍外的僕人從走廊上走來。他戴著絲手套，端著琥珀金盤，盛了一杯酒給他的女主人。盤子上沒有第二只杯子。

她喝酒。皺眉。

加文可以聞到酒味。聞起來像是燒過的泥炭和發酵的大汗珠。他很高興她沒請自己喝酒。

「對你來說，什麼是勝利，加文・蓋爾？」

「不好意思？」

「你的計畫是什麼？很顯然你當過槳帆船的奴隸。手腕上的傷口還沒癒合，所以過去兩週內你還有戴鐐銬。背上鞭痕是紅色的，但癒合了，所以你去年有被鞭打，但是過去一個月內沒有。如果你上次刮鬍子時還沒失去自由，那根據鬍鬚長度判斷，你遭受奴役約莫六個月左右。時間上和盧城之役相吻合。你在划槳的這段期間裡，當然有擬定計畫。」

「或許我所有計畫都著重在怎麼擺脫奴隸生涯。畢竟，在六個月內擺脫奴隸生涯已經比大部分槳帆船奴隸快多了。」

「大多數奴隸不會遇上我堂弟上船解救。」

「所以妳，嗯，已經知道了？」加文問。

「你們抵達港口時，他就通知我們了。」

喔，那個男孩帶了鏡子。那就是天一亮伊蓮就派遣槳帆船去把他打撈上岸的原因。一面鏡子。加文完全沒有料到。

人往往會敗在這種小事上。

「你這個笨男人。」伊蓮說。她把酒一飲而盡。「我昨天晚上就和他聊過了。你知道他深深為你著迷嗎？你悉心耕耘了這麼多傳奇故事。當他在那艘槳帆船上發現你時，他以為是歐霍蘭派自己去救你的。那是他的天命。年輕，生命中不曾有男人榜樣，你懂。他把你放在高台上供著。」

「他是個好孩子。再過不久就不是孩子了。」加文誠心說道。

她手裡又多了一杯酒，但她等到僕人——連看都沒看加文一眼——走到完全聽不見他們交談的距離外後才繼續。「你知道如果你老老實實把不想前來拉斯的理由告訴他，他很可能會背棄整個家族跟你走？但你是個騙子。可怕的小人，把謊言當成斗篷一樣裹在身上。你在那些斗篷下是個空殼，加文・蓋爾。他甚至會忤逆我這個身兼父職和母職的人。你懂嗎？即使此時此刻，我還是得要小心應付，確保他不會跑來救你或做什麼蠢事。但我會監視他。我不會讓他和你走得太近。你不可能從他那邊得到任何幫助。」

「而妳打算把整船的人通通封口？」加文問。

她不喜歡這種說法。「我辦得到。」她說。「但還沒有決定要不要這麼做。」

想要封口一百二十二名水手只有一個辦法。她已經扣押了他們；此刻她在決定要不要殺光他們。要在不走漏風聲的情況下餵飽這麼多囚犯不曉得能撐多久？還要多久才會有人想起加文曾爲了換取自由而自稱是達山？

「那麼，回到我的問題，」她說。「你有什麼計畫，你認爲要怎麼樣才能從現在的處境去執行那個計畫？」

他沉默，但就連沉默也沒辦法在這個女人眼前隱瞞眞相。

「因爲我有個計畫。」她說，語氣聽來不懷好意。「我的計畫是查出你的計畫，然後讓你去執行，如果你眞的那麼厲害的話。」

「但是？」他試探性地問。

「但是。」她對他微笑，潔白的牙齒看起來像是陽光下的墓碑。她握住牢房的欄杆，正要說話，接著她的嘴唇露出厭惡的嘴型，放開濕滑的欄杆。她搓揉手指，一臉噁心，然後抬頭。立刻有個僕人拿手帕過來。她接過手帕，揮手遣走僕人。「加文・蓋爾，我要知道你的計畫。我要知道你是怎麼定義勝利的，等你獲得勝利時，勝利的滋味會像是溺水之人嘴裡的水。」

「但是那聽起來不是好事。」像試圖困惑他。在安撫他。

她目光凌厲，但聳了聳肩，喝光杯裡的酒，沒有動手打他。「你有很多特點，加文・蓋爾，但你絕不輕信於人，也不蠢。你一定有計畫。」

「既然妳已經明明白白威脅過我了，妳以爲我是活在什麼瘋狂的世界裡，竟然會想要把計畫告訴妳？」

「就這個瘋狂的世界。」

「顯然妳是這麼認爲的。問題在於妳得說服我。」

「如果你不告訴我，我就殺了你。立刻。」她語氣平淡，帶有污辱的意味，彷彿隨時打算殺了他，絕對不會後悔。那是曾動手殺人的人說話的語氣，而且殺人並不爲了什麼特別的理由。他想到一整艘船的人都可能因爲她的一句話而死。她做出這種事情，有可能脫身嗎？在拉斯？不太可能。但是就算事後證明他是對的，對那些人和他自己而言都沒有任何好處。眞正的重點在於她認不認爲她能脫身，或是她在不在乎脫身。

「好了，這樣講還眞是缺乏創意。」他說。

她沒有露出一絲笑容。他的魅力毫無意義。「暴行往往能達到創意無法達到的目的。」

「我懂——」

她說：「我不要再聽你多說一個字，除非你是要——」

「妳眞的一定要——」

「那就是一個字了。你最好不要告訴我一定要做什麼或不做什麼。我不會容忍你再度插嘴。」

加文住口。

「你試試看。隨便說個字就好。」她冷冷看著曾令總督和法色法王發抖的男人，他看得出來她很希望他試試看。

她哈哈大笑，好像在開玩笑。「哈！你眞該看看你現在的樣子，加文·蓋爾！」

他一臉困惑地傻笑。

「事實上，或許你該看看自己！」她故意左顧右盼。「但這裡沒有鏡子。對了，你知道，我認識一個逼供專家，宣稱自己可以不弄斷肌腱而拔出眼珠，讓人看見自己的臉。想試試看嗎？」

加文肚子裡彷彿有蛇在翻身，心中浮現在戰場上面對光暈粉碎的馭光法師，用充滿絕望、什麼都做得出來的目光凝視他的那種恐懼。他記得有個男人手裡握著火繩，火星四射，坐在一塊營地中央的火藥桶上，漫不經心地唱歌，而達山和四百個手下藏在一個小山洞裡，躲避哥哥的巡邏隊。沒有人可以在不驚動加文部隊、害死所有人的情況下離開山洞，但若瘋子拿火繩去碰火藥，大部分的人就死定了。加文——當時的達山——靠著三寸不爛之舌解決了那個狀況。小心謹慎，沒用魔法。

他稍停片刻，肯定她這回是在提問，而他也可以回答，加文說：「我敢說我一顆眼珠被挖出來會很好看。」

她眉毛抽動，但是沒有笑。

「我這麼說的意思是，不了，謝謝。」他說。

「所以問題就很簡單，加文．蓋爾，但我並不是你用足以讓方圓十里格內所有處女膜鬆開的親切魅力和微笑就能打發的笨蛋。不把所有實話通通說出來，你就會死。把實話全說出來，我就會竭盡所能讓你只差一步就會失敗，但是獲勝了也毫無價值。你怎麼說？」

我說妳瘋到無可救藥，我要拿磨尖的湯匙去插妳的脖子。

「所以妳要我把計畫告訴妳，好讓妳盡量阻擾我，但又不讓我失敗？」

「等你達成目標後，我會讓你的勝利變得毫無意義。看吧，我相信你，加文．蓋爾。」

她不停直呼他的全名。這和她那單調的仇視目光一樣令他不安。

「或許在槳帆船上的日子讓你變笨了。」她說。「假設你的夢想就是生下一條血脈去當總督、稜鏡法王和法色法王。我會讓你活著離開這裡，而不是殺了你。但割掉你一顆睪丸，捏碎另一顆。你會一輩子都在期待或許，或許你還能生兒子。如果你真的生了兒子，那在你臨死之前，我會讓你知道我閹割了你的兒子。你現在瞭解了嗎？」

加文說：「妳似乎為了某些原因看我不爽。」

她目光低垂，搖頭，神色懷疑。接著她微笑。「你真的很迷人。我看得出你為什麼能讓別人按照你的意思去做。但是在這裡不行，加文。我在等。」

「妳何不告訴我妳的計畫，我也告訴妳我的？」加文問說。「我甚至不曉得妳為什麼痛恨我。」那當然是在說謊。

「對你來說，一切都是一場競賽，是吧？」她問。她的語氣近乎悲傷，加文有預感這不是什麼好兆頭。「一切都與意志有關，而加文·蓋爾是意志的實體化身。你就是這樣想得嗎？你就是這樣看待世界的嗎？即使傷痕累累，身處牢籠，你是認為只要假裝欄杆不存在，它們就不算什麼？或許從前真是如此。你現在已經不是稜鏡法王了，蓋爾。你是個空殼。你是個傷痕累累的槳帆船奴隸，就這樣。只是普通人，想要我聽你的話。你知道你的弱點在哪裡嗎，前任稜鏡法王？」

「女人。特別是魅力驚人的女人。不光只是懂得穿舞會禮服，還要真能駕馭那套禮服的女人，比地獄石還要稀有。體格強健的女人。大胸脯的女人。或是瘦女人。不要忘了還有聰明的女人。不能忽略臥房情趣的價值。」或是一個超越以上所有特質的女人。加文心裡一痛，臉上卻掛著愚蠢的笑容。

「雙手放在欄杆上。」伊蓮說。

加文照做。

「手指分開。」

不是好兆頭。但她站得很遠，他絕對有辦法在她動手傷害他前縮手。於是他照做。

「挑個一到十之間的數字。」

他不喜歡這樣的發展。在雙手都舉在面前的情況下……「一。」他說，一副挑選一是因為他向來都是選一的模樣。

她從右邊數過來。「一，」她說，指著他左手的小指。她的笑容不懷好意。「我要給你一個選擇，我想應該能讓你認清自己的弱點。」

「我承認，當我得數到超過十的數字，而腳趾都在鞋子裡的時候，我就數不下去了。」

「你的選擇如下，加文‧蓋爾。」

歐霍蘭慈悲爲懷，她這樣一直叫他名字快要把他逼瘋了。好像她知道眞相一樣。

「你想要我們用最大的字體在你臉上刺『笨蛋』，還是寧願失去小指？你自己選。」她說。她雙手於胸前交抱。

「很糟糕的測驗。一點都不會透露妳以爲會透露的事情。」加文說。

她說：「再說一個不是『手指』或『紋身』的字，我就會來個雙管齊下。」

如果選擇失去手指，她就會說他愛慕虛榮。虛榮就是他的弱點。但是世界上有哪支部隊會聽從臉上紋了「笨蛋」的人號令？失去汲色能力時，想要領導其他人本來就已經很困難了。紋在臉上的羞辱會讓領導難上加難。他沒辦法掩飾這種東西。加文見過有人試圖掩飾不好看的紋身。那只會讓他糗上加糗。

他看向走廊，門外有兩個僕人看著裡面，注意瑪拉苟斯女士的手勢。他慢慢深吸口氣。肋骨裂了，這樣做痛得要命。這表示下一步會痛上十倍有餘。

「我名叫加文‧蓋爾！」他對著僕人、對著門口大叫。「我父親會支付大筆賞金給回報我下落的人！我父親是安德洛斯‧蓋爾！任何幫她折磨我的人，都會付出代價！」

他一開始叫，僕人就慌了。他們沒有立刻看見伊蓮指示他們關門，他在他們關門前幾乎把話都喊完了。

喊完後，加文坐倒在地，眼中冒出淚水。他嘗試小口呼吸。或許肋骨不只是裂開而已，或許完全粉碎了。

「那是什麼意思？」伊蓮問。

「就是我在對妳比中指的意思。」

第四十七章

提雅沒辦法不去看她血淋淋的雙手。她低聲說道：「那樣不對。」

「呃？」基普問。

「我們做的事情。那樣不對。」她說。她抬頭看他，覺得羞愧宛如地獄山上的風雪般覆蓋在自己身上。她說：「我殺了一個人。」

他們集合的安全屋根本不是一間屋子。這裡之前是沿著修桶舖側牆建造的一間小雞舍。他們都不知道黑衛士是什麼時候取得這屋子的，不過和修桶舖已經用牆壁分隔開來，在低矮的前門放了些新工具，看起來像間工具間。屋裡的地板都挖空，讓空間看起來比外面大得多。沿著牆面擺有半打三層床鋪。一面牆上有座爐灶，很聰明地規畫通風管連接修桶舖的煙囪。僅存的空間大部分都堆著食物、武器和衣物等補給品。

「妳——我們——殺了一個人。」基普說。

「喔，這樣講有什麼不同？他死了！我搞砸了！」

「我們是戰士，提雅，」基普說得好像她在犯傻一樣。「我們受訓就是爲了這個。」

「我知道！我知道，」她說。她看向其他隊員。她搖頭。她讓他們失望了。她應該直接閉嘴。「無所謂。我沒事。你可以丟條天殺的毛巾給我嗎，弗庫帝？」

「我弄好就會丟給妳，婊子。」弗庫帝說。他通常態度都很好，但是當他態度不好的時候，會變成怪物。

基普的速度快到超乎提雅想像。他雙手抓起弗庫帝上衣正面，把對方抬離地面，推去撞牆。「她是我的搭檔，」他說。「是你的隊員。我知道你心神不寧。但是。不要。」

弗庫帝的腳完全沒碰到地——而弗庫帝是小隊裡身材最高大的人之一。見鬼。基普越來越強壯了。

基普放下他。「毛巾。麻煩。」

弗庫帝遞出毛巾。偏過頭去。「抱歉。」他喃喃說道。

「對她說。」

「抱歉，提雅。」他說。「我沒想要這麼渾蛋。」

「我會在訓練時磨練你的個性。」提雅說。她捶了他手臂一拳，力道不算輕。但她很高興他道歉。她喜歡弗庫帝，但他講話激怒自己，而她沒力氣教訓他。此刻沒有。

基普把毛巾給她。「妳剛剛說什麼？」

她氣沖沖搶過毛巾，她不該那樣對他的，而這讓她更生氣。「別管了，粉碎者。你又不是我爸。」這樣講很不公平。她很感激他出手相助，但她突然怒火中燒，只差一點就要哭了。

「我不是，但我殺過人。把話說出來。」

提雅開始擦手。她冷冷凝望毛巾、她的手、擦手的動作。「萬一……萬一他們師出有名呢？血袍軍，我是說。」

「不管那個，」文森說。「殺光他們，讓歐霍蘭去決定對錯。」

提雅聽過類似論調，但那是在自吹自擂。是很幼稚的大話。不過這話從文森口中說出來，聽起來像是認眞的。

「不，」基普說。「提雅……他們當然師出有名。」

「你在講什麼？」關鍵者首度開口問道。他本來打算讓小隊隊員自行處理，但提雅看得出來他不希望討論內容偏向異教言論。

「沒人會說克朗梅利亞完美無瑕，提雅。法律是要付出代價的，我們隨處可見那些代價。克朗梅利亞擁有權力，在某些地方會濫用那些權力。歡迎來到人類的世界。沒有法律也要付出代價。我生長在提利亞，那裡是最接近血袍軍理想中法外天堂的地方。提利亞具有很多特色，但是天堂？」基普嘲弄地哼了一聲。

「想想黑衛士。想想黑衛士的領導人。鐵拳指揮官或許是我們所認識最好的人。劍客守衛隊長，一個好人。不是很有想像力——」

「粉碎者，你不能——」關鍵者開口，但基普直接蓋過去。

「我當然能！」基普說。「我們是黑衛士！我們不怕真相！記得嗎？不是很有想像力，但是看重職責、勤奮努力、忠心不二。很傑出的第二領導人。我們顯然失去了懷特·歐克守衛隊長，但她能力也很強。光陰守衛隊長？有點愣，但很聰明，適合管事，不適合衝鋒陷陣，但是有能力。綠杜石守衛隊長？她當軍官有點太友善了，不過還是稱職的軍官。鈍器守衛隊長？有點太不友善了，但還是很稱職。看看排名在我們前面的小隊，基本上我很欽佩他們。看看我們自己，我能想到最好的隊員。我說得對嗎，隊長？」

「這就是我放棄升遷的原因。」關鍵者小聲道。「至少是一半的原因。」提雅和其他人都知道另外半個原因。和他們一樣。爲了馭光者。

「你的重點？」提雅問基普。

基普說：「如果關鍵者之前沒有放棄他的職業生涯，阿朗就會進入我們小隊。他是個奸細，儘管我們有這麼多好領袖，他還是差點就混進來了。或許他會在成為正規黑衛士前遭人揭穿，但人手如此不足，我懷疑。他很可能會在一年內就進行最終宣誓。那還是在黑衛士幾乎沒有出錯的情況下。老實說，就算有我們在也一樣。有些加入黑衛士的人背景並不乾淨。有些人——甚至我們這些新進學員——都曾被勒索或賄賂過。為什麼？因為我們有權力，還會取得更多權力；因為擁有其他人想要的東西。有些人不小心誤入歧途，有些人徹底腐敗——不管原先占有多少優勢，對吧？我是說，我們受人敬重，薪資優渥，擁有所有想要的東西，而且還引人注目，我們擁有克朗梅利亞所能提供最好的一切——但還是有弱點、會接受賄賂，會有人出賣自己人。」

「情況沒有那麼糟。」弗庫帝說。

「就是那麼糟。」基普說。「你只是還不願意面對而已。」

「沒人賄賂或勒索過我。」弗庫帝說。

「弗克，」基普有點惱怒地說。「那是因為他們認為你太笨了，不能賄賂，太善變了，不能勒索，太愛講話了，說不動。第一項是他們弄錯了。」

弗庫帝眨眼眨到像是被人打了鼻子的狗。

但基普繼續說。「但那不是重點。如果像黑衛士這種人少、有錢，又有良好領導和各種優勢的團體，都可能有成員腐敗了，怎麼能期望人數眾多、權勢滔天、散布七總督轄地各地——而且有些地方領導人能力還很差——的團體會比我們更加嚴守道德分際？」

「你是指克朗梅利亞。」提雅說。

「沒錯。」

「我對他們有所期待是因為他們在歐霍蘭面前宣了誓。」大里歐說，這是他首度開口說話。「因為他們是歐霍蘭在人間的手。不該違反那種神聖的信任。」

「不，」基普說。「他們不該。人們永遠不該違背誓言。」

「但他們還是會違背。」弗庫帝說。祝福他，每次都會把最明顯的事實說出來。但是話說回來，有時候把最明顯的事實攤在陽光下也是有好處的。

「血袍軍是由騙子領導的天眞之人。」基普說。「他們不遵守曾經發過的誓言，不願意在自己變成危險時結束性命。他們心裡害怕、不忠實，於是宣稱誓言沒有效力。他們想用力量統治其他人，所以聲稱克朗梅利亞不該用力量去統治他們。克朗梅利亞說所有人在歐霍蘭眼中都是平等的，我們的力量和特權讓我們成爲更強大的奴隸。我不喜歡卡達老師，但這部分她沒說錯。另一方面，法色之王說馭光法師天生就比常人高等——但他同時又說要廢除奴隸制度。告訴我，如果馭光法師天生就比常人高等，爲什麼要廢除奴隸制度？」

所有人沉默了一段時間。

「因爲他需要部隊，」關鍵者說。「而要離開提利亞，就必須通過洛利安的礦場和當地數以萬計的奴隸。」

「要分化你的敵人，」戴羅斯說。「害怕奴隸反叛的軍隊不會離開家園太遠。」

「只要記住法色之王的所作所爲都是爲了掌權，你就能了解他做那些事的理由。」基普說。

「不會那麼單純吧？」提雅問。「如果那麼單純，爲什麼你看得出來，其他人都看不出來？」

「因爲我是個壞人，所以了解壞人的想法。」

他這麼說是什麼意思？想要別人恭維他嗎？

但基普還在說話。「不要從一個人宣稱的理念去評判他，要從行爲去評判。看看法色之王做過什麼。他們的做法是錯的，提雅。他們是騙子，是殺人凶手。那並不表示我們做的一切都是對的。那並不表示我們家不用徹底打掃。我只是不認爲得把房子燒掉重新開始。」

弗庫帝點頭。「我們家鄉有句諺語：你家的狗身上有跳蚤，並不表示你要開門放狼進來。」

「我爸也說過那句話。不過他是說放老婆、皮疹、床和妓女進門。」文森說。

高斯說：「毫無疑問，他靠親身經驗學會這個教訓。」

弗庫帝和大家一起笑，然後說：「我沒聽懂。」

「這就是那種笑話，弗克。」高斯說。

「就是你解釋了就不好笑的那種？」弗庫帝問。他很熟悉那種笑話。「肉瘤呀！」

這是他罵過最髒的髒話。前一陣子他都是罵：「象鼻。」

「你認爲那麼簡單，粉碎者？」提雅問，不管其他男孩。

「在僞稜鏡法王戰爭期間，加文手下的將領下令焚燒加利斯頓。那很愚蠢。錯誤。可怕。火勢擴散，燒死了好幾千人。那並非策略；那是爲了報復盧城屠殺事件，但手段殘暴多了。可是加文贏了那場戰爭。而在戰勝後，他又不能懲罰做這件事的人，雖然我很肯定他想這麼做。他們說——或許他們甚至相信——自己的所作所爲都是爲了勝仗而非做不可的事情。於是他頒贈勳章，然後請他們離開。現在傑斯伯群島上沒有半個參與焚燒加利斯頓的人。你們認爲那是巧合嗎？那些人現在的身分地位都沒辦法再做類似的事情了。加文在事發後所作的處理算是好事嗎？不。但那已經是最好的處理方式了。」

「那這個呢？」提雅問，伸出依然沾有血跡的手和擦血擦不乾淨的血巾。「這就是最好的處理方式？」

基普冷冷凝視她的雙眼。他伸出乾淨的手接過毛巾，在自己的手掌上抹血。「不是最好的處理方式，提雅。辦得到的處理方式裡最好的？一點也沒錯。」

凝視他的雙眼後，她相信他。戰爭是邪惡的東西，但她並不會因為打仗而變邪惡。這種說法讓她卸下一點重擔——不多，但夠了。

二十分鐘後，小隊成員都清理完畢，所有人輪流向關鍵者報告任務狀況後，他們在安全屋門口列隊，準備回克朗梅利亞回報。關鍵者顯然不喜歡做任務回報。

「提雅，」關鍵者說。「出列。」

「呃？」

「妳是我的副手了。副隊長。」

提雅看向原先的副隊長弗庫帝。他看起來並沒有不高興。「晉升是我提出的，提雅。」他說。「我們剛剛都嚇僵了。我嚇僵了。這是妳應得的。」

應得的？她剛剛根本發狂了。她怕自己開口會亂說話，所以乾脆地接受新職務。

「粉碎者呢？」她問。

「粉碎者是粉碎者，」關鍵者說。「他，呃，不屬於我們的指揮鏈。該聽他的話時，我們就聽。剩下的時間，他聽我們的。可以嗎，粉碎者？」

基普看起來有點沮喪，但又很堅定。「所以開始了？」他低聲問關鍵者。

提雅不曉得他們在講什麼。「很久以前就開始了，粉碎者，」關鍵者說。「唯一的問題在於你要對抗命運，還是操縱命運。」

「命運？」基普問。「粉碎者這個綽號是你取的。」

「哎呀。」關鍵者說。面露諷刺的笑容。

「沒問題，隊長。我就先走出半步吧。不過這也算是我最想做的事情。你知道，對吧？」

「我知道想要……達成不可能的目標是什麼感覺。」他嘴角抽動，提雅知道他想起了露希雅。

基普說：「你是我們裡面最強的人，關鍵者。從各方面來看都一樣。你別給我死了，聽懂了嗎？」

「去，我所向無敵。」關鍵者說。「回去吧，加快腳步。看看我們能不能再把這裡弄小一點。」他戳戳基普的肚子，兩人一起微笑。

男孩子。提雅眞愛他們兩個。

第四十八章

數週後，他們再度於費斯克訓練官面前列隊站好。他惡狠狠地環顧克朗梅利亞地底訓練場。到處都有黑衛士在訓練不是黑衛士的男女。不過他以毫不掩飾的厭惡神情看向其中一區。

傳說中的光衛士現在化為現實。所有囊克也和他一樣看他們不爽。新任普羅馬可斯隨手一筆就成立了光衛士，他們等於是安德洛斯．蓋爾的私人部隊，成軍目的是要防守傑斯伯群島，他是這麼說，但光衛士只聽從他的號命。

雖然其他掌權者似乎都看不穿，但黑衛士看穿了他的意圖。光衛士是由傭兵、惡棍、上次戰爭中的老兵，還有其他所有願意藉由聽從安德洛斯．蓋爾號令換取金錢或庇護，不必擔心自己所作所為會遭受起訴或報復的人所組成。統領他們的大多是被刷掉的黑衛士和想要贏得安德洛斯．蓋爾寵幸的窮困貴族子嗣。

他們身穿有大銅鈕釦的長尾白外套，只因一點小事就獲頒勳章。更有甚者，他們擁有部分黑衛士的特權：其中之一就是可以攜帶武器進出克朗梅利亞。

而且他們還是由——在普羅馬可斯的堅持下——黑衛士親自訓練。那感覺就像是被迫拿生鏽的刀剖腹自殺。

「今天，特殊訓練。」費斯克訓練官朝光衛士的方向啐道，然後偏開目光。

現在幾乎所有訓練都是特殊訓練，而且也不再假裝只是在訓練而已。讓表現最好的新進學員宣誓成為正規黑衛士的事情暫時打住。因為鐵拳指揮官發現宣誓後，他的手下就會被分派到訓練光衛士之類的任務，所以他藉此維持人手。

其他黑衛士被派去執行其他任務：有些去尋找加文，有些會消失數日到數週不等，發誓不能透露自己的任務內容。不過至少在黑衛士的圈子裡，消息還是流出來了。他們是去尋找剋星。他們說七種法色都有力量中心。在基普耳中，這聽起來就是還有更多神要對抗的意思。

有些人回報奇怪的景觀，遭遇到奇特的現象。其中一人從阿塔西帶回一隻叫作沙龍的小蜥蜴。囊克認為牠是有史以來最沒力的龍。牠不會噴火或做任何有趣的事，但當他們殺死牠時，不需添加任何燃料就能放火燒牠，整整燒了三天。沙龍不曉得透過什麼方式與紅盧克辛融為一體，有點像是從前的阿塔西夫斯塔樹。這是多年以來第一隻被人發現的沙龍。

魯斯加傳出正常這個季節應該已經枯黃的地方，長出大型九芒星形綠地。這有可能是叛變綠法師為了幫法色之王表達訴求，替土地施肥製造出來的現象；但有兩個黑衛士親眼見過。他們認為自己看見的綠地大到需要三、四個綠法師聯手才弄得出來。

在帕里亞，一組人馬找到一個村落，裡面有半數水井裡都積滿了橘盧克辛。村裡長老信誓旦旦地說附近沒有橘法師。一週內，橘盧克辛不翼而飛。

還有一些更誇張的謠言，像是提利亞的火焰風暴，說是在下雨、下冰雹和下雪時，天上不會閃電，而是降下條狀火焰。阿伯恩平白無故出現大地洞。培里寇外海出現沸騰海面。動物出現奇怪的行為，就連植物似乎都產生了意識。他們根本沒辦法分辨哪些是真的，哪些是瞎說；沒過多久，本來管制圖書館裡一些唾手可得的書籍都借不到了。安德洛斯親自指派的學者跑進圖書館，拿走一堆書，然後二話不說就跑掉。

這段時間裡，戰爭還是一直在打。敵軍持續推進。其他人在遙遠的地方代替他們作戰。

所有人列隊站好後，費斯克訓練官說：「今天你們的任務，所有小隊都一樣，要去東灣碼頭。任務分派完畢。出動。」

他說完了。

「長官？」名叫克麗雅的弓箭手問。「我們要做什麼？」

「聽著，命令有什麼不清楚的地方嗎？出動。」

他們出動。

「那是怎麼回事？」弗庫帝在他們抵達百合莖橋前問。

關鍵者神色陰沉。但沒有回話。基普學他，也不說話。搶先知道訓練內容並不表示你要給其他不知道的人來個當頭棒喝。

「我們慢跑過去。」關鍵者說。

他們在日出照亮大地時跑過封閉的橋。基普心裡有兩個想法：首先，他已經習慣這兩座島上的魔法景觀。跑過一座漂浮在海面上的盧克辛管狀橋對他來講已稀鬆平常，那個笨手笨腳的鄉巴佬消失了。他不確定這是否算好事。傑斯伯群島上的居民變得有多遺世獨立，每天都能看到提利亞果園主人一輩子都看不到的魔法，每天都與駕馭歐霍蘭鼻息的男女擦肩而過。全世界都圍著傑斯伯群島轉動，但傑斯伯群島卻非全世界。其次，他發現已經沒有任何這座橋之前差點毀在海惡魔攻擊中的跡象。光明黑暗慶典日後就再也沒人見過海惡魔，或是那隻黑鯨魚了。善後工作都結束了，屍體都抬走了——基普不認識任何死者，基普認識的人也都不認識他們。彷彿那天的慘劇根本沒發生過。

住在傑斯伯群島的宇宙裡就是這種感覺。世界會在這裡改變，但是這裡不只一個世界，這裡有很多世界，而我們只有在其他世界踩到我們腳趾時才會注意到它們。

他們抵達碼頭，擠入人潮後開始放慢速度。關鍵者像是楔子般走在最前面，大里歐走第二個，幫其他人開路。因爲他們身穿新進學員的灰袍，沒人阻止。

路旁有座高台，寬度剛好可以讓傳令員站在上面，而此時正有個男人爬樓梯上去站好。他伸手進袋子，取出一捲卷軸。他打碎封印，群眾安靜下來，然後他攤開卷軸。

看見卷軸長到垂過他腳掌，人們開始竊竊私語。但他們在傳令員開始唸卷軸後又安靜下來，他的聲音清晰，音調很高，輕易蓋過交頭接耳的人聲，以及水手卸貨與貨車舊車輪所發出的聲響。「這是盧易克地峽戰役到牛津戰役之間，自大傑斯伯和克朗梅利亞出征部隊的死亡、失蹤和推定死亡的名單。七總督轄地聯軍最高指揮官高爾·阿茲密斯發誓，這是一份完整而眞實的名單。」

然後他開始宣布名單。先從貴族仕女開始，然後是貴族男子。不過這兩種人都很少。接著是女馭光法師，然後是男馭光法師。因爲身爲奴隸——雖然是馭光法師——黑衛士排在他們後面，只比平民百姓前面一點。

「黑衛士：愛莉希雅、拉雅、圖澤坦、阿漢尼、杜爾、諾爾·強伯，以及潘·哈爾。」

他繼續唸下去，彷彿那些只是今天要唸的數百或數千的名字中其中幾個，彷彿這只是工作。不過這當然是沒錯。

「諾爾·強伯，歐霍蘭詛咒你。強伯。」大里歐低聲說道。

小隊裡最聰明的成員班哈達，說出了最蠢的話。「他們有可能只是失蹤，對吧？我是說，這並不表示他們死了。沒有全死。這份清單包含死亡和失蹤。對吧？」

關鍵者頭都沒轉。「有的希望會給人動力，有的希望卻會令人沮喪。不要弄混了。」

後面有人哽咽一聲。弗庫帝？基普懷疑自己爲什麼沒有任何感覺，除了因此而略感尷尬外。他到底哪裡有問題？萬一隊上有人看出當大家都在哀悼的時候，他卻只是站在那裡的話怎麼辦？

他記得愛莉希雅。她身材嬌小，笑容歪歪的，牙齒也是歪的，對黑衛士而言膚色偏淡，經常負責保護白法王。拉雅；紅法師，年紀稍長。基普記得他們從加利斯頓回來時，她在船上哭泣的模樣。喔，想起來了，她當時被迫殺死在戰役中粉碎光暈的搭檔。圖澤坦是貨眞價實的弓箭手，黑衛士中弓術最強的人。有人發誓曾見過她射中轉角後的目標，而她從未否認過。基普對阿漢尼的印象就只有他隨時看起來都像是剛喝了變成醋的酒一樣。他的搭檔是杜爾，喜歡拋擲兩把手槍和匕首逗夥伴開心。基普聽說他很喜歡賭博，但是賭技甚差。諾爾・強伯矮小熱情，不太聰明，但是笑口常開。潘・哈爾是新進學員，就像基普和他的隊員一樣。他根本不該出現在戰場上。

他們不可能就這麼沒了。不能像這個樣子。只是在廣場上大聲唸出來的名字，就這樣？他們出了什麼事？他們是英勇戰死，還是剛好在錯誤的時間出現在錯誤的地方？

有人開始慟哭，離他們不到十步。她向前撲倒，彷彿要攻擊傳令員，接著好幾個女人抓住她、拉著她。基普發現他跳過了一些時間。傳令員一個名字一個名字唸下去，依照忠誠度不同的總督和領主排名。他的名單裡肯定有超過上千個名字。

上千個名字，而這還只是從傑斯伯群島出征的死難者。有人說魯斯加部隊的損失比其他部隊慘重許多。

歐霍蘭慈悲爲懷，究竟死了多少人？

小隊成員立正站好，聽傳令員唸了十五分鐘。一個名字接著一個名字接著一個名字。每唸完一名領主手下的死者後，就會有些人哭泣、尖叫或崩潰，其他人則努力不要表現出鬆了口氣的模樣。但是隨著名單殘酷地持續宣布，氣氛轉變。情緒陰沉。明亮的陽光彷彿在嘲笑他們，彷彿歐霍蘭什麼都沒看到。

遠方的街角，喪失親友的人大打出手。因爲難以面對現實而大發雷霆、懲罰無辜的人。痛苦哀傷之人和鬆了口氣而感到罪惡的人打成一團。

傳令員唸完之後，現場只剩下死寂和哭泣聲，崩潰的人都被震驚的朋友帶走了。

基普很想對他們大叫。你們以爲這是一場遊戲嗎？提利亞人死的時候，你們興高采烈，但是現在，現在就這麼嚴肅了？他痛恨他們一段時間，但那段時間過去後，他看見他們的悲哀，也跟著難受了起來。

他們學會在戰爭時期哭泣並不是勝利。他們懂得失去並沒有讓人獲得任何東西。

傳令員宣布七總督轄地個別的名單會張貼在廣場四周，然後就從高台下來。沒有其他消息。沒有最新戰況。

他們沒有宣告戰役是否獲勝，甚至有沒有守住敵軍。沒提這些戰報，就和剛剛唸了那麼多名字一樣，讓基普知道他們一敗塗地。

「這就是爲什麼，」關鍵者說。所有隊員看向他。「這就是我們得成爲頂尖戰士的原因。」

第四十九章

提雅又跟著謀殺夏普走在另一區的街道上。冬夜很寒冷，但至少這一次沒起霧。這並沒有讓她覺得好受一點。

「所以，你所謂的分光……」提雅說。今晚就是爲了這個而來，提雅擔心到好像腸子打結。

「那算是問題嗎？」

「我不懂。我是說，我懂。稜鏡法王不需要眼鏡。對他很方便，我敢說，但我是單色譜法師，帕來色不需要眼鏡。所以就算我是個分光者，那也不過就……怎樣？就像是七總督轄地中最強的雜耍人，只是沒有手臂？」

「一點也沒錯。」

「眞的？」

「假的。」

他們抵達鼬鼠岩一間窗戶漆黑的屋子，收到有兜帽的袍子後，被趕入黑暗中。

「脫光。」聲音很粗啞，刻意掩飾過，說話的人戴著兜帽，只是黑暗中的一團黑影。

房間裡一片漆黑，門下有滲入一點光線，可怕到會把人嚇濕褲子，但提雅不是任何人的奴隸，再也不是了。不是阿格萊雅．克拉索斯的，不是基普的，不是安德洛斯．蓋爾的，肯定也不是恐懼的。

「好了，那回答了一個問題。」提雅對穿厚斗篷的人說。「你絕對是男人。」她的聲音帶有諷刺意味，有點高高在上，一點也不害怕。她肚子裡的結不是出於恐懼，是擔憂、焦慮、敵意、苦澀、憤怒、好戰、鄙視、傲慢……以及怯懦。

幹。

不，去他的。

「脫光。」絕對是男人，而且絕對生氣了，絕對不擅長在生氣時掩飾聲音。如果沒猜錯，從他聲音刺耳的感覺聽來，他有在抽海斯菸。

「我絕對不會脫光。」她說。眞他媽的業餘。她暗自咒罵自己竟然要說服自己夠剽悍。膝蓋不是因爲恐懼而顫抖。是因爲這個可惡的地方實在太冷了。

可惡。抖得還眞是厲害。繼續抖下去，我的內衣就得多送洗一次。

「我注意到妳反抗命令了。我想羞辱人的話會去找妓女。今天不是要來測試妳的美德。也不是爲了測試妳的意志。今天是要測試妳的分光能力。」

突如其來的希望令她微微發抖，但她盡力隱藏。「我得脫光衣服才能測試？」

「脫光了效果最好——」

「那就不要。」

「開始之後——」

「你要我脫光只有兩個理由。要嘛就是爲了羞辱我，讓我感覺懦弱，不然就是爲了滿足變態的欲望。下地獄去。」

「喔，提雅。」聲音低沉愉快，不過說「提雅」的時候感覺特別危險。喔，見鬼了。「變態的欲望？看個賞心悅目的裸女？這怎麼能算是病態的欲望呢？沒錯，妳的身材發育比較晚，但是妳和上次見面的時候已經不——」

「去你媽的！」她激動得發抖。他有在觀察她？觀察了好幾個月？歐霍蘭的廉價寶貝袋呀！他竟敢批評我的——幹！她絕對不要因爲這個渾蛋的隻字片語就去在乎自己的身材。

她環顧黑暗的房間。沒有特徵，和大傑斯伯這個貧民區中其他上千屋子裡上千房間相比，沒有任何特別之處。她到底在幹什麼？她爲什麼出現在這裡？她以爲自己是誰，竟然和這些人玩這些遊戲？宣布死者名單時，她在場。她知道風險有多高。之前身爲黑衛士新進學員的身分或許可以保護她，不管身處世界上哪個地方，別人在傷害她前都會考慮黑衛士會採取什麼樣的報復行動。那是開戰前的事情了。現在，她知道，就算在大傑斯伯上，自己也還是不安全。

最糟的是要保密。不能告訴小隊隊員，不能告訴基普？她很難受，但這是唯一安全的方法。對他們而言。

「這事沒得商量。聽命行事，不然就死。到了這個地步，失去妳等於浪費了我們很多精力，但如果妳現在抗命，我們怎麼能賜與妳更多力量？」

「你是個渾蛋。」提雅說。「我要穿內衣。」

對方考慮片刻。「可以，如果妳輕易妥協，我也不會相信妳。」他的聲音沒有之前那麼粗啞了，提雅認爲那算小小的勝利。

她脫了衣服。反正這裡也是一片漆黑，對吧？

「穿上這個。」他說，聲音又變得粗啞。

她經過一番努力，將眼睛睜大到看見次紅光的地步，發現戴兜帽的人手裡的那包東西並不是伸向她。她脫衣服時往旁邊走開了一步，而他沒注意到。這表示他並非次紅法師，或帕來法師。她記下這則情報。有一天會有用得上的地方。或許。這個想法讓她覺得自己比較不像是個無力反抗的受害者。她接過那包東西。

一個袋子，不，是副鼬鼠—熊面具，飾有布塊和皮帶裝飾。

男人說：「在測試中，妳不能睜開眼睛。所有人都會作弊。不作弊是不可能的。」

不可能不作弊？或許，聽起來像是接受過測試但失敗的人會說的話？

提雅戴上兜帽。她不曉得自己有沒有戴好，因為皮帶太多了。歐霍蘭呀，真是又悶又熱、難以呼吸——

有人摸她裸露的肩膀。

她跳起身來，不過不是一年前那種受驚小女孩會有的反應。她跳起身來，一腳後移，矮身避過緊接而來的攻勢，壓低重心，直到後腳著地，接著以所有情緒和肌肉為後盾的力道與速度揮出一拳。

她的拳頭沉入某人肚子裡。在黑衛士的訓練裡有一項不太有趣的練習，就是用肚子承受攻擊。和夥伴站在一起，然後互毆。基於身材不同可以採取不同策略。縮緊腹肌在中拳的瞬間後移，避免承受所有力道，如果是身材高大、肌肉結實的人，也可以縮緊腹肌迎向拳頭，在對方拳頭進入黃金地帶前搶先承受。但無論如何都要縮緊腹肌就是了。眼前這個肚子並不算肥，但也沒有縮緊腹肌——感覺很軟，肌肉鬆弛，她的拳頭輕易陷了進去。

當提雅察覺自己做了什麼後，現場陷入一片死寂。對方鞋子拖地，後退一步，接著是摔倒在地的聲音。片刻過後，他終於恢復呼吸，倒抽一口涼氣。

提雅僵了。四周傳來輕笑聲。五個，六個人？

「轉身！」男人大聲道。「你們不能看她！」

提雅聽見被她打的人——就是剛剛折磨她的人？——站起身來。

「不！」另一個聲音說。是謀殺夏普？「我們要的是戰士。她是戰士。你敢動她，我就動你。」

第一個男人站在提雅面前，氣息噴在她的面具上。她直挺挺地站著不動，不給他更多動手的藉口——並且留意他的身高，記在腦海裡。

「很抱歉。」她說，語調十分誠懇，說得又大聲又清楚，透過兜帽讓所有人都聽見。

「開始測試。」他說。「不要搞一整晚。」

「我要調整妳的兜帽，」對方說。「敢再打我，我就……」這次他幾乎沒有掩飾聲音。貴族的口音。魯斯加腔。是個年輕人。逮到你了，提雅心想。

他轉動兜帽，讓兩個厚墊子蓋在她的眼睛上，一個洞出現在嘴前。感謝歐霍蘭，她可以呼吸了！接著他扯緊她後腦和下巴的皮帶。她緊閉的雙眼和外在世界間存在著好幾層布料和皮革。他從她面前退開。

然後出現變化了；提雅甚至不清楚是什麼變化。

指揮官說：「分光就等於是讓創造的素材臣服在妳的意志下。汲取光魔法就等於是接觸神的力量，但是操縱光線純粹的形態等於是在當神。阿德絲提雅，我們在妳體內尋找神性之光。先從簡單的做起。這個測試是要確認妳能不能透過皮膚辨識色彩。」

「什麼？」她脫口而出。聽起有點娘，有點害怕，而提雅當時就是這種感覺，可惡。

「妳會聽見鐘鳴聲，然後有幾秒時間說出一種顏色。我們會持續這項測試，確保妳不是瞎猜。失敗的話，妳就不能離開這裡。」

「什麼？」又脫口而出了，但是聽起來更糟。

「失敗的話，妳對我們而言就毫無用處，而妳已經知道太多了。所以請盡力而爲。」

「紅色！」她說。

「放輕鬆。我們還沒開始測試。冷靜。」

「不！我是紅綠色盲。你們肯定知道！我不可能——」

「那就好好猜。」

她不可能猜對。他們想殺了她。她應該脫掉面具，奮力一搏。

但接著她想法動搖。克朗梅利亞測驗所有學生法色的打穀機測驗也會先恐嚇學生——甚至在測驗途中恐嚇他們。恐懼會導致瞳孔放大。這會不會也是一樣的情況？他們是不是在撒謊？就算提雅不是分光者，當然還有利用價值，對吧？

但是瞳孔放大在她眼睛被遮住的測驗裡幫不上忙，儘管她有利用價值，也無從判斷價值是否大於可能帶來的威脅。歐霍蘭慈悲為懷。

鐘響了。

歐霍蘭，很抱歉提起祢的寶貝袋。很抱歉我的態度這麼——

提雅第一個想法就是此刻她身穿內衣站在光亮處，至少有兩個年長的男人盯著她看。這種想法毫無幫助。

別去想那個，提雅。晚點再來報復。記下來，忍住，專心，先處理眼前的事。先感覺看看。

她試圖將所有意識通通收回體內。房間很冷，她全身上下都起雞皮疙瘩。她的腳夾緊，緊到膝蓋可以壓碎胡桃，不單為了取暖，也為了羞恥心。

此刻羞恥心只會令妳分心，提雅。戰場規則。感覺妳的皮膚。妳是生存者。

鐘聲再響。

「顏色？」有人問。聽聲音是謀殺夏普。

那些渾蛋都想看她裸體，對吧？有什麼地方比光亮處更適合看女生裸體的？「白光。」提雅用她自己其實沒有感受到的堅定語氣回答。

一陣沉默。

「正確。」他說。「猜得不錯，我想。我們繼續。」

鐘聲響起。

九層地獄呀！連一點休息時間都沒有？很好，來就來，提雅。我們辦得到。見鬼了，畢竟，我確實有可能是分光者，對吧？邏輯上而言，我肯定有可能真的能通過這項測驗，對吧？

鐘聲再度響起，她根本還沒準備好再度沉浸意識。

「幹！」她大聲說。

「不是顏色。」男人說。「妳的答案？」

只有七種選擇，對吧。算白色的話八種。「藍色。」

短暫沉默。「非常好。」

她猜對了？怎麼可能？

鐘響。

可惡！那些渾蛋！她有可能走運幾次？當然，如果所有顏色都只會出現一次，她猜對的機率應該越來越大。八分之一、七分之一、六分之一、五分之一。對吧？

別想了，用感覺，提雅！

什麼都沒有。她毫無感覺。

叮！

「黃色？」她說。

「正確。」謀殺夏普聽起來不太高興。

叮。

喔，拜託。她的運氣能維持多久？他們會一直測試下去，直到有藉口殺她爲止。她受困了。她必須逃脫。得扯掉這個可惡的兜帽，汲取帕來魔法，殺光他們。她必須——

叮！

「綠色！」她叫。

他甚至沒有回答。

叮。

她要殺光外面那些歐霍蘭詛咒的狗娘養的。

「紅！」她尖叫，甚至沒等鐘響。

「正確。」那個聲音在她耳邊說。「這個呢？」

鐘響。

那個令人毛骨悚然的聲音把提雅拉回現實。她在幹嘛？盲目掙扎？她要好好想想，把她放到旁觀者的立場來想。他們沒理由把所有法色用完才重複同樣的法色，是吧？他們當然知道那樣會讓她更容易猜。她並不是只剩下三種法色，全部法色都是選項，或者根本沒有選項。

叮。

「超紫。」她說。

叮。

突然間，她皮膚感到一陣暖意。這一次不用猜。她差點哭了出來。叮。

「次紅。」她說。

他甚至沒有費心告訴她猜對了。但她知道猜對了。

叮。

只剩下橘色了，但她毫無所感。在實質明顯地感受到次紅的暖意後，這種對比顯得更爲明確。在那股暖意過後，橘色有可能會這麼寒冷，是吧？房間本身就很冷了。但是……

叮。

「黑暗。」提雅說。「黑色，隨便。」

叮。

「橘。」提雅說。「但這次是用猜的，因爲其他都猜過了。」接著她立刻想到這樣做太不聰明了，提雅。

叮。

測驗還沒結束。喔，歐霍蘭慈悲爲懷。他們看穿她了。好運到此爲止。除非……去感受，提雅，感受。

叮。

「帕來。」

一段十分漫長的沉默。房間感覺比之前亮了。

「我們沒有奇色馭光法師，所以測驗完畢了。」男人說。「妳通過了。全部答對。穿衣服，出去。」

時候到了，我們就會連絡妳。」

提雅穿好衣服後，有人幫她脫掉兜帽，把她推出門外。關門之前，她聽見那個男的說：「兄弟姊們，我們得好好討論。」

她通過了？她通過了？

更有甚者，她全部答對？就連紅色和綠色？那怎麼可能？是走運嗎？連續猜對十種法色的機率應該是——是多少？——十分之一乘以九分之一乘以八分之一乘以七分之一乘以六分之一，然後繼續乘下去？就算次紅那個送分題不算……不，不可能是走運。根本不是走運。

又或許，或許他們在耍她。或許他們在耍什麼長期信心把戲，因為他們認為她在其他方面還有利用價值。

但提雅不這樣認為。每次鐘響她的感覺都些微不同。在她的想法和感覺上出現細微但有感的變化。但如果那是真的，提雅就是……

親愛的歐霍蘭慈悲為懷呀。她不曉得那是什麼意思，也不懂重要在什麼地方，但……我不是奴隸。

我是分光者。

第五十章

即使坐在圖書館裡和可能在跟蹤她的人比耐心，卡莉絲還是發現自己比想像中更享受間諜生涯。她本來以為過去十六年的保鑣和戰士生涯裡，沒有可以派得上用場的技巧，但是她錯了。用以搜尋可疑事物的銳利目光依然可以用來搜尋可疑事物。她不必像從前那樣注意武器，不過要分辨想從掌權者身上獲得好處的人和看起來像是找尋獵物的獵人，這點倒是和之前一樣。

而且現在她有玩具可以玩。幾個世代的白法王創造，或是沒收了一些沒和其他人分享過的道具。但她從來沒有必要使用這個玩具。

她伸手指把玩放在大腿上的有刺項圈，這是上個世紀在某人留下的一疊書中，某本關於阿塔西貴族族譜的沉重手稿後面被發現的。禁忌魔法，不過至少過去一百年來所有白法王都測試過它的安全性，效用有限。得讓它緊貼皮膚，把項圈上的兩根小刺插皮膚接觸血液，然後——如果你是馭光法師，當然——你體內的魔力就會提供項圈能量，將聲音變低或變高。

我得知這麼多好東西，但卻不能告訴任何人。

她轉動手指上的大紅寶石戒指。有時候她覺得這個戒指是唯一證明她有結婚的東西。但就連看它一眼都令她心痛。

或許該考慮他可能已經去世了。

這個冷熱交加的感覺強烈到令她呼吸困難。她眨眼，用力壓下眼瞼。別想那個。別想那個。基普說過他還活著。

基普希望他還活著。她完全沒有聽說任何消息。稜鏡法王的消息。你以爲上岸的醉醺醺水手會不大肆宣揚這種事嗎？一點消息也沒有？

我有工作要做。

卡莉絲突然起身，走向升降梯。她搭升降梯往下兩層樓，然後輕彈手指，裝作忘記什麼事情，又往上了五層樓。當然，如果是個會輪流跟蹤的團隊在跟蹤她的話，這麼做就毫無意義——但她總不能面面具到。

*不要高估敵人，白法王對她說過。假設他們和我們的人一樣容易犯錯。*每當卡莉絲完成一項任務，她就會對白法王第二句話產生全新的體驗。像是一名女侍不小心從洗衣籃裡掉出解碼器的時候。最後解碼器——封條顯然被拆開了——出現在一樓的失物招領籃裡。

因爲解碼器太過敏感，所以他們得放棄那套密碼，親自造訪情報網中的所有間諜和間諜負責人，交付新的密碼。當然，卡莉絲得將該名女侍貼上不適任、運氣差，或是被收買的標籤。卡莉絲得記在心裡的情報多得不像話——偏偏所有情報都太敏感，不能寫下來。

今天下午有兩場會面，傍晚還要和她最重要的間諜負責人——她的髮型師——會面。他的工作不但讓他有藉口長時間與卡莉絲會面，還讓他有機會和自己負責的那些往往有貴族血統的間諜長時間會面，並且直接身處八卦圈。不過此人要求的代價高得嚇人。他所提供的服務全都價值不菲。卡莉絲有時候還是難以接受這個情況。

做這個實在太廉價了。*不過外表確實要保養一下。又長更多灰頭髮了嗎？黑的，這一次，我想。*

今天第一場會面比較簡單。新聯絡人，不能讓他知道卡莉絲是卡莉絲；對方是成爲黑衛士的奴隸提雅。卡莉絲曾和提雅一起訓練過。她喜歡那個女孩，把她當成年輕版的自己——除了她是奴隸，而且還沒犯過卡莉絲犯下的錯誤。

沒錯，除了那個——還有色盲、帕來魔法，以及沒有掀起一場摧殘七總督轄地的戰爭——我們就像雙胞胎。

儘管如此，她喜歡那個女孩。但提雅才十六歲。太年輕了，不適合承擔他們丟在她肩上的重擔。卡莉絲知道那是什麼感覺。年輕到不能信任她，偏偏又非得信任她不可。提雅混入了一個肯定會爲了查出她的負責人身分而刑求她的組織。最好不要讓她知道，就算卡莉絲很想指導那個女孩也一樣。

這是怎麼回事？我在散發母性光輝嗎？

還是我太寂寞了？

她閃入爲了這個目的而在這一層樓裡安排的空公寓。她鎖上房門。房間裡用沉重的簾幕分隔，讓她可以不露臉地詢問間諜，回報任務。簾幕後有椅子，至少卡莉絲可以舒舒服服地坐著，還有縫隙偷看對方。預防措施、預防措施，只要錯誤的人在錯誤的時間路過這條走廊，這一切就算白費心機。

說到預防措施，卡莉絲就定位的時候，她拿起鎖甲兜帽和護面戴上，蓋在頭和胸口上，把兜帽鉤至定位，只露出眼睛。很荒謬，但提雅很聰明，好奇心也重。她會忍不住透過帕來色譜查探負責人身分。這個女孩能看穿衣物讓她有點不安。

她的其他能力更令人不安，她想。

連續三下敲門聲，然後房門在卡莉絲戴上項圈時打開。

「進來，坐，那邊。不要汲色。」她說，她的聲音低沉，像是有點奇怪的男高音。

提雅的身體緊繃到像魯特琴弦，隨時準備攻擊。強化過的感知力對黑衛士而言是面對恐懼的良好反應，但緊繃會讓人動作變慢。「有人要我來這裡回報？」這其實是她的暗語。很好，這個女孩即使心裡害怕，仍能夠聽命行事。

「那就回報，小花。」這是回覆暗語。「現在坐下。」

「我討厭花。」提雅說。「你知道嗎？我另一個負責人知道。現在到底是怎麼回事？我是說，我明白白法王不能親自見我，但是兩個月內換兩個負責人？」

卡莉絲屏息。還有其他負責人？

有一瞬間，她很高興鎖甲兜帽遮住了自己的臉。

「你知道，我敢說你有很充足的理由對我隱藏身分。」提雅說。「而且雖然辦得到，但我盡量克制自己不要看穿簾幕。」很好，這表示她沒有眞的這麼做。如果有，她就會看到鎖甲。「但是對我掩飾身分也可能對你造成危險。如果有人查出我們的暗語，就可以假冒你，我根本不會發現。」

「妳嘗試滲透的組織會很樂意爲了查出我的身分而刑求妳。妳想承受保守這個祕密的壓力嗎？」

「我可以承受。」提雅說。

啊，年輕人的勇氣。卡莉絲有時候很懷念這種勇氣。勇氣在黑衛士裡算是好的特質，相信對自己來說沒有不可能的事。但那同時也是黑衛士裡設有軍官的原因，也是那些軍官要向黑衛士以外的人回報的原因。

「或許過一陣子，」卡莉絲說。「妳已經承受太多壓力了，而妳處理得很好。說起這個，告訴我最新的消息。」卡莉絲收到過一份提雅的簡短加密任務回報——全都寫在閃紙上，紙面上抹有一層盧克辛點火器，會在有人企圖修改或是她看完之後燒燬。那份報告，就像其他報告一樣，就這麼憑空出現在她住所的書桌上。

她透過簾幕的縫隙看見提雅在座位上身體前傾，手肘撐著膝蓋。「殺手會測試我。我連怎麼測的都不清楚。他們說我是分光者。我是說，我通過測試了。他們說如果我無法通過的話會殺掉我。」

「告訴我細節。」

提雅把一切都告訴她，卡莉絲竭盡所能——利用白法王教過她的記憶法門——把一字一句都記了下來。卡莉絲自認大概了解這個分光者測驗是怎麼回事，也很驚訝提雅沒有想通。但是話說回來，提雅心裡要煩的事情太多了，特別是在一群戴面具的恐怖好色渾蛋面前幾乎脫光。

思緒往這邊一想後，卡莉絲很驚訝提雅竟然能表現得這麼好。如果誠實面對自己的話，卡莉絲並不曉得自己能不能表現得像她一樣好。

「妳知道上一個負責人是誰嗎？」卡莉絲問。

「我說過我知道。」

「那是誰？」

提雅側頭：「你不知道？」

「你有任何不想告訴我的理由嗎？」

「請見諒，但我覺得你不知道這個很奇怪。如果你不知道的話，或許我不該——」

「妳該做的是要聽從命令，」卡莉絲大聲道。「現在是我在發號司令。」

「你聽起來像是在部隊裡待過的人。」提雅說。她顯然忍不住想查出卡莉絲的身分。「但是情報界的事情比較曖昧一點。」

可惡，女孩。我希望我們不會把妳害死。妳眞是天生好手。

卡莉絲不能讓自己負責的間諜認爲她很無能。如果你的間諜不信任你，而你得在他們得知的情報有限時下達聽起來毫無道理的命令，他們就有可能不奉命行事。

「妳可以盡情猜測我的身分，但是要記住，猜得越接近眞相，就越有可能把我害死。這麼做完全沒有好處——」

「我已經告訴過你好處了。」

「我不是在和妳爭論。」卡莉絲大聲道。

這話出口的同時，她想起已故的父親在她小時候也說過同樣的話。很顯然，他們就是在爭論，小卡莉絲當時是這麼頂嘴的。當時她叛逆的都是些微不足道的小事。

提雅揚起下巴。「我不是奴隸。」她說。

「沒人說妳是——」

「但我當過奴隸。讓我告訴你，奴隸知道怎麼在不達成任何目的的情況下執行命令。你這種人以爲奴隸都很蠢。但奴隸都聰明到會用這個想法去對付主人。『很抱歉我照你說的去做，而不是照你的意思做，女主人，我只是個蠢奴隸』。你要把我當傻子，我就會表現得像個傻子。」

紅色的情緒突然暴漲，卡莉絲差點失控。她是指揮官。手下必須遵守她的命令。接著她花了點時間想像白法王對手下大吼大叫的模樣。

當然，白法王是白法王。那個女人除了個人魅力，還有體制上的權力。當你回答她的問話時，你是在與克朗梅利亞所有權威說話。

有幾個人可能擔任提雅上任負責人？因爲關鍵並不在於聰明、有野心、夠熱情——就克朗梅利亞高層而言，這些條件根本排除不了任何人——關鍵在於那個人必須能直接向白法王回報。最近幾個月裡，白法王的身體狀況讓她只能待在那一層樓裡。

所以肯定是可以隨意進出那層樓的人。誰有權限？法色法王……但他們大多有自己的訴求，而且也有間諜在跟蹤他們，因爲他們本來就很重要。還有誰？黑衛士。歐霍蘭慈悲爲懷。黑衛士？當然，而且得是能修改輪值表的人，這樣有緊急狀況才能立刻回報給白法王。那表示是守衛隊長之一，她之前的職位。

劍客太直來直往，不適合管理間諜。綠杜石從小就是個大嘴巴。光陰有可能。他很愛看書，也很擅長管理。但他從不出門。他不是當班就是待在辦公室裡。鈍器太魯鈍了。不是說他笨，但是要負責這種事情必須非常非常聰明才行。除非他是裝出來的？

不，不是鈍器。

所以，不是守衛隊長。她氣息一岔。除非是……鐵拳指揮官？那個男人隨時都在工作，隨時都在外面跑，與人會面。卡莉絲向來認爲他是個獨來獨往的人，但是要給他貼上神祕，甚至孤寂的標籤也不難。

但他似乎有點太顯眼了。太有名、太好認了。另一方面，他的正式職位讓他能接觸所有人，不管高層或底層。如果他跑去廚房檢查，沒人會覺得驚訝。如果他跟臥房奴隸交談，沒人會多眨一下眼睛。如果他去找法色法王，或是法王的私人守衛……

他是最完美的間諜。地位讓他擁有足夠權限，而且顯然非常重要，可以藏身在最顯眼處。提雅的負責人是鐵拳指揮官。

「瑪莉希雅。」提雅說，顯然是忍受不了沉默了。

卡莉絲難以呼吸。

「因爲不是隱形的奴隸肯定都很美麗。而美麗的奴隸只有一種用途，對吧？」提雅說，那種超酸的語調整個噴在卡莉絲臉上，灼燒、灼燒。

誰都好，就是不要是她。誰都好。

「有趣的是。她信任我，沒有掩飾身分。」提雅說。「但是對你來說，我只是個前奴隸。」

卡莉絲會在受傷時抵抗。她曾在心裡冒出一種明知事情很不對勁，但又沒辦法停下來測量究竟有多不對勁的噁心感覺時加以抵抗。停下來評估狀況可能致死。此刻也是一樣。抵抗，繼續抵抗，注意力放在任務上。

提雅是個好孩子。叛逆，但是每個黑衛士都很叛逆。研究她，弄清楚該怎麼利用她，別讓她影響妳——不管是生氣還是愛。

妳得保持距離，卡莉絲。這樣下去最有可能導致什麼結果？

她突然間消失，就這麼不見了。碎眼殺手會最擅長這種事。我們是在他們最擅長的領域與之作對。間諜這一行基本上就是他們發明的。

「接下來，」卡莉絲說，彷彿那場風暴通過，沒有留下任何跡象。「他們會要妳去偷一件微光斗篷。」

「什麼？」提雅問。她想要吵架，卡莉絲看得出來。不吵架的話，提雅就像一艘停駛的船。

「白法王一直在研究微光斗篷。只有分光者才能使用微光斗篷。我們以為分光是只有稜鏡法王才擁有的天賦。我們錯了。而就妳的情況而言，重點在於沒有微光斗篷，分光者就毫無用武之地。他們當前的暗影——如果不只一個——會把他們的斗篷給妳，是嗎？所以如果殺手會可以利用妳去幫他們偷一件，那就算妳是間諜、他們遲早也得殺了妳，對他們而言還是有好處。如果他們不信任妳，妳很快就會收到這個任務。」

提雅癱在椅子上。她聽得懂死刑宣判。

「妳得了解，提雅。碎眼殺手會是詭詐大師。他們非常非常擅長找出並殺害間諜。」

提雅轉頭看向兩人中間的簾幕。她目光宛如死人。「妳認為我會失敗。這就是妳不能讓我知道妳是誰的原因。」

「失敗的機會很大。」

提雅的聲音中只有苦澀和認命的意味。一個士兵奉命前去受死，並認定死亡毫無意義的聲音。「所以我該怎麼做？讓他們認為我是什麼都不懂的小女孩？」

假裝蠢到敵人不能利用她，但又要聰明到讓殺手會的人信任她？這個分寸很難拿捏。對這麼年輕的人來說根本不可能。

突然間，卡莉絲想起自己的未來被家中長輩剝奪時的感覺，被人認為不值得列入考慮的感覺。她討厭那種感覺，抱怨那種感覺，最後，她為了反抗那種感覺而導致生靈塗炭。她至今依然為當年的叛逆付出代價，也依然在逃避那些代價——她拋棄的兒子，她感受到的詛咒。

卡莉絲不太確定地伸手拉開簾幕。提雅抬頭，緊閉嘴巴。害怕。卡莉絲解開改變聲音的項圈。她拿下鎖甲兜帽和護面。「好了，」她說。「現在我們生死與共了。」

提雅眼泛淚光。「我就希望是妳。」她說。

第五十一章

震拳在笑。基普不敢相信自己的眼睛，但是這個孤僻的巨人在笑。

所有小隊都擠在稜鏡法王訓練室裡，所有年輕男女都目瞪口呆，不肯眨眼，深怕錯過任何關鍵時刻。震拳在和他哥哥鐵拳對決。兩人都穿著訓練護甲，將盧克辛滲入皮甲，被擊中就會綻放黃光，表示實實在在的一擊。他們頭戴鋼盔，細鋼條面罩，厚皮手套，使用竹劍。

他們動作飛快。真的飛快。竹劍交擊聲宛如宇宙之音，器具摩擦的咻咻聲響，配合天地間的自然節奏。

但是沒有持續很久。每一分都在五秒內就得到。這種等級的戰士，只要一犯錯就會被擊中。他們動作快到基普有時候連是誰得分都看不出來。其他時候，他只看見盧克辛閃光。

鐵拳和震拳得分後並不休息，沒有回到場地中央，只是擺出準備姿勢，雙劍交擊，然後再度開始。分數僵持在五比五。震拳擺出架式，但鐵拳沒有和他碰劍，而是放開左手。

震拳點頭，也放開左手。基普曾拿這些劍練習過，儘管這兩個男人都比他高大，但那兩把劍還是又大又重，不適合單手握持。如果你擁有鐵拳那種握力和臂力，這麼做確實可以增加攻擊距離，但會降低速度。如果有拿盾牌的話，或許值得用速度去換，但是什麼都沒拿就不值得。

但是兩個男人都順勢轉換成基普從未見過的作戰形態。他們不是單手持劍，而是單手持劍柄，另一手都放在劍刃中央。接下來的格鬥類似劍技和杖技，還有肢體投擲技的混合體。突進變成格擋又化成掃堂腿。兩人的速度還是一樣快，不過更多肢體格鬥；兩人都在繞圈，不停移動，不只利用劍尖攻擊，還有劍刃，甚至劍柄，閃避，甚至跳起身來，急竄而過。兩人的速度都快到難以想像，但在這場格鬥中，基普可以看出他的訓練正在種下的種子開花結果的模樣。那些閃避，這一擊，那樣轉腰取得更大的力道。

竹劍交擊震動，震拳扭動腰部，劍尖被打向一旁，但他只是在蓄勢待發，他把腰扭回原位，原先位於鐵拳膝蓋後方的劍尖突然後撤上揚。

鐵拳躍起閃避，試圖躲開可能會削斷腳筋的攻擊。他來個後空翻，不過落地前震拳雙手持劍，攻向鐵拳腹部。沒有任何支撐，鐵拳中劍飛出，不可能安穩落地。他飛過戰圈，背部著地，向後滑行。

看到鐵拳屁股著地的模樣就像是看到月亮比太陽更亮。囊克全部目瞪口呆。當然，他們聽說過這兩兄弟遠近馳名的那場對決，十幾年前在全克朗梅利亞居民見證下，讓所有人都知道震拳的實力直逼他哥哥。但那之後震拳就靜靜隱身幕後。鐵拳成爲傳奇，而他甚至沒有出任過守衛隊長。據說在加利斯頓之役中鐵拳獨力剷除了敵方所有砲兵。那個男人能在水面上行走。看到有人和他實力相當就很令人震驚了。看到有人比他更強？簡直是褻瀆。

但鐵拳只是跳起身來，在震拳微笑時搖一搖頭。他們再度開打。兩人都有得分，但震拳一路領先。鐵拳在他弟弟後退閃避攻擊，但閃避不及，腦袋竹劍刷過頭盔面罩打向一側時，勉強追到九比九的局面。如果是來眞的，這一下根本打不到他。

鐵拳放好竹劍，指向大里歐和另外一個名叫安塔歐斯的囊克。「挑武器。」

「爪狀碧奇瓦和折劍匕首。」安塔歐斯說。這種組合很怪，兩種武器通常都被當作次要武器。但是當然，這也是測驗格鬥大師技巧有趣的地方之一——不光只是看看他們在奇特的狀況下能怎麼做，還要看看即使在奇特的情況下，有可能辦到什麼事情。鐵拳指揮官說過很多次了，在兵荒馬亂之中，你只能使用觸手可及的武器，必須善用那些。

大里歐微笑。「重鏈。」他最近都在練習使用粗鎖鏈。當他把那條粗粗的鎖鏈掛在馱馬般的闊肩上時，看起來非常能嚇唬人。但是鎖鏈武器很難使用，也很殘暴。使用鎖鏈打傷自己的機會，比其他武器都高。

「那是鈍器。」鐵拳說。

「鎖鏈不光是鈍器。」里歐反駁。

「但鎖鏈的攻擊大多是鈍擊，里歐。」提雅說。「你會讓對手剩下半把武器。」

「呃，那就……」壯漢突然覺得自己成爲目光焦點，於是心慌意亂。他微微縮身，這樣讓他只比在場除了鐵拳和震拳之外的人都只壯一點點而已。

「繩矛。」提雅低聲建議。

「繩矛！」大里歐說，像個飢腸轆轆的人伸手抓麵包。

「挑個號碼，一或二。」鐵拳對弗庫帝說。顯然他是想讓他和他弟弟抽籤決定誰用什麼武器。

「一號。」弗庫帝說。

「在心裡挑。」鐵拳冷冷說道。

「喔。」喔，接著恍然大悟。「喔！喔，抱歉。」

「弟弟？」鐵拳問。「請隨意。」

「二號。」震拳說。

「那就二號。」弗庫帝說。

基普和其他隊員都看著他。

「怎樣？」他問，有點爲自己辯解的意味。「怎樣？」

「我挑碧奇瓦和折劍匕首。」震拳說。碧奇瓦是卡莉絲的最愛，基普知道。根據刀爪弧度不同，碧奇瓦同時可以當作普通匕首（蠍尾）和刺刀（爪腳）。訓練用的碧奇瓦使用與黑衛士鞋底同樣材質的橡膠樹汁製作刀爪，上抹紅墨水，藉以突顯傷痕。折劍匕首是把短劍，一側劍刃上布滿鋸齒，用以緊扣劍擊，只要施力正確就能把劍扭脫對手掌握，甚至折斷劍刃。

繩矛比以上兩種武器更加有趣，不過基普並不驚訝提雅會提議這種武器。她私下有和鐵拳及基普練習繩矛，而身爲她的搭檔，基普總是當靶。繩矛有點像是在繩子上綁一把短劍。可以單純當作匕首來用，也能當流星錘，甚至可以在甩動拋出時當矛來使。但眞正的厲害之處在於那條繩子。對手會以爲只要能闖入匕首的攻擊範圍就安全了。幾乎難以抗拒接住繩子、搶走武器的誘惑。

而使用繩矛有一半的技巧就著重在這上面。只要手腕輕抖，持繩者就能用繩圈套住對手的拳頭或脖子。抓繩子就是戰敗的前奏。它依然是把次要武器——不適合對付穿有護甲的敵人，也不適合狹小的空間——但這把武器實在太不尋常，挑戰性高，就連鐵拳也承認得要溫習溫習才能開始訓練提雅。

當然，他溫習過了。

而且是私下溫習。震拳八成猜不到自己指定使用的，正是哥哥最近剛好在練習的稀有武器。

基普還是不想用繩矛對上折劍匕首，因爲折劍匕首的功能就是纏住武器。

但那不是重點。鐵拳和弟弟格鬥不是爲了表演給隊員看的。那不是他的作風。這是在上課。

到底是什麼課呢？絕對不是如何用這些武器格鬥。

兩個男人開始打鬥，當然打得眼花撩亂。對大部分囊克而言，鐵拳就是一副拿起一把很多年沒想到過的武器打架，但又得心應手的模樣。這場打鬥是讓鐵拳把溫習武器用法的精力重複利用的絕佳機會。

同時也讓他在對付震拳時占了優勢，因爲震拳顯然已經很久沒有練習過這兩把武器了。鐵拳贏了，雖然大家都以爲他的武器比較差，他還是以九比六贏得比賽。兩兄弟最後用雙劍決勝負。震拳贏了，不過是十比九。三局分數全部加總算是鐵拳勝出。

「列隊。」鐵拳說。

上課的時候到了，基普心想。

到了這個階段，小隊集合的效率已經變得超高。他們在短短幾秒內排列整齊。

「震拳，謝謝你。」鐵拳說。他對弟弟深深鞠躬，彷彿兩人地位相等。他弟弟鞠得比他深一點，不過嘴角帶著笑。鐵拳指示震拳解散。「幽德小隊！」他叫道。「表現最差也有好處。今天放假。解散。」

幽德小隊的成員彼此互看。有些人蠢到露出興奮的表情。聰明人就是一副受傷的模樣。有人說他們表現最差。這是實話，當然。在十個小隊裡，他們排名第十。但那幾個人看得出來較早解散雖然是好事，但不完全是好事。

不管怎樣，他們還是鞠躬離開。

「泰斯小隊，」鐵拳對排名第九的小隊說。「你們今天學到什麼？」

「學到你他媽也太強了。」後排有人低聲說。他說得比想像中大聲一點。

所有人在發現鐵拳聽到了這句話後都安靜了下來。「泰斯小隊，黑衛士要懂得謹言慎行。跑步一小時。」他們低聲哀鳴，垂頭喪氣。他停了片刻又說：「減半個小時，因爲我眞他媽的太強了。」

所有小隊都大笑歡呼。

鐵拳面露微笑。「泰斯小隊，解散。」他們離開，邊走邊拍那個亂講話害他們受罰的人肩膀。

他們關上門後，鐵拳指揮官問：「凱斯小隊，你們學到什麼？」

凱斯、薩音、瓦夫和希小隊都提出了從未見過的幾樣技巧或混合技。有些人評論得很棒，注意到有些反擊法只有鐵拳或震拳的身材和力量才施展得出來。

希小隊關門之後，鐵拳指揮官看向剩下的四個小隊——他手下最強的黑衛士新進學員。「達來思、吉梅爾、貝斯、阿列夫，」他說著輪流看向各小隊。「身爲最爛的小隊有其好處。身爲最強的小隊也有好處。你們的好處在哪裡？」

班哈達說：「我們可以獲得更多指導；他們獲得更多休息時間。」

「那是什麼意思？」指揮官問。

「他們因爲能力不足而受罰，」吉梅爾小隊有名弓箭手說。「他們認爲有空閒時間是賺到，這就證明了他們不是最強的。」

「他們看起來都像是很高興能先走的樣子嗎？」指揮官問。

「聰明的人彷彿心都碎了。」基普說。

「這表示聰明的人都會加倍努力，讓自己變強，」關鍵者說。「這樣會讓強者嶄露頭角。」

「對，然後呢？」鐵拳問。

「不是『然後』，」基普說。「是『但是』。但是這就表示——」

「等等，」鐵拳說。「達來思小隊，解散。」

這顯然是在達來思小隊八名成員肚子上狠狠打了一拳。剛剛才被說是菁英，馬上又被擠出菁英圈，該小隊沒有半個成員看起來像是高興提早離開的樣子。

「指揮官，拜託，讓我們留下。」小隊長亞莉雅說。她也算了不起了，能把這話說得不像哀求，只是單純請求。

「最強的人不是被允許留下的，他們要贏得留下來的權利。」鐵拳指揮官說。「解散。」

達來思小隊離開時，訓練室一片死寂。

但鐵拳指揮官不加理會。基普絕不懷疑那個小隊裡所有成員都會加倍練習。「粉碎者，繼續。」

基普吸口氣。「但是踢走他們，表示只有最強者會變得更強。我們受更多訓練，就會繼續當最強的。」

「有辦法避免這種情況嗎？」

「可以把心力集中在最差的小隊上。」關鍵者說。

「那可以提升他們的實力，代價是你們不能達到巔峰。我們對庸才不感興趣。」

「你也可以一視同仁。」提雅說。

「本來就是這樣。他們都在這裡；他們看到你們看到的，但我保證所有有用的評論都會來自吉梅爾、貝斯、阿列夫小隊，而不是排名後面的小隊。因爲我以前就這麼做過。我們知道結果。我們見過最差的人——就算是眼前這群菁英裡最差的——拖垮所有人進展。但我時間有限。教一百個人的班級速度和品質都不可能和教十個人的班級一樣好。十個人的班級也比不上一個人。如果不是這樣多好。」

「在任何方面成爲菁英就是會出現一點不公平。世界上總是會有差點就成功的人，如果你降低標準，讓他成功，那又會有另一個人差點擠進那個圈子。問題向來都是當你面對這一點不公平時能換來什麼？黑衛士可以有上千人，也可以有十個人。我們會讓步。我們會決定什麼時候該讓比不上你們的人加入。」

「不過就某種層面而言，這也算是一種公平。」基普說。「或至少，差異無所謂。提雅天賦異稟，不讓她加入黑衛士就太蠢了，就算她完全不能打也一樣。你和我說過。班哈達不能像關鍵者一樣指揮人員，但他太聰明，可以爲隊上帶來其他好處。大里歐或許與關鍵者打十場會輸八場，但他有時光靠體型就能讓我們避開紛爭。有時候，人只要擁有足夠的天賦就可以了，就算不是十項全能，價值依然無可取代。」

所有隊員看著基普，好像他說了什麼很有智慧的話。

「我同意，」鐵拳指揮官說。「這就是我在和三個小隊講話，而不光只是阿列夫的原因。現在，你們學到了什麼，吉梅爾？」

「訓練有時候會在戰場上害死你。你得要常把訓練的極限放在心裡。」一個醜陋異常的年輕人說，他叫裂縫。

「打從訓練開始第一天就不斷提起的陳腔濫調。」鐵拳指揮官說。「你是怎麼看出這一點的？」

「在第一場打鬥中，你犯了一個錯誤，立刻就讓對手得分。或許是因爲震拳太常和你交手，很清楚你會施展什麼招數，但我認爲是因爲如果全力搶攻的話，他的風險只是會丟掉一分。他可以不顧一切撲向你，把握住你犯的錯誤。如果風險攸關性命，而不只是丟掉一分的話，他還會這麼急著進攻嗎？我想不會。」

鐵拳指揮官點頭。「競技場上的高強劍士上了戰場往往會殺死很多人，然後自己也死很快。做得好，吉梅爾小隊。你們可以解散了。貝斯小隊，說點一樣好或更好的東西。」

他們離開後，名叫譚希特的壯女人說：「你要了震拳，對不對？」

「怎麼說？」

「你有在教提雅繩矛。那是詭異的武器，她沒有公開練習過。他以爲你技巧生疏了。但我想不通的是，你怎麼讓提雅選到它。」

「這個我知道。」關鍵者說。「會用少見的武器的學員一有機會就會想看看老師怎麼示範。所以你知道大里歐會選重鍊；你可以駁回這個選擇，然後提雅又站在他旁邊。你訓練她很久，知道她一定會把握機會。所以你眞的耍了震拳。」

鐵拳的臉上露出一絲笑容。「大策略家說過：『知己知彼，無畏無懼。』貝斯小隊，做得好，解散。」

他們深深鞠躬，然後離開。

「當最好的就有好處，阿列夫小隊。」鐵拳說。「但也表示你們努力的時間會比別人長。證明你們不光只是戰技，連腦袋也是最好的。」

「我第一次看到震拳笑。」提雅大聲說出想法。

鐵拳的臉蒙上一層烏雲。「沒錯，但那有什麼策略上的優勢嗎？有嗎？」

「我不……我很抱歉。」

其他人都沒說話。

鐵拳呼出一口氣。「你們或許知道我弟弟的本名是哈尼蘇。我是哈爾丹。我得到這個黑衛士名是因爲我打穿了一扇門，制伏在門後挾持人質的強盜。」

「制伏？」弗庫帝輕聲道。「我聽說他差點扭斷那傢伙的脖子。」

「但哈尼蘇的黑衛士名是自己挑的。」鐵拳假裝沒聽到地說道。

有一瞬間，基普覺得這跟去上卡達老師的課實在差太多了。她會嘲弄、輕視、利用恐懼控制學生，但跟著鐵拳——小隊成員眞正應該害怕的男人——學習有點像是和他戴上同一副牛軛。所有人都必須使盡全力往前推才有辦法跟上他的步調，但大家總是感覺得出來他也有在推。相形之下，卡達老師是直接把牛軛掛在你脖子上，然後批評你拉車拉得有多爛。

基普看向他隊友的表情。他們都很認眞，很專注，深怕讓指揮官失望，但並不怕他。他擄獲了他們的心、靈魂與力量，不是因爲他表現出他們不配獲得的敬意，而是因爲他期待他們會表現出最好的一面，每一次，而他認爲他們最好的表現比自己認定得更高。

他是偉大的人。他確實很偉大，但基普想要仿效他。

指揮官暫停，彷彿他不想提出那個問題，但又覺得欠小隊答案。「你們知道哈尼蘇爲什麼挑——」

「人稱震拳總比屠夫好。」基普說。

現場陷入一陣尷尬的沉默。最後鐵拳指揮官終於開口：「訓練造就我們。戰爭擊潰我們。哈尼蘇身上發生過很可怕的事情，而他爲了報復做了很可怕的事。那之後他就再也不相信自己了。他從來不想領導其他人。這是私事，我不會繼續討論。但發生過這件事情並不是私事。身爲領袖和朋友，你們得看顧彼此，幫助彼此，永不、永不、永不放棄彼此。」

「現在，」他說，放下那個話題。「你們今天還學到什麼？」

沒人開口說話。

基普想要說話，但是住口。

關鍵者對他點頭。說吧。

「他比你強。」基普說。

鐵拳揚起一邊眉毛。

「粉碎者，」大里歐說。「我們看到指揮官贏了。就和他們之前的戰果一樣。」

「用計贏的。」提雅回嘴。

「計謀也算。」班哈達說。

「我不是在說今天。」基普說。「我是說你們上次公開比武。很多年前。當時沒有任何奇怪武器；簡單直接，而震拳比你強，但你贏了。你贏是因爲他讓你贏。」

「粉碎者，」關鍵者說。「那場比武有上百名訓練有素的戰士出席。不可能有人在這麼多人面前作假還不會被發現的。」啊，關鍵者，理想主義者。

「在他們這種等級？幾分差距算什麼？」基普問。

「他爲什麼要故意讓我？」鐵拳問，聲音低沉，語氣不善。

「和他挑選震拳的原因一樣。他不想當領袖，他不相信自己，但他相信你。挑選一個讓別人聯想到你的名字，他任何高強的表現都會讓人覺得你更厲害。『如果震拳這麼強，鐵拳會強到什麼地步？』他犧牲自己的前途爲你鋪路。你們那次比武的時候，比數一定很接近。一定打得難分難解。但是到最後，你非贏不可。他微笑是因爲今天可以眞的嘗試獲勝。因爲今天的比武無關緊要。大家都有走運的時候，這樣不會傷害你的聲望。」

「非常好，阿列夫小隊，」鐵拳說，聲音有點暴躁。「解散。立刻。」

小隊迅速離開。基普隨他們一起走，但是當大家走到升降梯時，他終於想到一件很明顯的事情。

「喔，狗屎，」他說。「我馬上回來。」

他很快走過走廊，打開訓練室的門，但是話說不出口。鐵拳指揮官跪在地上，雙手掩面，在哭。

鐵拳不知道。這麼多年來，他一直以爲弟弟只是在比武時運氣不好。這麼多年來，他以爲弟弟自稱震拳是因爲心碎。這麼多年來，他都不曉得弟弟爲了自己犧牲，不知道震拳有多愛他。

基普一聲不吭地走出去——結果發現震拳站在他面前。基普吞嚥口水，抬頭看著壯漢，但對方只是伸手放在他肩膀上，輕輕一捏，然後進入訓練室。基普把門關上。

沒人知道當天兄弟倆說了些什麼，但是那天之後，震拳似乎從陰影中走了出來。他接手訓練阿列夫小隊，三不五時，他會微笑。

第五十二章

卡莉絲得鼓起所有勇氣才有辦法打開自己房間的門。她不可能逃避此事。就算瑪莉希雅此刻不在房裡等，待會也會出現，在卡莉絲沒有準備的情況下出現。事實上，她越想越肯定瑪莉希雅知道她知道了——收集情報的負責人當然馬上就會詢問上一任負責人是誰。

於是，將提雅交出去給卡莉絲負責，瑪莉希雅就等於是洩露了自己的身分。

卡莉絲開門。瑪莉希雅坐在房間一側的書桌旁，正拿著羽毛筆輕輕寫字。她抬頭，把羽毛筆插在筆座上。她心平氣和。儘管耳朵被剪，她依然是完美的仕女。美到令人生厭。外面有冬季風暴肆虐，窗外大雨傾盆、雷聲隆隆。

走向那張書桌時，卡莉絲覺得自己像是去找守衛隊長回報的黑衛士，而非去找奴隸對質的貴族仕女。奴隸！但是卡莉絲覺得膝蓋痠軟。

「白法王很久以前就告訴過我，」瑪莉希雅說。「掌控情報的人就能掌控一切。」

卡莉絲感到莫名其妙的麻木。她走到瑪莉希雅的書桌前，拉開一張椅子，在對面坐下。瑪莉希雅靜靜看著她，臉上浮現卡莉絲難以解讀的表情，宛如飛蛾試圖逃出帳篷般在她臉旁飛舞。

「我父親的說法不太一樣——掌控稜鏡法王的人就能掌控一切。」卡莉絲說。

她們互相凝視了很長一段時間，第一次，卡莉絲把瑪莉希雅當作女人看；第一次，她忽視剪開的耳朵，凝視對方雙眼。她怎麼會沒有發現？她知道瑪莉希雅能力很強，當然。黑衛士喜歡和能力強的奴隸合作，確保不會有其他瑣事打擾他們。瑪莉希雅把手下那一大群奴隸管理得井井有條，確保這裡的一切毫無差錯，絕不耽誤時間。這種監督能力強過任何女人，更別說是任何奴隸。

更別說是任何奴隸？眞是奇怪的想法。奴隸來自世界各地的各個階層。只要一個錯誤的決定或是太多無力償還的債務，也沒有家人願意彌補你的愚蠢，或是沒有朋友願意在強盜和海盜之前支付你的贖金。不管是你自己的錯，還是完全無關──人都隨時可能淪爲奴隸。卡莉絲小時候曾和泰拉·艾波頓玩在一起，在那個年紀，互補的個性遠比階級差異重要多了。

但在稜鏡法王戰爭期間，艾波頓的領主加入達山·蓋爾的陣營。艾波頓家位於血林和阿塔西邊境，就在加文大軍行軍的路線上。艾波頓女士知道一旦響應領主的召喚，她們就會慘遭殲滅。她還是響應召喚，忠誠蓋過了理性，把攸關聰明和愚蠢的問題錯認成攸關對錯的問題。卡莉絲至今依然無法肯定這種做法究竟值得讚揚，還是該譴責。不出一週，艾波頓女士的家園就被奪走，六個兒子慘死，四個女兒耳朵被剪，出售爲奴。

瑪莉希雅凝視卡莉絲，卡莉絲也打量著她，兩人一言不發，彷彿透過破碎的鏡子打量自己，瑪莉希雅的頭髮是天然紅色，卡莉絲也天生紅髮，不過此刻染成黑髮。

泰拉現在在哪裡？她姊妹又身在何處？即使心知淪爲奴隸有多容易，卡莉絲還是會豢養奴隸，不把他們當人看。這樣讓她比較能夠接受奴隸的存在。只要踏錯一步，她就可能與瑪莉希雅易地而處，服侍某個貴族。

現在想起來，如果她可惡的父親沒有小心翼翼地讓懷特·歐克家族和加文及安德洛斯結盟……

不、不、不，歐霍蘭呀，拜託不要。她從來沒有這樣想過。她父親所做的一切都是懦弱的表現；從來沒有……

她想起父親的臉，在那場宴會上，眞正的加文嘲弄他，拿自己和他女兒在床上做的事情來開淫賤的玩笑。父親深受打擊。他看起來懦弱得可憐。但又能怎麼做？

達山放火燒掉他們在大傑斯伯的房子，懷特．歐克家族損失了大部分財產和所有頂尖的家族成員。他們還欠了和達山聯盟的貴族大筆債務，永遠無力償還的債務。只要加文打贏，他們或許就不用償還的債務。站在她父親的立場，懷特．歐克家族唯一的希望就是和眞正的加文．蓋爾，以及他父親結盟。

萬一當醉醺醺的年輕卡莉絲被人帶去……強迫時……父親他……萬一他是在想：「強迫一次，然後嫁給稜鏡法王，總比變成奴隸，永遠被任何想上她的人上好。」

懦弱。噁心。錯。但並不自私。並非無情。當卡莉絲爲了此事怨恨父親時，他打爆了自己腦袋。打從她拒絕墮胎之後，就不曾爲父親流過一滴苦澀的眼淚。

她突然覺得非常非常不舒服，但試著集中精神。不能表現出任何弱點，在這個女人面前不能。

瑪莉希雅打開一個櫃子，遲疑片刻，挑了一會兒，拿出一個裝滿琥珀色液體的玻璃瓶。她拿出一支華麗的水晶杯，在杯裡倒了滿滿一大杯酒。她把酒杯放在小桌子中央。這是血林一種表達敬意的古老習俗，發自貧苦家庭的待客之道。一個家庭或許只能負擔一個好酒杯，不過他們會和客人分享。

那些家庭會在發達之後保留傳統，或是立刻捨棄傳統，讓所有人都用不同的杯子，明白表示他們對於家族起源的看法。

瑪莉希雅拿起酒杯，傾向卡莉絲，然後喝了一口。

但是克朗梅利亞的傳統規定奴隸不能和主人或女主人一起喝酒。如果有兩個社交地位不對等的人一起吃飯或喝酒，那至少地位低的人要向地位高的人推辭幾句。

瑪莉希雅目光閃爍，彷彿在挑釁，彷彿在問：*我是在與妳分享美酒的東道主，還是一個奴隸？對妳*

而言我是什麼人？

不管那麼多了。在這方面，瑪莉希雅的地位比卡莉絲高。她指揮情報網多久了？再說，在血林接待客人都是用紅酒或白蘭地，從來沒用過威士忌。或許該是改革傳統的時候了。

卡莉絲接過酒杯，喝了一口。這口酒灼熱難耐，而痛苦從來沒有感覺這麼爽快過。她覺得自己沒有咳嗽就算是贏了。當那股火熱感在她肚子裡蔓延時，她舉起酒杯，彷彿在欣賞酒的顏色。這似乎是品酒狂會做的事情。「荒蕪沼澤？」

威士忌的市場很小眾，主要是因爲酒桶得大老遠從位於血林邊境綠避風港高地的釀酒廠運送過來所衍生的額外成本。卡莉絲當黑衛士時的薪水根本喝不起威士忌。她會猜荒蕪沼澤是因爲那裡是兩個盛產極品威士忌的地方之一。

「峭壁牙。」瑪莉希雅說，也跟著打量酒，然後又喝一口。

「嗯。」卡莉絲說。結果是來自另一個盛產極品威士忌的地方。可惡。

「很容易認錯。這瓶酒是十六年的威士忌。釀成十六年後，口感會變得甘醇，像荒蕪沼澤威士忌一樣容易入口。我喜歡喝，是因爲這種酒被時間消弭猛烈的酒性後，還能保持那股難以言喻的辛辣口感。」

卡莉絲目光銳利地看著瑪莉希雅。十六年？難以言喻的辛辣口感？這女人的目光再度開始閃爍。可惡，卡莉絲絕不可能喜歡這個女人。

「超過十六年會怎麼樣？」

「峭壁牙威士忌成名至今還沒那麼久，不過我敢說假以時日，就連法色法王和總督都會愛上它們。」

她們一起喝酒，妳一口，我一口，各自想著各自的心事。她們看著風暴把所有怒氣發洩在克朗梅利亞上，閃電擊中塔頂，能量引導到地面，毫髮無傷地消散。窗外的雨幕大到根本看不出多遠。風大到就連塔身都在搖晃，不過沒有造成損害。不知道是威士忌、爐火，還是奇特的同伴所帶來的暖意，總之卡莉絲覺得自己很享受這場風暴。

喝完第二杯威士忌後，風暴逐漸平息，地平線上的雲層後隱隱透露幾絲光芒。

卡莉絲把酒杯放在桌上，起身，一言不發走向門口。她打開門，然後回頭，看見那個女人、風暴和微光。肉眼可以把一切盡收眼底，但只能聚焦在一樣東西上。雲層依然陰暗、憤怒。

她說：「妳知道，和妳分享這杯酒是——」一回事，但我絕不可能與妳分享丈夫……

但這些話並沒有形成完整的想法，更別說是離開她的嘴巴。瑪莉希雅突然身體一僵，爲了所有她得不到的東西流露悲傷的目光。就像卡莉絲是在克朗梅利亞公開的戰役中奮戰的戰士一樣，瑪莉希雅也是祕密戰役中的戰士，或許她們兩個都已經厭倦了獨自作戰。

卡莉絲重說一遍。「和妳分享這杯酒是我這幾個月來做過最棒的一件事。」

第五十三章

——珊蜜拉．沙耶——

今天是我們造神的日子。人們聚集而來，向我和旁邊的其他候選人致敬，還有位於我們之上的法色之王。所有人都來了。一個特殊的日子，一場特殊的勝利，同時也是爲了紀念我們部隊在牛津的那場大勝利，並且爲犧牲的同伴致哀。法色之王想把這一切通通緊密結合在小人物的心裡。

我對這一切興味索然，所以開始欣賞我用藍盧克辛精確重塑的左手。不，說重塑太誇大了。強化。我的手就各方面而言都比人類的手傑出，但我只是機械技師。要不是蓋爾戰爭讓我變成戰士，或許我本來可以成爲發明家的。

然而，我的手眞是大師級的傑作。藍盧克辛是堅硬、結實的結晶體，正面施壓的話幾乎牢不可破，但是從側面施壓就能輕易折斷或粉碎。想不犧牲功能性地用藍盧克辛強化人類這種會改變姿勢、彎曲、扭動的動物，幾乎不可能。在手臂外包覆一層藍盧克辛殼？簡單。但是人會流汗，汗和油都會堆積在盧克辛裡。皮膚會變軟，然後在持續摩擦下脫落。在那些汗水、油脂和壞死皮膚中暴露一段時間，就會開始感染。然後身體會攻擊自己。由於無法腫脹，血液會堵塞，感染會擴散，發燒，遍及全身，劇痛難當。

根據我的假設，狂法師發瘋的原因絕大多與盧克辛無關。那是永無止盡的痛苦導致的結果，以不完美的手法在身體裡鑲入盧克辛導致的自我折磨。或許這種瘋子會危險到必須剷除，以免危害他人，但是把瘋狂與邪惡畫上等號就是巨大錯誤。年代在盧西唐之前的哲學家說過：「所有行爲都有善良的動機。」

狂法師之所以造成傷害都是出於無知。無知者不該處以死刑。我們該用知識去對抗無知。不是黑暗，而是光明。

我的夥伴和我針對此事聊了很多。她不是眞人，當然。她只是用來辯證的道具。她——在我的想像中，是在大金字塔慘遭謀殺的姪女米娜長大後的模樣——質疑我的研究，然後一起爭辯。在這裡要找個智力與我相當的人爭辯只有這個辦法。

這讓我懷念起克朗梅利亞。那裡有好多聰明人。當然，他們嚴禁這種研究，但如果他們可以跟我一樣克服這種恐懼……但當然了，我知道法色之王有派人在克朗梅利亞招人入夥。這裡的人都充滿熱忱，但卻不是訓練有素的思想家。認爲身獲自由就表示不必面對自己行爲引來的後果，不必理會自然定律。法色之王似乎認爲還沒必要約束這種態度。暫時不用，在還需要士兵和馭光法師爲他犧牲的時候不用。他承諾之後我們會想辦法引導這種熱忱。

「光是鎖不住的，但是可以加以引導。」他告訴我。他似乎很喜歡這句格言，我看得出來他還會再說。之後。戰勝之後，等這話的前半段幫他取得自願殉道的手下和權力後，他就會抬出後半句來抵銷前半句。到時候，那些愚蠢的殉道烈士就只是爲了把一個頭銜不同的新國王推上同一個位置的新王座而死。接著暴君就會開始扯緊絞索，我想。他在腦中慢慢架構之後的那場演說，他會說：「全世界都在光明之中，但我們的眼睛一次只能看一個方向。」

我在米娜的協助下看穿了這一切。九個國王是怎麼變成七個總督的，擁立高王失敗的行動是怎麼創造出稜鏡法王的，稜鏡法王和總督的權力又是怎麼被嫉妒的法色法王瓜分的。就像狼會想要吃肉一樣，人就會想要謀權。擋在狼或人與他們想要的獎品中間，絕對不是明智之舉。這不是譴責什麼，而是陳述事實。只有笨蛋才會讓自己變成獎品。

這就是今天會是別人成爲莫特，而不是我的原因，雖然我站在這份殊榮的最前排。我認爲，這是值得懷疑的殊榮。我們都「可以」戴上法色之王宣稱是黑盧克辛製成的項鍊。那很可能只是很高明的幻象，不過我有點不安。

米娜和我討論過成神的事，討論了很久。她認爲——喔，又在歡呼了。台上所有人都在鼓掌。我隨他們一起鼓掌。

她認爲有個監督者會讓我不悅。我說，有一個監督者指示我依照法色之王的意願辦事，和兩個監督者指示我依照法色之王的意願辦事有何不同？再說，直接違逆法色之王的人都會直接面對他的憤怒。德凡尼·瑪拉苟斯和傑洛許·綠爲了成爲阿提瑞特爭吵不休，而當法色之王做出決定時，他讓其中之一成神，在另一個腦袋裡塞了彈丸。然後沒過多久，德凡尼就跟隨傑洛許的腳步邁入死亡，只不過是死在加文·蓋爾手裡。成神是非常危險的事情。

儘管如此，米娜認爲我不能忍受接受比我低等之人的統治。拉米亞·科福肯定是這種人，不過那傢伙眞是美。我們不能忽視美麗的力量。我也注意到我自己身上的變化。我已經好幾個月沒和尤瑟夫·泰普做愛了。我們在解放儀式前一週裡做了九次，心中明白之後不會再有機會做愛。我們甚至還在解放儀式的時候脫隊，沒有瞞過任何人，也根本沒打算瞞任何人。人類的優雅細膩會在死亡的惡毒目光下分崩離析。雖然我不像尤瑟夫那樣每天都想要，但是幾個月下來我也開始強烈感受到缺乏性愛的失落感。現在我情欲潛伏。我看向拉米亞端正的五官，突然了解其他女人都只會看到幼稚的魅力和任性、難以掩飾的英俊容貌。並不是說我看不出來，或無法從記憶中理解這種外表會對其他人產生什麼效果；問題在於對我的影響有限。

無所謂。我對付拉米亞．科福的唯一策略就是讓自己看起來像是我自己：無可或缺，但又毫無野心。米娜裝作滿足於這種情況，不過我認爲她比我更有野心。

法色之王繼續發言，演說的內容似乎不錯。他向來都很會演說。接著他指示拉米亞起身。

拉米亞站起身來，面露高傲的笑容，我突然知道我很快就會非常、非常厭惡——喔，我已經厭惡那個笑容了。他對其他人點頭，彷彿我們能和他站在一起很幸運。我一臉冷漠，但是有幾個人開始發怒。在這種事上勝出時感到高興是一回事；但是表現出一副你能勝出都是因爲你比其他人聰明的模樣，就是另一回事了。

爲什麼挑他？我知道法色之王喜歡他，但一直以爲那是因爲法色之王外表殘缺，所以有種要讓俊男美女圍繞身邊的需求。現在法色之王的外表壯麗，宛如奇蹟，但在人類的眼光看來絕不美麗，所有想上他床的人都遭到拒絕。據說大火閹割了他，這表示他那裡的傷肯定非常嚴重。克朗梅利亞從未正式開過相關課程，但是一直以來都有馭光法師探索把盧克辛用在性愛上的技巧。

「拉米亞．科福，空氣之王，上前。」法色之王說。年輕人上前時，法色之王繼續說：「身爲自由男女的領袖，我有權認定並獎勵傑出之人。此次晉升後，除了你的王，你將不必再向任何人下跪。我們建立秩序不是爲了擁立領主，我們擁立領主是爲了建立秩序。拉米亞．科福，你願意用你的魔法、你的劍、你的意志、你的順從向我效忠嗎？」

「我在此宣示效忠，」拉米亞．科福說。他單膝下跪，觸摸法色之王的腳掌。

「那麼今日我宣告古老秩序回歸，」法色之王說。「我沒有意願統治任何人。我只想看到人們統治自己。自由的女人。自由的男人。你們賦予我的權力，我都會轉回你們身上。太陽的白光就是所有法色攜手合作的成果。我們的祖先、古代的九王，忘記了這一點。他們彼此爭戰，削弱實力，結果讓異教徒趁虛而入。稜鏡法王摧毀了他們。我們不會像他們一樣失敗。我是你們的法色之王，只是凡人，曾經受創，透過許多法色恢復人形。但今天，我告訴各位，我有個所有人都在光明中團結合一的願景。稜鏡法王分裂光線，劃分總督轄地，把人類分成偷竊者和遭竊者。我們將會團結所有人，然後一起找出力量。九個神，九個國家，所有人民，統一在一個白光之王下。」他揚起彩色的手臂，藍殼綠縫，其下盧克辛不斷流動。「但我是個很糟糕的白光之王。有一天，當我們奪回我們的國家，我就會重塑自己。當你們統一七總督轄地時，我也會取得完整的形態。我的朋友，你們可願意追隨——」

「願意！」很多人叫道。

「我們會追隨你！」

但他要大家安靜，善用關鍵時刻。「你們可願意不追隨我，而是追隨這個崇高的理念？」

「我們願意！」

「你們可願意付出一切，讓九大國度再度返回？」

「我們願意！」

他還沒說完，但我沒有繼續聽下去。剩下的都是在炒熱氣氛。很有趣的轉折，讓治療自己和以他的名號治療七總督轄地畫上等號。用戰爭治療。在場有數萬名聽眾，我不可能是唯一覺得這種說法很有趣的人。更有趣的是當他告訴他們，他在找尋願意竭盡所能付出的人，「高層還有空間。」這話的潛台詞就是「服侍我，我就會讓你掌權」，但既然有高層就表示也有低層。還有什麼比這句話更與他那些人皆生而平等的說法相牴觸的？

無論如何，如果沒有什麼其他值得一提的，法色之王還是給自己上了一個新頭銜：現在他是白光之王了。我依稀記得他在某個時刻曾發誓我們之中不會有任何國王。難道沒人記得嗎？

但是在這整個過程中，他都讓拉米亞．科福跪在地上，而那個年輕人顯然很不舒服，也很不高興。當「白光之王！白光之王！」的呼聲漸歇後，新加封的王走回拉米亞．科福面前。他拿出一個小象牙盒，打開。他拿出一個多角水晶，夾在拇指和食指之中。水晶自行旋轉，彷彿擁有自我意志，釋放出上千道天堂光影。

白光之王把水晶交給拉米亞。年輕人站起身來。有好一段時間，沒有任何動作，接著左顧右盼，打量站在平台上的人。看向身旁的士兵。看向白光之王。

拉米亞．科福的雙眼宛如自體發光的藍寶石，水晶覆蓋在他的皮膚上，隨著他的動作粉碎，重塑，在轉眼間從內部更新。

「王？」拉米亞說。「在神之前，王算是什麼？你剛剛給了我控制你體內盧克辛的力量！」他全身突然覆蓋在水晶盔甲之中，厚到就連砲彈都彈得開。他在白光之王的手下大聲警告時，舉起鋒利的手臂。

「你則給了我一場完美的示範。」白光之王說。

拉米亞．科福脖子上的藍水晶殼立刻粉碎，他癱倒在地，像是操偶線被割斷的人偶一樣。他的腦袋滾開，全身的藍盧克辛護甲炸成碎片，空氣中瀰漫著白堊和鮮血的氣味。

大多數人都沒看見砍斷他腦袋的是什麼東西，但我看得到。是法色之王交給我們、命令我們隨時戴著的項鍊。所謂的黑盧克辛墜飾從前到後刺穿了拉米亞的脖子，扯穿脊椎，從後頸破體而出，接著鎖鏈緊縮，截斷整個脖子，讓他頭顱脫落。

又或許那並不是「所謂的」黑盧克辛。或許那真的是黑盧克辛。或許我這輩子都研究錯法色了。

「很可惜，我們之中有些人並不值得信任。」白光之王大聲說道。「我會毫不留情地剷除這種叛徒。然而！我們之中有很多信念堅定，致力投身我們的理念的人，永遠不會背叛。他們將會永遠追隨我們，不管地位高低，她會竭盡所能——而她的能力十分強大。」

喔，不。我怎麼到現在才看出來？

「珊蜜拉・沙耶，老戰爭的女英雄，但她已經完全皈依我們的信念。珊蜜拉・沙耶，妳願意成爲莫特，我們的藍女神嗎？」

我步伐不穩地起身，感受到黑盧克辛水晶在我喉嚨前的壓力，沉重而又腐敗。我低頭鞠躬，說不出話。除了新國王，我還看見了米娜。她看起來很興奮；一副贏得勝利的模樣。

她看起來像是一切都在她的算計中。

第五十四章

「妳沒有向我全盤吐實。」卡莉絲等白法王房內所有書記和奴隸出去，讓她們獨處後說。

「恐怕我只會向歐霍蘭全盤吐實，而且只有在祂強迫我這麼做時才會如此。」白法王說。

「少來那套，」卡莉絲說。「別把這件事和信仰扯在一起。我接手妳的間諜網並不是因爲妳必須待在房間裡，不能親自出面處理。」

「喔？」

「至少不光是因爲那個理由。」卡莉絲說。

白法王微微一笑，皺紋變得更明顯。當然，她有很多皺紋，而笑紋不比憂鬱紋深。「推我到窗口，親愛的。」

卡莉絲皺眉照做。沒有人可以在推著白法王穿越她房間時，不沉痛地注意到她的皮膚有多薄多鬆弛，她的骨頭有多脆弱。那就像是死亡本身透過這個女人與骷髏有多像的徵兆、她有多接近在這個世界的結尾來宣告它即將到來。

「等等。妳是故意提醒我妳有多衰老，免得我對妳大吼大叫嗎？」

白法王笑道：「別把一切都看成算計，孩子。」

卡莉絲的眉頭越皺越深。「喔。好吧，那抱歉。」

「但這次是。」

白法王的笑容具有感染力，卡莉絲忍不住也隨之微笑。她收回所有死亡逼近的想法。這女人會活到天荒地老。奧莉雅・普拉爾看來像是偷零食被抓到的小女孩，笑容彷彿在說：「媽咪，妳不能對我生氣，我太可愛了！」同時又像是全世界最睿智的老太太。

卡莉絲不能失去她。她背靠藍盧克辛牆坐下，抬頭看著這個宛如她的英雄兼母親的女人。「請不要離開我。」她說。她就是忍不住。

「在我死前不會，孩子。」白法王說。

卡莉絲再度皺眉。「好啦，這種說法一點意義都沒有。」

白法王揮手甩開那個想法。「去。人在臨終前都會說很多沒有意義的話。不然這句：『只要我在妳心裡，就永遠不算眞的死去。』哈！我死後，拜託別把我困在妳心裡，孩子。我有幽閉恐懼症。」

「可以說妳會一直看著我嗎？」卡莉絲半開玩笑地問。

「當然——拜託別在廁所待太久，因爲我不想看！」

卡莉絲大笑。現在她沒辦法提出本來要問的事。今天她的勇氣表現不佳。

「妳和瑪莉希雅聊過了。」白法王提起。

「我才剛從那裡過來，妳是怎麼知道的？我以爲妳所有間諜都交給我們了！」

「我有眼睛啊，要間諜幹嘛？」

「呃？」

「或鼻子。妳身上都是她愛喝的那種威士忌——峭壁牙——的味道，這表示她在向妳示好。不然她會拿豪飲專用的荒蕪沼澤威士忌出來。」

喔。好吧。不是每一件事都與間諜和背叛有關。還是得要運用機智。卡莉絲深吸口氣。「妳要我出面負責妳的間諜，妳說。但妳已經有瑪莉希雅了。她擔任妳的間諜負責人已經好多年了，對吧？」

「對。」白法王說。

「那妳為什麼要我接手她已經在做的工作，而且我很可能永遠不會表現比她好？妳只是要給我找個人生目標嗎？妳以為少了加文、少了黑衛士，我就會自殺？」

「我不認為妳是會自我了斷的那種人。」

卡莉絲說：「妳還是什麼都沒有透露。拜託。」

白法王面露傷心的笑容。「多年以來，瑪莉希雅一直負責我在克朗梅利亞的間諜。外派的間諜是我親自負責。她表現得非常出色。要不是因為我是白法王，親自會面會有壓力的話，她可能表現得比我還好。但就我們在此事上負責的間諜而言，很難評判應該算是克朗梅利亞內部事務，還是外來威脅。」

所以白法王只是把一名間諜從一個負責人轉給下一個負責人負責。「就這樣？」卡莉絲問。

「妳和她爭論的時候沒有提到這個？」白法王反問。

「我們沒說幾句話。」

「喔，天呀，妳沒有打斷她的骨頭，是吧，親愛的？」

卡莉絲板起面孔。「妳無法想像我可以在不造成永久性傷害的情況下，施加多少痛苦。」

白法王皺眉。

「就這樣嗎？」卡莉絲問。儘管讓白法王誤以為一些無傷大雅的事很有趣，但當事情變得太輕浮無聊讓卡莉絲有點緊張。白法王揚起手掌。「並非凡事都是周詳計畫中的一部分。」

跟妳有關時就是如此。莉絲差點脫口而出。但結果她說：「妳可以事先警告我的。」她是指瑪莉希雅的事。

「妳得和她攤牌。我本來以為妳很久以前就會主動去找她。或許節制使用紅魔法和綠魔法對妳的好處比我想像中多。」

「說起那個，」卡莉絲說。「多久——」

「不。」

「但是——」

「不。」

「我——」

「絕對不行。」

「好吧。」卡莉絲說。「如果妳不介意的話，我現在很想去訓練室打爛什麼東西。」

「去吧。我敢說瑪莉希雅也很急著想來說說她對這件事的看法。」

第五十五章

基普從另一場惡夢中醒來，滿身大汗，拳頭緊握到他得按摩一下，以免抽筋。不過回想夢境的細節有點像是捕捉煙霧。他坐起身。

一顆腦袋爆炸，子彈淨化，就這樣了。再一次。

外面雷電交加。噩夢必定是襲捲傑斯伯群島的風暴引發的。沒有什麼。

等等，那只是第二場夢而已。在第一場夢裡，他又回到了漫遊者號的甲板上，刺傷父親，在父親瞪大雙眼的同時發洩所有遭受遺棄的憤怒——

加文看著基普。在那一眼中，基普看見了接納，爲了兒子自我犧牲。在那一眼中，基普看見愛的選擇，了解代價，但是並不畏懼。

基普沒看見他的稜鏡眼。當時光線昏暗——畢竟當時是夜晚——但基普的眼睛已經完全適應黑暗，而他記得很清楚。他很肯定這一點。

基普起身，抛開厭惡作夢的蛛網，然後出門。他從來沒有去過昆丁的房間，但記得盧克教士說過自己的房間在藍塔位於名爲公義的樓層，六樓。盧克教士有時候會以原罪（塔的黑暗面）或美德（光明面）來稱呼樓層。這習慣來自遠古輔祭的記憶，後來成爲正統的一部分。

他找到那層樓，老起臉皮走進那個房間。這裡跟黑衛士或學生的營房一樣，所以找到正確的營房不是問題，找出昆丁的床鋪也不是問題。他推了推沉睡中的盧克教士。

「喔，不可能已經到晨禱的時間——」昆丁在看見基普站在自己面前時住口，虹膜旁的眼白終於全部露出來了。

有些人會在受驚時用力揮手，而昆丁是會嚇呆的那種人。

接下來很長一段時間，他沒有眨眼，沒有呼吸。這段時間比基普預期得要長。昆丁當然認得他？

「我有問題要問你。」基普說，聲音很輕，以免打擾其他在睡覺的人。

這句話解開了盧克教士身體的鎖，他深吸一口氣。他下床，身體骨瘦如柴，完全沒有肌肉。基普太習慣與體格強健的黑衛士爲伍，看到這具肯定算是正常的身體讓他有點吃驚。

他再一次心想，我父親是故意的。他讓我和最頂尖的人在一起，讓我和他們比較，讓自己越變越強。這做法有點偏激，但非常聰明，短期來看有點嚴厲，但長期而言可能是最好的做法。可惡。加文·蓋爾怎麼看都是個傳奇。

昆丁跟著他前往走廊。「你來，呃，剛好，」昆丁說。「我剛弄清楚書櫃分類方式。」

「呃？」

「圖書館的。」

「喔，那個。很好。聽著，我要你告訴我稜鏡法王是如何挑選的。跟我走走。」

昆丁跟在他身後，他們低聲交談。「挑選？他們不是挑選而來的。是讓人找出來的。我是說，他們是神選之人，當然——歐霍蘭選的。」

「是呀，」基普說。「當然。那他們是怎麼被找出來的？」

「所有盧克教士都會向上司回報，告知自己教區內所有可能的人選，這些報告會根據教廷階級層層回報上去，盧克主教會和光譜議會開會，交換意見並測驗人選。」

「讓我猜，能受測的人選全部來自領導層級的家族。」

昆丁眨眼，然後雙眼向上，努力回想。「有一個算是例外，還有一個肯定是例外——但沒錯，至少過去兩百二十二或二十三年內都是如此。」

「這不會讓你覺得奇怪？」

「一點也不奇怪。你又不是第一個注意到這個現象的人，基普。粉碎者？爲什麼有人這樣叫你——無所謂。這是歐霍蘭賜福給七總督轄地政治秩序的證據。例外的人選也證明了歐霍蘭關懷全人類，當貴族讓歐霍蘭不高興時，祂就會毫不遲疑地從我們人類政治圈外挑人選。」

「眞是方便的說法，從兩方面來看都一樣。」

昆丁陷入責備式的沉默。最後，他說：「你叫醒我就只是要嘲弄我嗎？」

基普並不生昆丁的氣，他似乎在極大的痛苦中走出了天眞爛漫。基普是在生爺爺的氣。他覺得如果世界上有任何地方不受政治干預，應該就是歐霍蘭的聖殿。但那又不是昆丁的錯。

「不。我想問你稜鏡法王是如何……呃，就任的？晉升的？不管是怎麼說的。有儀式嗎？」

「事實上，不算『神聖的』儀式。」

「是怎樣？」

昆丁對於基普爲了此事叫醒他感到不太高興。「他們弄得很神祕。會舉辦一場宴會，爲去世的稜鏡法王哀悼，當天晚上全克朗梅利亞的光線都會熄滅，只留下星塔上的大火盆。大家一起聊天喝酒，爲逝者哀悼、歌唱，只剩下那些微弱的光線。」

「儀式本身呢？」

「只有光譜議會和盧克主教知道。我認爲光譜議會只有在當天晚上才會知道該怎麼做。我是說，盧克主教會對他們認爲重要的事守口如瓶，而世上沒多少事比這個重要。」

「當前光譜議會中有誰十七年前就已經就任了？」

「你是說加文成爲稜鏡法王的時候？」

「對。」

「你爺爺，當然。白法王，還有超紫法王……我想就這樣了，事實上。這十七年日子很艱苦。」

「管制圖書館裡會有相關記載嗎？」基普問。

「問這個幹什麼，基普？」

「我要查一支匕首。」

「什麼？」

「一支匕首。或許是支神聖的匕首。」基普暫停片刻。「你的臉剛剛有個反應。」

「反應？」

基普突然心生疑慮。「你知道一些內情嗎，昆丁？」

他們抵達管制圖書館。「等我們進去後再說。」昆丁說。

基普操作面板，啓動散射的黃盧克辛，照亮黑暗的房間。昆丁在光線下看起來沒有好到哪裡去。

「基普，我──我發過誓會對你知無不言。」

「嗯哼。」

「而我……也不是眞的有人嚴禁我洩露此事，但我知道不該和其他人說這件事。如果你要我說，我的誓言要求我一定要照做，但這會讓我很不自在。」

「說出來。」基普說。

「所以你要強迫我說？」

「沒錯。」那根本算不上是問題。

「有個盧克主教在我面前說溜嘴過，他們十六或十七年前弄丟了一樣非常重要的物品。他說是安德洛斯・蓋爾拿走的，然後宣稱弄丟了。」

基普靠著椅子後面的兩腳撐起椅子，長長吁出一口氣。「我猜對了。」他說。「我一覺醒來，然後就知道了。嗯。」

是盲眼刀——或，根據安德洛斯的說法，盲者刃。如果基普沒有每天忙著工作、學習、戰鬥，然後累癱在床上，半數時間作惡夢，然後更加賣力重複同樣的事，他應該會更早想通這一點。

基普用那把刀刺傷了暗殺珍娜絲・波麗格的殺手渥克斯，對方在和基普正面衝突時汲取綠魔法失敗。那救了基普一命。渥克斯大叫：「阿提瑞特！阿提瑞特，回來！」阿提瑞特，綠光女神。

基普在剋星頂端刺中一個半人半神的綠神，那個女人立刻失去了法色。

基普原先以爲辛穆在他們逃離加利斯頓之役時刺傷了加文。他確實刺傷了加文。

再度回想船上那場搏鬥，基普隔離開葛林伍迪扭曲、憤怒的面孔，所有拳打腳踢，安德洛斯・蓋爾全神貫注的模樣，以及加文的自我犧牲，還有他對自己的無能和差點害死父親的內疚——當基普把那一切隔離開來，只去想正確的東西時，一切就變得清清楚楚。而正確的東西就是加文的眼睛還有那支匕首。加文當時正看著基普，而他的眼睛沒有稜鏡法王之眼的那種難以形容的優雅光芒，然後基普看到匕首發光。

在砲手的船上，基普看到匕首從加文胸口拔出的畫面。不再只是有一顆藍珠寶的匕首，已經變成了劍刃上鑲有七顆明亮珠寶的黑白色長劍。

基普努力回想他父親的眼睛當時是什麼模樣，但加文位於五步外，在黑暗中痛苦大叫，緊閉雙眼或是沒有看他。

那就不管加文的眼睛，而是安德洛斯・蓋爾的。基普和他面對面過，見過他眼中的粉碎光暈。打從那之後，基普曾再見過他的眼睛。那一晚，基普用匕首刺中了安德洛斯的肩膀，雖然只有一下下。盲眼刀就是創造稜鏡法王的關鍵。而匕首奪走了加文的稜鏡眼。

「怎麼樣？這是什麼意思？」昆丁問。

「我不會告訴你的。我知道你守不住祕密。」

昆丁看起來很不高興。

「昆丁。我是開玩笑的。」

「那是怎麼回事？」

基普搖頭。「我說不告訴你不是在開玩笑——我不會告訴你的。我喜歡你，昆丁，但我和你不熟，也不曉得盧克教士會逼你告訴他們多少事情。我不會怪你。拒絕那些傢伙很困難。我說開玩笑是指你守不住祕密的部分。」

「但那也不是眞的在開玩笑。」昆丁說。

「我不是質疑你的人品。」

「你就是。」

「好吧，我是。」基普聳肩。「你可以說我是在無理取鬧。」

昆丁張口欲言，然後閉嘴。「或許不是無理取鬧，但感覺很不好。」

這就是安德洛斯・蓋爾一定要把那支匕首找出來的原因。基普本來認爲他把匕首看得比兒子加文還重簡直堪稱禽獸。但對安德洛斯而言，那不光只是一支匕首，那是所有總督轄地的未來。盲眼刀就是創造新稜鏡法王的關鍵。

而基普的母親——吸毒成性、滿腦仇恨、心思惡毒的母親——在十七年前偷走了匕首。然後消失。

那表示他沒辦法撤換加文。稜鏡法王大多在任七年或十四年，但是儘管他經常與光譜議會及父親衝突，加文還是沒有被撤換。他們弄丟了加晃稜鏡法王的關鍵法器——以及撤換他的可能。他們用這把匕首殺死前任稜鏡法王，奪走他或她的能力，然後轉移到新任稜鏡法王身上。

這並不能解釋所有事情——戰爭期間怎麼會有兩個稜鏡法王？——達山怎麼假裝成稜鏡法王？但那支匕首肯定是力量泉源——基普很肯定這一點。他曾親眼見證過。

歐霍蘭慈悲爲懷。萬一前任稜鏡法王不願意放棄力量赴死呢？他們通常很年輕。誰會想死？

這就是黑衛士的職責了。在七總督轄地中保護稜鏡法王，必要時，也在稜鏡法王面前保護七總督轄地。

如果有個稜鏡法王觸怒光譜議會到被趕下台，然後他們投票決定要殺了她？動手捉拿下台的稜鏡法王加以殺害，奪走她能力的肯定就是黑衛士指揮官，可能再加上另一、兩人。爲了總督轄地好。

難怪他們搞得這麼神祕。這樣做或許有其必要。所有馭光法師都會走到盡頭，必須除掉，像稜鏡法王那樣毫無節制汲色肯定要付出代價。或許他們會發瘋。

但稜鏡法王要解放其他馭光法師。當黑衛士制伏並殺害一個恐懼慘叫的稜鏡法王時——那種場面絕對無法強化信仰堅貞者的信仰。

難怪那是哀悼與黑暗的夜晚。

「你臉色不太好。」昆丁說。

「我不太舒服。」這也表示加文・蓋爾已經不是稜鏡法王了。就算黑衛士現在找到他，他也已經沒有利用價值。

那最好是要比法色之王更早一步找到那支匕首。

而這一切，安德洛斯．蓋爾都是一聽就知道了。他立刻展開行動。基普不曉得自己是該更崇拜那個傢伙，還是討厭他。

但是加文沒死。他和之前所有稜鏡法王不同，他活下來了。因爲他獨一無二。或許在整個歷史上都是獨一無二。

「昆丁，你說你弄懂了這裡的書櫃分類方式？」

「其實是昨天才弄懂的。現在想查任何人的家譜應該都不是問題——就連黑牌也可以。」

「我得要信任你，昆丁。我可以信任你嗎？」

「這個問題不合邏輯，是不是？如果我不值得信任，我難道不會告訴你值得嗎？」

「反之，如果你值得信任，你就會指出這個問題不合邏輯之處。」基普說。

昆丁揚起一根手指想要爭論，然後又放下。他一開始有點困惑，跟著一臉滿足，彷彿基普教會了他一個非常有用的把戲。「啊。啊哈！我懂了。謝謝你。我該怎麼做？」

「別管族譜，別管黑牌了。我要你盡力查出與馭光者相關的東西。」

第五十六章

「我將你母親視爲偶像，」伊蓮說。「我母親死時，她照顧我。她知道我沒有女性親戚可以當作榜樣。身爲一個成年人，我看得出她這麼做還有什麼原因，當然。讓瑪拉苟斯與蓋爾家族和平共處並不需要婚約，只要兩家交情夠深就行。但後來發生了一件事情。你知道是什麼事嗎？」

加文坐在牢房裡，透過明顯的眼袋看著囚禁自己的人。這是過去幾個月來她們第三次來訪。他在前兩次來訪時失去了兩根手指。再少一根的話，他的左手就沒辦法抓東西了。「請說。」他說。他的聲音很沙啞。這幾週裡他很少有機會開口說話。她把他丟在這裡腐爛。

「這不是個反詰問句。你知道出了什麼事嗎？菲莉雅．蓋爾經常來拜訪我，有一天，她請我去找她，然後……就沒有了。她從此拒絕與我交談。出了什麼事？」

那種奇特的強烈情緒突然間又回來了。最糟的部分在於，加文慢慢開始相信伊蓮．瑪拉苟斯並沒有發瘋。她只是個被環境逼向極端的正常女人。而她的環境有很大部分是蓋爾家族造成的。

「我不知道。」加文說，揉著眼睛，幾乎算是在用手上的繃帶抓癢。「但我敢肯定一切都是我的錯。讓妳堂弟不要亂說話的事情怎麼樣了？」

「那是十五年前的事情。想一想。當時菲莉雅．蓋爾爲什麼要和我斷絕往來？」

加文換上糊塗的表情，開始思考這件事。他很快就想到了。一開始他以爲是因爲戰爭或他的騙局，但那是十六年前。十五年前是菲莉雅得知德凡尼．瑪拉苟斯沒有死於戰爭，在荒野中遊蕩數年，正要帶著加文的祕密返回家園的時候。她在解放儀式時懺悔，說她一開始嘗試收買他，然後派海盜去攔截他的船、謀殺他，至少她以爲如此。

菲莉雅・蓋爾爲了保護最後一個兒子不惜下令殺人，但卻沒辦法笑著面對父親死在自己手上的女人。聽起來正是他母親的作風。必要時十分強硬，但內心很溫柔。她和安德洛斯・蓋爾不同，他父親根本不會想要與瑪拉苟斯家的人交朋友。但如果他這麼做了，一定會徹底利用對方。

這個世界只有兩種人——壞人，和笑裡藏刀的壞人。

加文說：「我當然知道爲什麼。因爲我連對她都沒有坦承發生在裂石山裡的事情。整整兩年，我沒有告訴任何人，然後她聽說妳父親尚在人間的傳言。她質問我這件事，因爲我之前說過他已經死了。她問我有沒有可能弄錯。」他閉上雙眼，長嘆一聲，彷彿那是段痛苦的回憶。

「那你怎麼和她說？」伊蓮問。

蠢女人，我會享受殺妳的樂趣。妳根本不曉得我是什麼人，是不是？我要用鎖鏈扯掉妳的手指，逼妳吃下去。「我告訴她那傢伙是冒牌貨。他不是第一個，也不是最後一個帶著滿身傷疤和鬼話返回富裕家族、試圖取得桌上空位的人。」

「他不是冒牌貨。」伊蓮說。

「不，他是。」

「不，他不是。」

「妳怎麼知道？」加文問。他現在知道目標了。那傢伙有和伊蓮通信。不過他們很可能一直沒有碰面。他會送來能證明身分的信物，但可能是可僞造的東西，也可能是與他親近之人知道的事實。

「問問題的是我。」

那就不必客氣了。他的說詞不需完美，只要能讓對方產生疑惑就行。

我是謊言之父。見識我的實力。「我知道是因爲我在場，伊蓮女士。戰爭的尾聲。德凡尼和達山很親近。」這是事實。「他是好戰士。」事實。「不是最天賦異稟的馭光法師，但很能善用綠盧克辛。」事實，不過有點狗腿。添加點對方想聽的甜言蜜語可以幫助苦澀的謊言下嚥。「我弟弟和我的最後一戰中死了很多人，但他始終屹立不搖。」第二部分是眞的，第一部分不是。「他參加了裂石山之役。撐過了最後那場大火。」事實，他活下來了，也有參與那場戰役。但能活下來是因爲最後他沒有身處戰場中央。除了達山和加文外，沒人在那陣魔法沼氣中存活下來。「最後德凡尼爲了解救達山對我展開攻擊。他……英勇戰死。」徹頭徹尾的謊言。

「你撒謊！」她說。

加文偏開頭去。然後又轉回來看她。他噘起嘴。「他奮戰到底。他……衝過來，撞倒我。他掏出手槍對準我，但是子彈沒有擊發。我起身後擊落他的槍，然後……他就跑了。我拋出一把標槍，刺穿他的背。之後我沒有見到他的屍體，但我上過很多戰場。他不可能活下來，我可以保證。然後我撿起那把手槍。很小巧。如果我沒記錯的話，上面有小麻雀的花紋。一定是備用手槍。這是手槍在戰役尾聲還有上膛的唯一理由。那把槍不比我的手掌大。和整個戰場格格不入。附近除了那把手槍和標槍外沒有其他武器。我當時已經無力汲色，而我弟弟幾乎失去意識。我拿起那把小手槍，指著我弟弟的眉心。槍沒有讓我失望。」

我不用假裝臉上那個死氣沉沉的表情。我讓這些接近事實的回憶再度浮出腦海。描述德凡尼那把手槍的細節堪稱神來一筆。加文怎麼可能知道達山手下隨身攜帶的備用小手槍？

「不，」伊蓮低聲道。「不。」

「我母親不了解。她從未上過戰場。她認爲逃跑讓妳父親成爲懦夫。事實上，所有人一天之中都只有這麼多勇氣可用，妳父親已經比大多數人勇敢。他衝向兩個在決鬥的神，要不是燧石背叛他的話，就能夠扭轉戰局。他衝過來時，並不曉得我已經無力汲色，而在他見識過我的能耐後，那眞是非常勇敢的行爲……更重要的是，我母親不能容許自己爲了我殺死我弟而痛恨我。她就只剩下我這個兒子了。於是她怪罪妳父親。如果他沒有把那把槍送到我手裡，她另一個兒子就不會死……我想她的理性知道責怪他不公平，責怪你們家族不公平。但是她就是責怪了。她知道能克制自己，不把對妳的恨表現出來——其實是爲了我——但她沒辦法在這麼做的同時掛著愉快的面具。搞不好她的想法還是對的。有時候我會想，如果當時我手邊只有那把標槍，我是會把我弟弟活捉起來，還是一槍刺穿他的喉嚨？手槍讓我可以輕易殺他，但……我只是在胡思亂想而已。當時我殺紅了眼。我母親怪罪妳父親，八成還相信妳如果發現我當時的所作所爲的話，會爲此而怪罪她。」

「你……你這個惡魔。」伊蓮說。

「如果這樣講讓妳好過一點，我很遺憾我弟弟的戰爭讓妳失去良師益友，還有其他一切。歐霍蘭的鬍子呀，我願意用兩根手指換回妳的父親。」他朝她搖搖他殘缺的手掌。

卡莉絲，妳曾說過我心裡有股自我毀滅的欲望。我否認。我眞傻。

「操你媽！下地獄去！」

「據我對德凡尼的了解：他不會折磨無助之人。固執，他們說，但很可敬。這點他就比妳強。」

這樣做似乎很蠢：在對她撒了這種謊後又挑釁她。但是想要釣魚就得讓魚先吞下鉤子。如果他憤怒到膽敢當面對她說出這麼蠢的話，當然不可能同時又冷靜到能想出如此完美的謊言，對吧？

但加文得提高賭注。眞正的考驗是此刻發生在檯面下的事情。伊蓮是魯斯加眞正掌權的人。總督優特培．普托洛斯被她玩弄在股掌之中。伊蓮的父親德凡尼加入了法色之王的陣營。不管他過去十六年來還幹了些什麼——那傢伙肯定是德凡尼，雖然當時沒有立刻認出，但加文畢竟還是認出他了。不管這十六年來德凡尼幹了什麼，最後都加入了異教徒的陣營。在伊蓮和她父親間造成嫌隙等於是幫了七總督轄地一個忙，因為如果伊蓮讓仇恨蒙蔽一切，她有可能帶領魯斯加投入法色之王的陣營。

這會是蠢到難以置信的做法。權力頂端的人不可能在法色之王的革命中獲得好處。邀請飽受迫害的部隊進入妳的城市？妳連友軍的部隊都不該邀請。

但是仇恨和嫉妒會在所有願意孕育它們的溫床中產生自毀傾向。為了對付蓋爾家族，這個沒有子嗣的女人或許會願意犧牲他們家族所擁有的一切。

於是我為了大局著想說謊。一如往常。

但她還是在瞪我。

現在輕舉妄動沒有好處。如果她覺得自己是被迫做出決定，未來就會質疑這決定。不管她採取什麼行動，都得覺得那是自己的決定，是在她所得知的事實下必定會產生的結果，然後她不得不與他形成牢不可破的同盟。

那兩根手指？她可能永遠不會付出代價。至少很長一段時間內不會。加文得壓抑自己的怒氣，讓它們在檯面下慢慢燃燒。有朝一日。或許。可能不是今天。不是最近。

他沒有直視她的目光。他看著她，偏開頭去，又看回來，放鬆肩膀，垂頭喪氣，一副毫無防備的模樣。他不是威脅。現在最重要的是讓她想清楚。

最後，她說：「戰後，我們家族在各地都有地產，但是很多都被戰火波及。我需要很多錢才能修復它們。幾萬幾萬的丹納，幫葡萄園進口葡萄樹、幫棉花田買新奴隸、幫馭光法師繳學費、支付契約金、租用後購買河運駁船運送貨物。砍柴要新斧頭，新水車架需要鐵，採用當地硬度不足的石頭切割的磨石價錢不到進口的一半，但是使用時間只有三分之一。每一次我都會用父親的帳本來計算這些帳務——事實上，是我父親的管家梅蘭西斯的帳本，不過他死於血戰爭期間——而每一次，我都會在帳本上看到這些項目：『雇用守衛』，有時候有『血林康恩的賄賂』，還有『海盜造成的損失』。每年年終，會有『掠奪事件的修補』和『替補掠奪事件中喪生的馭光法師』。」

「當然，最後我寫滿了那些帳本，改用新帳本，但我還是會留下那些欄位。我研究那些花費的數目。老梅蘭西斯在我們家當了四十五年管家，他來了沒幾年就能精準預測那些花費。當你知道去提利亞運橘子的船隻十艘就會損失一艘，就會知道明年繼續這門生意要花掉多少盈餘。長期來看，這些數字很重要。我父親從來沒想過，我們家族能在失去那麼多成員的僞稜鏡法王戰爭和血戰爭期間保有那麼多地產都是因爲梅蘭西斯。」她深吸口氣。「但每當我拿起那些帳本，決定要運送任何貨物時，我都會看到那些開銷。我一直沒有付過那些錢。」

「我很擅長計算，我拿自己的數字去與梅蘭西斯的做比較。從那些結果來看，從面對那些項目時無法否認的事實來看，我欠你很多，加文．蓋爾。至於欠了多少，就要看我賺多少而定。儘管無法避免一定程度的貨物損失——我終究還是會在搶劫、謀殺、海盜等事件中損失人員和貨物——最重要的關鍵在於遇上這些損失的時機。如果你在擁有一百匹馬的時候損失了一匹價值不菲的種馬和母馬，你會覺得痛。但如果你在還沒配種之前就失去牠們，那你就玩完了。於是，我用各種不同方式運用算盤，盡我所能地計算得失。我選擇不要量化失去家族成員、值得信任的僕人和奴隸的情緒代價。我也選擇不要量化如果太多近親死亡，導致我得結婚生子時大量損失的時間。我們家族的女人通常都能在生產後很快復元，但不可能預測我自己會懷孕幾次，或是在懷孕晚期和產後早期能做多少工作。當然，我沒有把不結婚生子當作獲利——因爲我此刻沒有結婚。以我此刻的財富來看，如果當初情況不同，享受結婚生子的好處就會讓我付出很大的代價。你現在了解你給我帶來多大的難題了嗎？」

「我聽得有點不太明白。」加文說。他認為自己聽懂了，但是讓敵人覺得他們比較聰明，向來不是壞事。

「因為你阻止了戰爭，加文。然後剷除了海盜。好幾次。還不算你因為不需籌備戰爭經費而降低稅率。無論如何，加文．蓋爾，你們家族都害我失去了我父親、最後一個叔叔，還有四個遠房表親。」

「但根據我的計算，我欠你的介於四年二十三天到二十七年十六天之間。那是我應該要勞動的歲月。我人生中的歲月。你幫我省下了約莫一百萬丹納；你讓我重建家族，而結束血戰爭，你肯定也解救了很多我所深愛的人。我想殺你到肚子會痛，光是想到你就讓我頭痛足以重創帝國。眾所皆知，遠近馳名，我是處事公道之人。雖然我有權力這麼做很久了，但我從未占過任何人便宜。但是人要怎麼償還血仇？」

「我在這方面留下很複雜的遺產。」加文冷冷說道。

「人要用血仇來償還血仇。」

「喔，剛剛那是反詰提問。」加文說。「但妳看起來太冷酷、也太得意了，不像要說：『加文，你救了我深愛的人，所以我要救你深愛的人。』」

「不管你有什麼缺點──你有很多缺點，加文．蓋爾──總之你不蠢。你聽說牛津之役的事了嗎？」

「我太忙了……感覺好像我一直在划船繞圈圈。我錯過了。」

「克朗梅利亞一日之內損失了五萬五千人。其中有三萬五千人是魯斯加人。我的同胞。」

加文覺得被人踢了一腳。「出了什麼事？」

「阿茲密斯將軍想要在奧河擊敗法色之王。」

「奧河？那條河不深，對吧？」加文問。

「雨季的時候就夠深。」

加文只有在夏天見過奧河。

「將軍想要在血袍軍渡過淺灘時攻擊他們。他們的狂法師在半小時內汲色製作出很多新橋，圍住我們的部隊，在河裡擊敗我們。血林人討厭這個計畫，宣稱要撤兵，但阿茲密斯將軍不肯。他執意要執行這個計畫。於是法色之王入侵血林，血林人毫無損失，我的子民卻遭受到或許無力復元的打擊。」

我的子民。她的語氣不像是當地人民，而是領袖。她肯定已經完全控制了普托洛斯女總督。但那還是不是最糟糕的部分。盧城之役加上牛津之役，七總督轄地已經連續承受兩次軍事災難。即使魯斯加非常有錢，一個總督轄地還是只能損失一定數目的人民。

「之後情況也沒有好轉。牛津之役後，他分散兵力，半數部隊繞過奧河上游，試圖截斷敵軍的補給線。」

那是一段很漫長的旅程，也缺少半數兵力很長一段時間。如果是加文，就會派遣小型部隊過河掠奪，而不是半數兵力。

「阿茲密斯將軍懇請渡鴉岩持續抵抗，宣稱會解救他們。他們抵抗了，但他沒有及時趕到。他倉皇脫逃，丟下火砲和火藥，還有一車又一車的糧草和火槍。」

「很明顯，妳只有一件事可做。」加文說。

「什麼事？」

「放了我。」

「我爲什麼要那麼做？」

「因爲我能打勝仗。因爲如果妳要記錄血債的話，法色之王欠妳的最多。」

「這我不知道。我認爲血債都是你的。」

「我的？」加文眞的不懂了。「那些人命怎麼可能算到我頭上？」

「你任由這場戰爭發生。你本來在加利斯頓就可以阻止它了，甚至更早。」

「什麼？什麼?!我所做的一切努力都是爲了阻止這場戰爭！妳的間諜是有多無能才讓妳做出其他結論？」

「你是個騙子，加文・蓋爾。這是我的間諜的共識。」

因爲自己所犯的罪被殺是一回事，而他犯過很多罪。但是爲了他竭盡一切努力想阻止的事情被殺又是另一回事。他嘗試其他策略。「妳還記得彩券抽獎的號碼嗎？」

「一百五十七。所有人都記得他們天殺的歐霍蘭號碼。我把那個號碼握在手裡整整兩天，不知道那是否代表我的死亡。」

那場抽獎是年輕氣盛的加文爲了解決漫長血戰爭而提出的做法。只有雙方的領導家族成員才會收到號碼。兩千個血林和魯斯加最有權有勢的人在加文的命令下齊聚一堂。他的黑衛士爲了這件事快氣炸了。但那並沒有阻止他。

加文邀請他們全部前往競技場去爲了和平禱告。出席者都不是自願的。除了那些家族的成員外，沒有馭光法師可以參加，而加文的黑衛士沒收了所有人身上的大型武器，不過允許保留匕首和其他防身武器，藉以減少他們的疑慮。所有家族領袖都了解在與敵對家族會面時不要攜帶長劍、阿塔干劍或長矛之類的武器。

每個家族都依照各自的人數排成一列。隨機的數目，至少他們如此認爲。菲莉雅・蓋爾幫忙加文決定哪些人要站在前排。她還幫他執行他的詭計：加文用超紫數字標示了每個人投入的那張摺起來的紙。菲莉雅脖子上掛著盧西唐尼爾斯的超紫眼鏡，雖然沒人知道那副眼鏡有何功用。每當她在低頭假裝禱告伸手去抽籤時，就會透過眼鏡去拿該拿的號碼。

這招對所有家族都有效，除了偷換籤紙的那家。當年加文比較年輕，比較衝動，而他只是聳肩說：「他們想要欺騙稜鏡法王？在風中播種　。」他母親知道那句話是怎麼收尾的。她默默同意。

各家族列隊整齊，面對他們圍成一圈，所有家族地位最低的成員站在最內圈，面對加文，而他朝一座高台上放的大木圓桌比了比。他帶領大家爲和平禱告，說了些他不記得的廢話。在所有人都同意他對歐霍蘭說的那些模稜兩可、毫無強制力的鬼話，然後紛紛點頭，做出七神的手勢後，他指向身旁那張做工不精細的圓桌。「我的朋友，」他說。「這張就是和平之桌。在歐霍蘭祝福的光芒下，誰願意同我入席？」

其中一個布魯・貝爾家族，派出他們母親。布魯・貝爾家族曾經人多勢眾，但現在他們只是從前的影子。兩個女兒，兩個遠親，沒多少土地，沒有財產。只差一點就會變成平民，或是滅族。

其他人都看向他們的男女領主——班康恩或康恩。

加文說：「我想你們全都不懂。戰爭導致土地荒蕪。所有田野都染上不潔之血，每一個行爲都比之前更加卑劣、不人道。你們的戰爭對歐霍蘭是一種侮辱。你們全都很清楚，但是嗜血天性遠比羞恥心強大。你們不敢爲了自己的暴行祈求寬恕，因爲這樣做就等於讓寬恕擴及到敵人身上。你們的悲痛宛如臉上的瘡，遮蔽了視線。所以每年都派遣兒女當作死亡的貢品，好讓你們繼續愚蠢和驕傲。還每一年都讓所有無端涉入你們不敬、褻瀆、自大的人們成爲更多貢品。你們不光只是侮辱歐霍蘭；還侮辱了我。不光是洗劫了自己家族、敵對家族、無辜者的家，還洗劫了七總督轄地。迫使總督及——沒錯——甚至還迫使稜鏡法王跑來你們和你們祖先面前阻止這些戰爭。你們用短暫的休戰協議和謊言回應我們的努力。利用那些時間重新備戰、配種，基於誰能成爲最強大的馭光法師、誰有最多法色，來挑選兒女。」

「我知道。沒錯。我自己就是這種配種行爲下的產物。但現在我是稜鏡法王，而今天的所作所爲不是爲了自己家族；而是爲了七總督轄地。現在我再問一次，有人願意和我同席和平之桌嗎？」他伸手一揮，彷彿在邀請他們。

沒人入座。加文，以一己的欲望改變世界之人；加文，失敗者兼領導者、欺騙馭光法師之人、放逐之人劊子手；沒人理會加文。

他凝望太陽，彷彿在禱告。當天烈日當空，三角洲的空氣比血還悶，城市的喧囂聲遠遠傳入競技場中央。他禱告，但不是眞的在禱告。他是在自己體內累積力量。

「那就這樣吧。」加文說。他再度揮手，這一次，藍盧克辛刺順著他黏在前排第一圈男女喉嚨上的超紫導線疾竄而出，貫穿所有喉嚨的中央，插入每個人的脊椎中心。

站在所有家族最前排的人當場死亡。

事情發生得太快、太赤裸、太殘暴、太安靜，完全沒人開口說話。不少人甚至連那些人爲何倒地都不知道。

「戰爭似乎很隨機，」加文大叫。「是不是?誰生，誰死?就和彩券抽獎一樣。但是在我的抽獎裡，只有你們這些得爲這場戰爭負責的人要死。我認爲平民百姓比較樂見這種情況。現在!有誰要隨我入座和平之桌?」

一時間，所有人震驚不已，看著死去的家族成員。「歐霍蘭」挑選的每一名死者都是該家族中最好勇鬥狠、最暴躁、最可恨、最罪大惡極的人。有些家族肯定很想要除掉家裡最麻煩的麻煩人物，看到其他家族的麻煩人物死掉就更開心了。

但這些都是爲了戰爭而生的家族，許多人眞的是專門爲了戰爭配種而出的。

「你瘋了嗎？」一個威勒家的人問。

「你殺了我父親！」一個約莫十六歲、頭髮火紅的葛林・艾波家族的人大叫。可惡的血林人脾氣超差的。那個年輕人拔出隨身匕首，臉上露出狂野的神情。

「你父親是個笨蛋，膽敢攻擊我，你就會變成死掉的笨蛋。」加文對他說。

「啊！」年輕人衝上平台。

有些人就是沒辦法好好應付出奇不意的情況。

加文在所有人驚訝的神情下轉身背對他。「不用再死人了。」他叫道。逐漸嶄露頭角的黑衛士守衛隊長鐵拳憑空出現，在年輕人碰到加文之前砍了他。

毫無意義的死亡讓加文突然怒火中燒。「坐上這張天殺的桌子，就不會再死人！」他吼道。

又是一陣魔法波動，又是一圈人倒地死去。他幾乎已經忘記飛刺插入人體內的聲響。

所有人拔腿就跑。他就知道會這樣。一群天殺的懦夫。好像他在稜鏡法王戰爭期間沒有安排過伏擊一樣。他依然用戰敗方的觀點稱呼那場戰爭，不過就算嘴裡稱之爲僞稜鏡法王戰爭，他也從來沒有戰敗的感覺。

他氣到極點，考慮等他們跑到巨牙上再採取行動。不。不。已經死夠多人了。重點是要嚇到他們順從，不是讓少數倖存者永遠視他爲敵。

他接觸在圈子外圍埋下的超紫盧克辛，然後大量灌注盧克辛。一整圈巨牙死亡圈噴出沙地，在所有貴族之前形成巨型圍欄。綠、藍、黃盧克辛交錯抖動，等著貴族自己跑過去被刺穿。

貴族紛紛絆倒，摔倒在地，撞成一團。

他們在死亡光牆之後、所有競技場出口看見目光冷酷的黑衛士，手持武器擺出輕鬆自在的殺手姿態，盧克辛蓄勢待發。

「不用死更多人！」加文大叫。「給我歸隊。」

他的黑衛士和隨行而來的馭光法師複述他的命令，在光牆外繞圈，對著牆內的人大叫：「歸隊。立刻！移動！」

有些人比較溫和，但結果都一樣。幾分鐘內，隊伍重新排好。接著加文放輕音量道：「你們難道寧死也不願和平共處嗎？你們的家族和領土上沒有必要再死任何人了。」

「如果我接受你的提議，」一個老太太說，「就等於是與他們所有人爲敵。我們這種小家族怎麼可能同時對抗威勒家族和瑪拉苟斯家族？」

「接受我的和平條約就能獲得保護。」加文說。「違背我的和平條約就會慘死現場。」他慢慢朝隊伍揮手，這一次標記出下一輪飛刺瞄準的黃色目標。不少隊伍最前面都是小孩，或是受人喜愛的阿姨、受人喜愛的兒子。如果這些家族到了這個地步依然執迷不悟，那就只能指望歐霍蘭原諒他們。願歐霍蘭原諒他們。

現場維持在一股凝重的沉默中，直到有人張口欲言，他才突然往桌上迅速揮手，嚇得所有人面露懼色，以爲他又要動手。他釋放一波次紅盧克辛，身邊空氣閃閃發光，這是他在戰時練出來的把戲，讓自己看起來魔力四射，接著他指著桌子吼道：「這裡就是你們戰爭的結尾。誰、要、坐、下？」

他們就在頑固、驕傲和殺人犯的屍體前取得和平。過程並不容易，但很迅速。不是所有人都能討回公道；審判一個人的罪要回溯多少年，要發生多少息息相關的可怕事件後才會有人說：「這之前的一切都獲得寬恕？」但他們打造出了和平。雙方交換人質，然後把人質送往克朗梅利亞，由加文親自監管。接下來的幾年內，有人開始測試稜鏡法王的和平協議，當然。動手的是蓋爾家的表親，馬可仕—塞瓦斯丁・蓋爾，他用類似手段報復戰爭時期發生的強暴事件，顯然認爲自己因爲與加文的關係可以享有特權。如果他有一點點蓋爾家的智慧，就該知道情況完全相反。

馬可仕—塞瓦斯丁被砍斷手腳放在城中廣場裡示眾，四肢整整齊齊擺在旁邊，血淋淋的下巴下卡著一個牌子，寫道：「違反稜鏡法王和平協議的人就是這個下場。」

接著，加文得派遣使節去處理一個當天早上利用經濟實力摧毀一個叛變的魯斯加領主。

這件事只用一段嚴厲的談話就解決了。鮮血和言語。用劍和意志達成的和平。

伊蓮・瑪拉苟斯是最有權勢的家族領袖中第一個簽署和平協議的人。

現在加文對她說：「妳以爲那些彩券是隨機抽的嗎？妳叔叔佩拉可斯是個懦弱的戰士。樂於接受羞辱，樂於派人赴死，但從來不敢親自上陣。而他的妻子瑟拉？妳以爲那頭惡毒的母牛有能力領導這種大家族出門野餐？更別說是達成和平協議了。想想那天死的人：他們——除了葛林・艾波家拿刀的那個可憐年輕人——全都是不可能支持和平協議的人，或做過罪大惡極之事，只要還活著，其他家族就不會支持和平協議的人。如果那是歐霍蘭的旨意，那就是祂透過我的手來達成旨意。還有我母親的手。是她幫我篩選貴族、康恩和班康恩的。只有她才對那些人瞭若指掌。她挑選了妳，伊蓮。妳記得在和平桌上，他們因爲提希絲太年輕了，打算把妳送去克朗梅利亞當人質嗎？我母親選擇由妳來領導家族。妳的彩券號碼是她選的。所以妳可以決定妳欠我一切，還是什麼都不欠，但妳的命和妳的地位，都是欠我母親的。」

伊蓮神色沮喪，加文不曉得她是在想死在當天的人，還是在那之前死去的父親，或是領導家族期間失去的一切，也可能想是菲莉雅‧蓋爾及與這個偉大的女人逝去的友情。「她有……她有提起我嗎？臨終時？」

最誘人的謊言最好都別說出口。那可以證明你的誠實。加文緩緩搖頭。「很抱歉。我們的時間……非常有限。當時法色之王幾乎已經兵臨城下，我們要防守一座城市。那充其量只是場很簡短的解放儀式。」

他搞定她了。歐霍蘭的鬍子呀，他搞定她了。他即將爬出這座囚室，離開這個國度，爬上天堂。他將會感受陽光。加文‧蓋爾無所不能。他的魔法並非一切。他與從古至今所有人都不一樣。他可以和盧西唐尼爾斯相映爭輝。他是神。

「瑪拉苟斯女士，釋放我。我會打贏這場戰爭，我會償清所有欠妳的債務，我會讓法色之王血債血償。」

但接著門打開了，在全世界這麼多人裡，在真正的加文那許許多多的老朋友、老情人、老敵人，還有集三者於一身的人裡，走進來的偏偏是努夸巴。她打扮隨興，身穿帕里亞貴族女士通常只會在家裡穿的服飾，只在女僕和閹人面前穿，而這種穿著打扮讓加文知道她是伊蓮‧瑪拉苟斯尊貴的賓客兼親密友人。她穿著鑲有珠寶的涼鞋，長及小腿的寬鬆女褲，長流蘇的多褶錦緞腰帶，胸口開很低的輕便上衣，胸前還有件伏貼的小背心，上面有許多寶石裝飾，搭配脖子上掛著的幾條項鍊，頭髮裹著一條寬鬆的頭巾。

她身上有代表努夸巴身分的刺青，在黝黑的皮膚上幾乎看不出來：下唇下方有一個，兩眼下方各有一個用古帕里亞文陪襯的刺青。左眼下寫得是「受詛咒的控告者」，右眼下則是「受祝福的救助者。」

「你好，加文，」帕里亞領導人說。「你知道這是什麼嗎？」她拿出一條金屬項鍊，上面鑲著一顆宛如活生生火焰受困在琥珀中的大寶石。「這是橘剋星的種子水晶。它有很多功能，其中之一就是偵測謊言，而你，你這個自命不凡的渾蛋，你是個大騙子。」

第五十七章

「我弄懂了一件非常有趣的事情。」昆丁說。他站在管制圖書館的桌子上。頭髮凌亂，鬍碴已經幾天沒刮了。「不幸的是，只是很無聊的小事，一點幫助都沒有！」他笑了笑，聽起來像是快要崩潰的人會發出的嘶啞笑聲。

基普說：「昆丁，你的牙齒爲什麼是紅的？告訴我那不是血。」

「嘿嘿嘿。」他的聲音有點瘋狂。「不是。不是血。卡特。你知道什麼是卡特嗎？那是一種興奮劑。我今天第一次用——呃，其實是三天前。咖啡加上卡特，還有……」他低頭看著桌上的幾個碗。

「請告訴我你沒拿盧克主教的花瓶當尿壺。」基普說。

「基普，雖然我看起來很興奮，但我覺得快崩潰了。」

「看來很有可能。」基普說。「你有——你有先把花瓶裡的水喝掉嗎？」

「我又不能尿了再喝。那就太噁心了。再說，不喝就沒空間尿了。」

基普搖頭。他伸手抓住昆丁，把年輕人拉下桌。他怕昆恩跳下來會弄傷自己。這個骨瘦如柴的學者不比提雅重多少。

「呃，謝謝？」昆丁說。「請不要再碰我了。我不……我不喜歡被人碰。謝謝。」

基普聳肩。所以昆恩是怪人。沒比他們其他人怪到哪裡去。「所以……」

「黑牌和馭光者有關！」

「那眞……令人興奮。我猜。有什麼關係？」

「關係就是我們對兩者都一無所知！哈！」

基普說：「沒那麼興奮。」

「我、我、我說過我弄懂了分類方式，對吧？」

「那是將近三週前的事了。」

「沒錯，沒錯。我、我找出所有與馭光者有關的記載——我待、待會兒就拿給你看——那些記載都有個問題——」

「問題？」基普插嘴。「什麼問題？」

「等一等，等一等！我有個想法，於是去找了所有和黑牌有關的書。一開始找不到，然後我就不找黑牌的書——那些不是被燒掉就是被偷走或什麼的，但是在黑牌之前所寫的書都被列為黑書，也就是異教書籍，懂了嗎？」

「聰明。」基普沒聽懂，但是感覺無所謂。

「我找到了一樣的東西！」

「跟什麼一樣？」基普問。

「和剛剛說的馭光者一樣！」

「但你沒告訴我馭光者是——」

「喔，對、對。看。」昆丁指著書上一本小書。

書頁陳舊到又破又髒。「這是？」基普問。

「盧克教士的禱告書。把卷軸裝訂成冊，方便翻閱，也好收進口袋。這樣比較持久耐用，最後有很多空白頁，留給盧克教士抄寫筆記、禱文或來自歐霍蘭和先知的夢境。這本禱告書歸達江所有。」

「那個戰士—祭司?」

「阿達加西斯寡德江的領袖。一名綠祭司守護者。」

「看起來很有趣。」基普說。

「內文?我也覺得很有趣。我看不懂這裡面所有語言。我拿所有不是用帕里亞語或古帕里亞語寫成的古老典籍來對照譯文。譯文也被搬到這座圖書館裡還挺方便的。」

基普指的並非內文語言,他當然看不懂。他是指內文中有些留白的地方。刻意留白彷彿是有人用隱形墨水書寫,但是裡面又沒寫東西。「那些空隙是怎麼回事?」

「看譯文,就、就在下面。」

翻譯過的書上也有留白。和原文的留白沒有對齊,或至少位置不同。但基普猜在文法上是有對齊的。

「所有、所有書都一樣。」昆丁說。「有人刪除了很多記載。」

「刪除墨水?」

「不、不、不……他們可能是用隱形墨水寫的。你是多色譜法師。你告訴我。」

基普用手遮住提燈的光,把瞳孔放大到看見次紅光譜。什麼都沒看到。他用手指沾了點提燈裡的次紅盧克辛……

「基普,圖書館內嚴禁汲取次紅!」昆丁說。「他們會把你退學!」他顯然是想小聲說「退學」這兩個字,但實際就和吼的沒兩樣。

但是基普已經汲完色了。書上沒有會對熱產生反應的墨水。他瞇起眼睛,進入超紫光譜——超紫經常會被用來撰寫祕密。也沒有。他輕輕在紙上抹一層超紫盧克辛,但是沒有發出任何螢光。接著他輪流戴上所有法色的眼鏡，盯著書頁看。沒有，什麼法色都沒有。

但當他拿出超紫眼鏡時，他發現其中一個鏡片破了。

「喔，見鬼。」他說。

「喔，班哈達沒告訴過你──哎呀！」昆丁說。

「沒告訴過我什麼？」

「所以！什麼法色都看不出來？」昆丁問。

「沒告訴我什麼？」

「他們全都以爲你死了。他要做點實驗。出了點事。我想他一直想找正確的時機告訴你。他、他覺得很難過。」

「那爲什麼會是你告訴我？」

「我不是說爲什麼是你，我是在問爲什麼不是他。無所謂。給我看這個。」

他有點不知所措。「說溜嘴了。」

「全都一樣。我全膽了一份。每一本書，每一份譯文，提到馭光者預言的部分都殘缺不全。一開始我以爲是墨水不好。這點從古老的手稿就可以看出：有些墨水會隨時間褪色，最後難以辨識。但是譯文不會在同樣地方留白。」

「爲什麼不會？我是說，如果他們翻譯的時候，原文就已經是空白的，他們爲什麼不會也留白？」

「因爲我研究過很多有留白的譯文，有不同抄寫員會註記，這在內文中是難以辨識，還是缺少內文。這些留白處都沒有這種註記，而翻譯方式也都不會用到留白部分，這是沒有充分利用紙張，而紙張通常很昂貴。所以、所以有人刪除了抄寫本和譯文中相關的部分。我們沒有遺失所有存在世間的馭光者預言，當然。但在這些書裡，只有斷簡殘篇。並非所有內文都有譯文，所以有些是我自己翻的。」

「等、等、等，」基普說。「他們怎麼刪除墨水？」

「用毛皮就能擦掉了。通常還會再刷白一次。如果是用紙草——」

「但是我沒在內文裡看到任何塗改的跡象。看起來並沒有被人動過手腳。」

「手腳可能是很久之前動的，現在已經看不出來。」

「這表示這些內容都是很久以前就被刪除了？」

「好吧，這可以解釋古代譯文，但是不能解釋所有譯文。如果歷史上有段時間有人同時刪除了很多文獻——」

「比方說教義部？克朗梅利亞指派盧克裁決官的年代？」

昆丁點頭，一臉懊惱。「他們一定是想出辦法調配出能羈絆墨水並加以抹除的盧克辛。在與異教徒作戰時，他們就會想要研究出這種東西。並且使用。」

「那些渾蛋。」基普說。「死了那麼久還能製造麻煩。」如果提雅出生在那個年代，盧克裁決官就會把她當作異教徒在歐霍蘭注視下燒死。

「總之，我查到的預言就是這樣，而我還有件事情要告訴你。」

基普讀道：

死亡在握，他的牌，他的籤

他預見戰鬥／掙扎／殺戮

「他戰鬥／掙扎／殺戮？」基普問。

「我翻起來就是如此。抱歉。這裡很難翻。可能表示很衝動？或許他會想也不想就動手殺人？」

「全都翻得這麼爛嗎？」基普問。

他看得出來這話傷了昆丁。「有些文字沒有上下文很難翻，但相關部分又被刻意抹除。這麼做的人目的就是要讓後人難以重組這些句子。」

在黃昏的年代裡，精靈將會崛起
血流成河，藍月當空
兩百之中會出九神
帶來時間的終結

基普抬頭看昆丁。「聽起來不妙。精靈？」

「靈體？不過力量強大。半神半人？」

「你確定這是馭光者的預言？」

「對。不是什麼唱詩班或獅子玩弄羔羊的那種預言。」

叛軍崛起，古老之道失去
異教、僞善——

「這就算一段？完全沒意義。」基普說。

回到紡車輪
以血相拒
普羅梅西人後裔的受害者

「普羅梅西人？」基普問。聽起來像是古魯斯加文。

「通常是指懷抱善意進行暴行的人。感覺意思不是很好。但你還沒看到最棒的段落呢。」

基普看下去。最後一句是個標題。以光之禮。「嗯，很好，昆丁。詩在哪裡？」

「不，沒有詩，就這一句。但是看！」他拿出兩本書放在一起。「譯文錯了，所以這裡沒被刪除。他們漏掉了。這句話的離格通常表示『以光之禮』，但也可能是『賜光者』的意思。」

「你一直用那種我應該恍然大悟的表情看我。」基普說。

「在原文裡，一般這個詞的說法是『唐尼爾盧克西』。但是在屈折語的語系裡，除了用以強調外，文字排列順序並沒有一定的規則，而這裡是用『盧克西唐尼爾』。」

「還是不──」

「數百年前，帕里亞的腔調開始影響魯斯加人，『盧克西』開始被轉錄為『盧西』。」

「還是……」

「盧西唐尼爾。用在主格上就是……拜託。我感覺像是在解釋黃色笑話的笑點。」

「喔！盧西唐尼爾斯！所以一首詩名叫『以盧西唐尼爾斯』？那又是什麼意思？」

昆丁彷彿洩氣般。「這個，我不知道。但那肯定表示馭光者與盧西唐尼爾斯間存在某種關聯。賜光者和馭光者？萬一他們是同一人呢？萬一馭光者已經降臨過了呢？」

「都沒人注意到？」

「所有人都注意到盧西唐尼爾斯。他帶來改變──他改變了世界。」

「但是他們沒注意到他和預言中的那個人？」

他的手為了持劍打造，

他的膚色為戰爭而生。

他遭受父親的父親劇除

他將解救所有憎惡。

基普已經有點懶得去解了。但是昆丁說：「不、不，看著，這段翻得和原文差異很大——你以爲它是剛好和我們的語言押韻嗎？就連格律都錯了。我們的語言適合抑揚格，但這篇是用抑揚六步格。」

「抑揚——什麼？」

「別管了。」

「這對我們有什麼幫助？」

「好啦、好啦、好啦，大概沒有幫助。但這些東西夠我研究好幾年了！還有這一段，這一段裡提到的『他』應該就是馭光者，然後至少這邊也被刪掉了。最後這段預言有爭議，但我不知道是因爲他們不確定這段預言與馭光者有關，還是因爲不可能發生所以在後來造成爭議。」

……他會拔下不朽之神的鬍鬚，在大圖書館裡偷走他頭上的遮陰。

昆丁聳肩。「拔鬍鬚是形容激怒人的諺語，偷走男人頭上的遮陰——對沙漠民族？難以體會。因爲太煩人，太氣人了？爲什麼要重複同樣的形容？我不知道。確認兩句諺語在相關文化中出現的年代或許能夠提供一些解答，但它反正是不被承認的預言，所以我不急著去研究。」

基普問：「但是爲什麼要質疑那則預言？細節都很清楚明白呀。」

「是沒錯。不幸的是，我們知道盧西唐尼爾斯從來沒有去過大圖書館，而大圖書館已經淪爲廢墟三百年了。被塔拉利分離主義分子燒掉了。讓他們活命，結果他們卻奪走我們深愛、能讓我們更好的東西。願歐霍蘭詛咒他們。」

「那些都很有趣，但沒什麼幫助。」

「我知道，我還沒告訴你另一件事，更有趣但也更沒幫助的事情。」昆丁突然在興奮感消失時顯得疲態畢露，基普伸手扶穩他的手臂。接著在昆丁皺眉時縮手。

「什麼事？」基普問。

「這些圖書館裡有好東西。我是說我發現了光明黑暗慶典日會和秋分差到一個月的原因，就和今年一樣。因爲——別管了。無所謂。這些圖書館裡也有一些很糟的東西。糟到不像話，我想。儘管主題侷限，我還是查到了一些……無所謂。那些可怕的記載都沒有被刪除。據我所知，其他我認爲盧克裁決官會想要刪除的記載都沒有被刪除——除了和黑牌有關的部分。包括黑牌的名字。一切都消失了，基普。別的記載都安然無恙：只有馭光者的部分預言，還有所有黑牌的記載。這兩者之間有關聯。有股力量不要我們得知眞相。但眞相消失了。就連筆在紙上壓出的痕跡都沒有留下。他們要保守祕密，而他們成功了。他們已經贏了。」

第五十八章

「你在這裡做什麼？」卡莉絲問。她站在稜鏡法王的訓練室門口。

隨著冬季季節轉移，基普和卡莉絲已經培養出不錯的默契。他們每天早上都一起度過，一週六天，然後各自去做自己的事。

「花點時間打沙包。」他聳肩道。

一開始接受卡莉絲訓練時，基普和她還沒有熟到能看穿她心情，所以這幾個月裡，他只有在她摘下破碎的沮喪眼鏡後才看得出來。心情不好時，她會比較嚴肅、成熟、專注。此刻她戴上了那張面具，頭髮染成渡鴉般的黑色，綁在腦後。

「他會回來的。」基普說。他自沉重的沙包前轉身，解除綠盧克辛手套。盧城之役已經過了六個月，他也已經經歷將近六個月的訓練、戰鬥、眼看正規黑衛士搭乘飛掠艇出海尋找加文或剋星的日子。將近六個月與戰爭有關的壞消息；盧易克岬失守、阿塔西北部的掠奪事件、牛津大潰敗、雙磨坊交會鎮微不足道的捷報、不斷宣讀死亡名單，還有很多人死於營地疾病、感染和痢疾。

他打這個可惡的沙包已經將近六個月了，希望能夠說服那一小條裂縫可以放棄抵抗，整個扯開，但是裂縫只比之前鬆動一點而已。他知道，把沉重沙包裡的木屑打出來只是年輕人的幻想罷了。知道這個事實並不表示他不想這麼做。

「你每次都這麼說。」卡莉絲消失在旁邊一面屏風後，然後換上與黑衛士制服很像的服裝。今天是紅色的。

白法王在慢慢解除卡莉絲和黑衛士間的所有關聯。穿紅衣算是早期提出的要求。後來她又禁止卡莉絲在克朗梅利亞地底的大訓練場黑衛士區訓練。禁止她汲色。派她出去跑腿。就算有些日子卡莉絲看起來像是在來訓練基普之前有哭，她還是沒有缺席過一天，基普也知道她開始期待訓練基普。這算是她生活中唯一與過去有關聯的時刻，只不過混了全新目的。

「我說得沒錯。」他說。「我上次擔心加文會不會突然出現解決一切的時候，才一轉身就看到他站在那裡了。嚇得我褲子都弄髒了。」

「基普！噁！」

「我在想，」基普故意讓她分心。「妳為什麼一直叫我基普？」

「因為我已經不是黑衛士了？」她問。她有時候會這樣，引他深入挖掘。

「不是那個原因。也有其他人叫我粉碎者。」

「粉碎者是你的戰士名。」

「妳和其他人一樣在指導我戰技。妳就算教我學科時也會專注在戰鬥策略和戰役史上。」

卡莉絲走向一個武器籃，小心取出一支細長有彈性的木棍，兩端都有新月型刀刃。她把刀棍扛在肩上，彎下腰去，在另一個護具籃裡翻來翻去。她找到要找的東西，在兩端各綁一塊有墊海綿的刀衛。她沉思片刻，說道：「我們上戰場時會戴面具。你可以暫時忘掉基普，在火槍丸呼嘯而過、黑煙嗆喉嚨、盧克辛和戰場帶來的怒氣席捲全身時變身為粉碎者。但你依然是基普。內心深處，即使在那種時刻，你依然是你。有些戰士想要拋開在體內顫抖的另一個自我，變成純粹的戰士。短時間內是辦得到的。」

「但另一個自我總是會回歸，而如果被鎖在某處的櫃子裡，無法成長學習，接受戰士的所作所為及所愛，那他們兩個在和平與戰爭時期都會有所殘缺。如果鄙視自己的懦弱，不願想辦法接納它，你就只會討厭自己，討厭所有懦弱之人。好的指揮官熟知手下的優點，讓他們發揮到極限，但不會超過。一個好人會知道自己的優點，做出同樣的判斷。」她微笑。「當然，在你這個年紀，你會認爲自己的極限比事實上更大也更窄。」

「那妳這個年紀想法會和我相反嗎？」基普問。他也不清楚這話是什麼意思，但聽起來很風趣。

但是卡莉絲緊抿嘴唇，瞇起雙眼，聲音冷酷。「你是說我老嗎？」

基普大吃一驚。「我——我……」

她微笑。

「啊，見鬼。我又中招了。」

「說話小心點，年輕人，不然我會拿肥皂幫你洗嘴巴。」

「我才說第二次！」基普抱怨。她說他一天可以說兩次「見鬼」，更多就不行了。黑衛士會管好自己的嘴巴，就是那之類的東西。

「我清清楚楚算到有三次。」卡莉絲說。

基普怒目而視。見鬼、見鬼、見鬼、見鬼、見鬼。

「我知道你在想什麼，」她嚴厲地說。「夠了。」

見鬼、見鬼、見鬼。基普微笑。

「我也聽到了。你心裡叛逆的時候就會笑。」

有嗎？才沒有！

「有，你有。」她說。

「妳現在是在瞎猜了。」基普說。

她聳肩。「如果這樣想會比較好的話……」

他微笑，接著心裡一沉。他們兩個都沒有出席那場儀式。「那麼……這次的盈光慶典日。他們在幹嘛？我是說，少了加文，他們能幹嘛？」

自從秋分時海惡魔和鯨魚為了爭奪克朗梅利亞，或是瑟魯利恩海大打出手，至今已經六個月了。六個月來，戰爭緩緩輾過寒冬，海上的風暴和大雨導致運輸困難，船隻沉沒，商隊延期與拖延，法色之王持續向血林推進。但是乾季已經到來，所有總督轄地都知道這代表更多戰事。

「首先會有遊行隊伍向你爺爺普羅馬可斯致敬。有煙火。有閱兵。因為戰爭會耗費大量金錢，所以慶典規模比往年要小。」

「最近什麼規模沒比往年小？」基普問。

她搖頭。「我年輕時有和你一樣無所不知嗎？別回答。」

「我一定要出席嗎？」基普問。

「你不想出席？就算規模小，還是比你參加過的任何宴會盛大。」

「和吃蛋糕糖果比起來，我寧願學點救命法門。」

她懷疑地看他。

「端看蛋糕好不好吃。」

「巧克力蛋糕？」

「死也不放過。」基普說。

「阿塔西北部失守後，我們就沒有稱得上是巧克力的巧克力了。」她說。

「於是我就出現在這裡了。」

卡莉絲微笑。「今天，我來教你沙拉納・盧——剝虎矛。」她揚起柔韌的雙頭矛，輕鬆轉圈。「據說沙拉納・盧是由海惡魔骨頭製成。它的特性和其他材質不同。看著。」她旋轉柔韌的矛身，然後用手臂架住。矛身宛如果凍般彎曲，比綠枝更加柔韌。矛身突然彈回來。

「太棒了。」基普說。透過逐漸累積的武器知識，他猜沙拉納・盧是種很不好學的武器，但威力強大，精通之後施展的速度會很快。儘管如此，這是很奇特的武器。如此富有彈性難道不會很軟嗎？這樣擋得住劍擊嗎？

「你還沒見識它另一半的能耐呢。」卡莉絲說。

「它有什麼另一半能耐？」基普問。

她一副本來想說，但是因爲他的大嘴巴就不想說了的模樣。

「還是讓你用傳統方法自行體驗吧。」她說。

「喔，太好了。」他說。他皺眉，不過這也是他自找的。

「用劍。」她說。「來把那種黃色的。五、四……」

基普吸收一點超紫盧克辛，射向房間另一端的控制台。房間內籠罩一股黃光。他連忙吸收黃光，清澄透徹的光芒讓他得以製造出他一直在練習的那種完美黃光。他抖動手掌，就這樣，他迅速製造的黃色液體在噴出體外時開始凝固。

「三、二……」她倒數。

「太快了、太快了！」

她舉起沙拉納・盧，開始大幅度旋轉前後端的刀刃，甩得虎虎生風。她在倒數完畢時擺好架式。

「一，然後——」她刺出一端矛尖。

基普舉起黃盧克辛劍，一邊本能性地格擋，一邊試圖調整黃劍的柔韌度。過剩的黃盧克辛覆蓋在劍刃上，隨著黃劍的鈍刃與木矛的刀衛交擊化為黃光。

他沒成功，黃盧克辛消失殆盡。

但是他們兩人都在黃光大作的同時瞇起雙眼，適應強光。基普前腿被劃了一下，沙拉納・盧刀衛海綿上的墨水染黑了基普的皮膚；基普身上多了道瘀青，卡莉絲得了一分。

她讓他正確製造出黃劍。他花了超過十秒。然後他們再度開打。兩人攻守很快，快到不像話，不到兩秒就結束了。

他暗罵一聲，然後再度擺開架式。

再一次，失分。又失一分、再失一分，還有一分。剝虎矛名符其實，在基普身上留下虎皮般的線條——幸好是墨跡，不是血痕——肚子上、手臂上、額頭、小腿、手掌上都有。

打到第十回合時，他早卡莉絲一步得分。她點頭。要是真打，他們兩個都死了。黑衛士不要黑衛士與敵人同歸於盡；他們要的是能毫髮無傷並殺死敵人的黑衛士。儘管如此，謙遜的橡實會……

再一次，失分。然後失分、失分，再失分。但基普已經開始弄懂沙拉納・盧的特性了，卡莉絲出腳輕踢矛身一端時如何彈出小弧度的掠擊——佯攻——掃向基普的臉，準備速度更快的大弧度攻擊。這把武器的柔韌度讓對手可以預測它的攻勢，彎曲的東西一定會變直。

即使有刀衛和海綿，被卡莉絲的武器打到還是會痛。他們每對打一次，基普身上都會布滿瘀傷好幾天。他最喜歡她用細劍，那會讓他的瘀傷看起來像雀斑。龜熊身上的瘀青雀斑。並非他抱怨就能讓卡莉絲在乎。而且她的打法——是由黑衛士的傳統方式學習而來——並不是宮廷決鬥那種高速輕擊。她會貼身肉搏，手法殘暴。過臀摔、借力使力、前臂擊、肘擊、戴手套去抓對手的刀刃——或是抓自己的刀刃抵住對手脖子。連踢拋擲、掃堂腿、抓衣服、挖眼珠、膝蓋頂腎臟——所有招式，所有下流、迅速、確實、致命的招式。

基普的體重和蠻力理應占有很大的優勢。或許拿戰斧或戰鎚的話會有優勢。卡莉絲身材嬌小，動作敏捷，非常擅長利用借力來補足與身材高大的黑衛士弟兄相比下欠缺的力量。持續不斷與全世界最強的對手訓練十六年，讓身材嬌小的她變得出乎意料致命。

今天，她沒有出言指導。有時候她會這麼做。學著把注意力放在其他事物上可以防止戰盲，讓你不會太專注在眼前的情況上。上一次她向他介紹世界上其他利用魔法作戰的組織——帕里亞的努夸巴侍衛，塔弗克·阿瑪吉斯；加文在戰後摧毀的藍眼惡魔傭兵團；少數高地帕里亞部落社會的武術菁英；魯斯加的神祕組織影衛團，她肯定影衛團確實存在，加文爲了確認他們會不會對七總督轄地造成威脅而親自調查過。那些組織中有少數人也能和黑衛士一樣輕鬆汲色。溫尼瓦爾是血林深處的弓箭手、爬樹高手、綠法師兼隱身大師，有些影衛團的人也是非常高強的馭光法師——但是沒有一個組織像黑衛士擁有如此全面的汲色能力。沒有其他組織的馭光法師多到能夠維持每一種法色的汲色傳統，所以他們每一世代都必需重新想出一些前人本來可以輕易傳承下來的技巧。

這些武裝組織都是戰爭的產物，也經常隨著戰爭消失。血戰爭中誕生了一打這種組織。僞稜鏡法王戰爭剷除了半數這種組織。有些組織因爲一開始組成的理由消失而解散——在血戰爭誕生的組織有些轉型成藍惡棍傭兵團或分盾傭兵團等傭兵組織，有些人直接回家，或在教學的需求消失後變成士兵、法外之徒或農夫。因爲馭光法師壽命短暫，汲色格鬥技巧失落得特別快。

這讓基普了解到讓他們欣喜若狂的發現，肯定很久以前就已經被人發現過了。只不過後來又失落了而已。

卡莉絲說：「現在，你準備好見識另一半能耐了嗎？」

「什麼另一半？」他問。

她揮出剎虎矛。基普格擋、格擋，再格擋。接著她繞過手臂出矛，然後挺直矛身——矛彈出的速度加倍，在他有機會格擋之前就劃過他的肚子。

「什麼鬼？」基普問。

「出劍。對矛身中央下擊。」

基普照做，用力對準卡莉絲兩手間砍落。沙拉納・盧向下凹陷，然後把他的黃盧克辛劍彈開。

「再一次，同樣手法。」

基普再度砍落——這一次沙拉納・盧完全沒有凹陷，差點震得他撒手放劍。矛身突然變成和鐵棍一樣硬。

「這就是沙拉納・盧特殊的地方——海惡魔骨還是天知道什麼材質。這是世人所知唯一可以用意志操控的凡間材質。要它變硬，它就變硬。」

我的問題通常在於不想要它硬的時候會變硬。

感謝歐霍蘭，這一次基普沒有脫口而出。

卡莉絲暫停片刻，看著基普，他無辜地回應她的目光。「不要亂想，基普。」

兩人相視一笑。

「使用這把沙拉納・盧，你可以用力抓著它，然後想讓它硬就——看在歐霍蘭的份上，基普！這下我滿腦子都是，呃……咳咳。不過如果你渾身是血的話效果最好。」

好了，這下那些暗示的想法蕩然無存。「渾身是血？」基普問。他沒想到自己聲音會這麼尖銳。

「意志就存在於鮮血裡。這就是歐霍蘭自古以來禁止喝血的原因。部分靈魂存在於血液裡，有些盧克教士如此說。又或許那只是巧合。無論如何，血會對沙拉納·盧產生反應。玻璃島在沉沒海底，變成白霧礁前，島上有個戰士階級。」

「傳奇，對吧？」基普問。

她把沙拉納·盧丟給基普。「一支傳奇法器此刻就握在你手裡。」

一個猥褻的笑話呼之欲出。但是對方是卡莉絲。就像是他母親。

如果我不是已經有了一個母親，而且她是——至少從前是——全世界最爛的大爛人。「當眞？」基普問，拋開腦中的回憶，他已經快要忘記受困三天兩夜的那個櫃子裡的臭味了。

「血林有座漂浮城市。以現今的建築技術建造不出來，但顯然從前的人懂得那種建築技術。當然，根據傳說，玻璃島比漂浮城市大上百倍。或許更大，或許更小。或許它之所以沉沒是因爲褻瀆歐霍蘭。或許只是被冬季風暴吹沉了而已。又或許兩者皆是。這些東西，當然，並非獨一無二。」

「他們還有其他武器？」

「你覺得有什麼武器？」卡莉絲問。

「弓？」

「有幾張。據說要駕馭那些弓需要多年訓練——困難處在於弄清楚需要多少意志力，保持一致，不管累不累、怕不怕、氣不氣。沒有弓留下來。」

「投石器呢？」

「想要操縱的人都崩潰了。」

「意志崩潰的人會怎樣？」基普問。「我在訓練時曾意志掠奪過葛拉斯納，但他看起來似乎沒事。」

「取決於他使出了多少意志。擊潰某人一時的念頭，可能只是頭昏片刻而已。施加足夠的意志力去讓沙拉納・盧把巨石拋出兩千步外但是失敗的人？會永遠變成白痴。」

「親愛的歐霍蘭呀。」

「總之，我要說的是，從前有個戰士階級使用沙拉納・盧武器。他們有一打戰舞可以讓他們進入戰鬥狀態。大多會用武器去刺自己的頭皮和手掌。他們染血上戰場，一直到無血可染後才會離開。最慘烈的一次慘敗是在綠避風港的城牆前。那裡有片樹林，據說每天黃昏時可以聽見戰舞的聲音。」

「那種聲音……太詭異了。」

「會把你嚇得弄髒褲子。」卡莉絲說。她微笑。「你知道，基普，我想說你已經變得像個……」她目光模糊。

基普覺得腳下突然冒出了一道渴望的水井，然後他整個人摔了進去。他在心裡接著把話說完，但沒辦法在嘴裡吐出最後一堆宛如許多希望的泡泡前說話。

「不，」她說，她的語調突然變了。「你還沒有變得像個眞正的戰士，你快要變成眞正的戰士了，我很榮幸能訓練你。」她有氣無力地拍拍他肩膀。

她本來不是要說這個的，他知道。她本來不是要說這個的。對吧？她本來要說另一句話的，他愚昧的內心渴望聽到的話，假裝那句話能讓一切好轉。

基普點頭，接受這句恭維，然後爬出那口井，差點溺水，渾身都在低落虛假的希望裡。

但他還是點頭露出謙虛的笑容。他越來越會說謊了。

第五十九章

啊，那個麻煩的傢伙能彌補暗殺造成的傷害。

「帝國崩潰了，加文。」努夸巴說。她從這裡起頭還眞怪。在突然跑進來指控他後，她就和伊蓮・瑪拉苟斯一起離開。顯然她們擬訂了個計畫，但此刻來的只有努夸巴。

「妳丈夫呢？」加文問。「我希望他身體還好。」

她目光閃爍。基於某些加文從未得到合理解釋的情況，哈露露嫁給了曾經試圖暗殺她母親的家族首領——埃西爾・烏達德。埃西爾・烏達德現在淪爲殘廢。據說是努夸巴和他在酒醉吵嘴的時候把他推下大理石台階，摔碎了那個男人的膝蓋，就連醫術最高明的醫生也治不好。根據很久以前加文的間諜回報，眞相是那個男人經常毆打哈露露。某天晚上，她對他下藥，在台階上灑了一層橘盧克辛，讓他滑倒，然後趁他動彈不得的時候用鎚子打爛他的膝蓋。他醒來之後完全不記得當時的情況，也可能是因爲太害怕而宣稱什麼都不記得，而基於當時的政治壓力，他們繼續那段婚姻。他的行動受限在椅子上，聽說她並沒有讓他的日子好過到哪裡去。

加文見過她年輕時的畫像很多次，其中最棒的就是鐵拳房內的那幅大師傑作，她在畫裡十分美麗，不過藝術家習慣會潤飾有權有勢顧客的缺點。儘管那已經是多年前的畫作了，她依然美豔動人。或許比從前更美，因爲她的力量如日中天。她身穿完美無瑕的長袍，如果加文看得見色彩的話，色彩肯定十分鮮艷。兩邊肩膀上都有閃亮的金屬——黃金？——在日光下閃閃發光。珊瑚項鍊和珊瑚耳環，耳環不是穿在耳垂上的耳洞，而是根據帕里亞傳統從耳朵上方垂落。肌肉纖弱，雙眼迷濛，嘴唇豐厚，雖然她已經生過三個小孩，但仍曲線玲瓏。

「很高興在這裡見到妳。」加文說。好像這樣說足以表達他的心情。

她大笑。「你知道，種子水晶告訴我說你真的很高興見到我。你是個很複雜的男人，是不是，加文・蓋爾。」

他眨眼。「種子水晶是怎麼回事？」天知道。有時候只要提問，別人就會說出你想知道的事情。

她看著那塊水晶。「你這麼問是認真的。真的嗎？你真的問了我這個問題？」

她再度大笑。

加文揚起一邊眉毛。過去兩個小時裡，他的內心就像是齒輪沒有卡住的磨坊一樣，迅速空轉，沒有任何成果。

「你還記得進入我的圖書館時左手牆上的鑲崁圖案？」她問。

所謂「我的圖書館」是指阿蘇雷圖書館。圖書館本身已經超過八百年了，很可能是在另一棟已經存在兩百年的圖書館廢墟原址重建的。那幅鑲崁畫的是柴迪凱亞王，皮膚是用縞瑪瑙鑲崁而成的，而他左手中代表智慧的卷軸矛和右手拿的東西早在很久以前就被小偷挖走了。之後的國王、女王和總督都沒辦法找出兩個能在失去的物品上取得共識的學者——是權杖？公義天平？還是劍？——不然他們早就修復這幅畫了。加文記得柴迪凱亞王頭戴七星皇冠。當然是每種法色各一顆。紅色、藍色、綠色，最有可能是紅寶石、藍寶石和綠寶石，與左手鑲崁磁磚同一時期被盜，但修復那些寶石很容易。

儘管那是個遠近馳名的地方，他也聽說過許多傳聞，但加文從來沒去過。他從來沒有去找過她。從來沒帶她上床，做過只有歐霍蘭才知道的承諾，然後什麼沒說就離她而去——和他哥哥，真正的加文不同。

眞是謝謝你唷，哥哥。

「皇冠嗎？」加文不太確定地說。「妳肯定是在隱喻。」

「柴迪凱亞王是九王之一。」

「我曾聽過這種猜測。」加文說。「妳認爲——」

「不是猜測。你以爲我是爲了享受做善事的美妙感覺才去贊助那些學者嗎？」

「絕對不是爲了那個。」加文說。他想用笑容淡化諷刺意味。成效不彰。

她臉色一沉。「他們幫我肯定了這一點。還有其他有趣的小道消息。」

「請告訴我。」加文說。

她低頭看向她口中的橘種子水晶。「你這話基本上是在諷刺，不過也眞的有興趣想知道。你希望我會犯錯嗎？你想和我作對嗎，加文？」

「看來這個小道具不光只是告訴妳我有沒有說實話。」加文說。

「柴迪凱亞王手裡握著的是長劍。鑲有鑽石，劍脊上有黑曜石螺紋，圍繞著七顆寶石。啊，我不用種子水晶都看得出來你知道那支劍。」她走近欄杆。她走路的姿勢很難看。步伐沉重直接，像是揹負重物長途跋涉的男人，完全沒有扭腰擺臀。

但她來到欄杆前，香水味飄了過來。檸檬、茉莉、鳳仙花和琥珀的香味。他聯想到卡莉絲的體香，短暫瞥見她頭髮垂落他臉上，肌膚相親的天堂。

但她一開口說話，他立刻返回現實。「你難道沒有想過爲什麼你們這麼多官方核准的歷史都是從四百年前開始的？」

「那是盧西唐尼爾斯出現的年代。沒有任何帝國喜歡宣揚它們之前的歷史。」加文聳肩。「維持權力的簡單做法。埋葬過去，直到你肯定過去已死。」

「又是用謊言包裝的實話。你希望我會心生挫敗，然後解釋你錯在哪裡。」

有時候加文懷疑如果不用隱藏眞相，他可以成爲多好的統治者。由於不確定努夸巴和他哥哥的關係有多親密，他得盡量疏遠她，而據說她是七總督轄地能力最強的直覺思想家。他深怕她只要看他一眼就看穿他是冒牌貨。

幸運的是，她在宗教上的職責導致她得留在自己的國家，而光拿當地與克朗梅利亞距離遙遠就足以構成加文不去那裡的藉口。但此時此刻，他淪爲她的囚犯，而她還有辦法得知他是不是在說謊。

「那麼，妳認爲帝國爲什麼註定滅亡？」加文問。

「因爲伊蓮和我即將決定我們是要加入法色之王的陣營，還是留下來跟你父親和七——不好意思——五總督轄地合作。」

加文有一瞬間難以呼吸。叛國。她們討論叛國的態度，就和討論誰願意出更好的價格購買鱷魚皮一樣。

「你看，加文，光譜議會已經不食人間煙火到徹底遺忘他們是爲了我們存在，而不是反過來。上一次有法色之王返回故土是什麼時候？六年前。那還是因爲戴萊拉・橘有個表弟年輕早死，留下兩份遺囑和四個私生子的關係。」

加文沒有說話，但現在他不光只是難以呼吸。他的意志開始沉淪，像是沒有海風的船帆般一蹶不振。她爲什麼要把叛國計畫告訴他，還如此直截了當？

原因簡單明瞭，因爲他不管怎麼做都無法影響她的決定。說到底，她只是要表達，加文所有的權力都來自他的魔法。這就是她的復仇。

不，這只是她復仇的開端。她會瓦解掉他身為稜鏡法王時期的所有成就。

「你看，」她說，「光譜議會一直忙著綁手綁腳，完全忽略其他威脅。想想看，如果帝國真的就是帝國的話，你可以達到什麼成就。伊利塔可以成為鑄鐵中心，讓所有人都有錢賺。結果卻只有一萬個海盜、兩百個鐵匠，還有幾十萬窮人。我剛剛說五總督轄地嗎？四個。想想提利亞。好了，你當然知道提利亞是片什麼樣的荒野。完全沒有必要是那種情況。如果像你如此強大的男人都沒辦法統一帝國，那這個帝國就虛弱到根本扶不起了。」

「所以妳們已經決定好了？」

她笑得幾乎堪稱靦腆。「我做好我的決定。法色之王自認他能控制我們。你看到這個了？」她舉起一條首飾。一顆六角星，每個頂點都是黑色的，兩種顏色——他假設另一種顏色是橘色——還有黑色都傳出生命般的脈動。她把那東西放在小玻璃盒裡，盒子用鏈條拴著。

「種子水晶？」加文問。

「你摧毀另一座剋星的時候沒有發現嗎？」

加文搖頭。「這是什麼殘酷的笑話嗎？」種子水晶聽起來不是什麼好東西。

她搖頭。「那麼多心力。那麼多生命。就這麼白白浪費掉了。如果沒得到種子水晶，剋星就會重新成形。只要短短幾個月就夠了。他們會找個宿主；賜與該名馭光法師強大的力量。基於某種理由，這個男人，這個法色之王，自認他有辦法控制那些神。但只要水晶還在我手裡，而我也沒有受其控制，我就不必查出他打算怎麼控制他們。他認為橘法師基於天性，一定會想要成為女神。但我夠聰明，知道要選擇自由。脫離克朗梅利亞掌控。也脫離他的掌控。但我會與魯斯加共進退。想要談定我們想要的條件——我們需要的條件——我們就必須聯手。」

「所以我得把希望寄託在伊蓮·瑪拉苟斯身上?令人欣慰。」

「你知道,我可以逼她出手。你父親願意出錢買回你。」

「有這種事?」父親知道。他知道加文在這裡。這解答了一些問題。當然也掀起了更多問題。

「啊,所以你以爲他知道你在這裡?不。他只是提供賞金——呃,獎賞。你傷害過我,加文。我會讓你付出代價。」

如果那個小道具眞的具有她所說的那種能力,提起這個話題肯定是場災難。「來談談橘種子水晶。」他說。

但她並不打算讓他控制話題。「你策反我哥哥,讓他們反抗我。你讓他們遺棄我。」

「妳是在氣那個?不是爲了另外那件事?」加文問。

「你以爲我會爲了那種事情懷恨十六年?你奪走我的童眞,不是我的理智。」

加文無言以對。他知道她很氣他哥哥加文。他以爲加文罪有應得,但他又不能寫信去問這種問題。「妳還爲了我拋棄妳的事情在生氣嗎?」有時候,在信裡提起那個「我」並不容易。

「你奪走了哈尼蘇和哈爾丹。」她不會用鐵拳和震拳去稱呼他們。「讓他們成爲黑衛士!奴隸!太噁心了。他們離開我去當奴隸。認爲你比我更重要。而你還讓他們去。他們對你來說,除了當肉盾之外算是什麼?什麼都不是。如果你心裡有任何一點寬宏大量的話,你會送他們回來。你把我,十七歲的我,一個人留在家裡領導一個慘遭敵人蹂躪的部族。我得嫁給暗殺母親的男人。我花了十年才爬出你把我丟進去的那個坑。」

「妳他媽的去排隊吧。」加文說。「戰爭很殘酷。死了很多人。妳拿到一手爛牌,逐步晉升爲努夸巴。現在的妳會讓妳兩個哥哥引以爲恥。」

她目光冷酷。「好了，至少有點火了。我懷疑從前那個男人是不是已經死了。你變成了城府深沉的陰謀家，加文・蓋爾，但至少你體內還有一點怒火。」

「妳哥哥所做的一切都是出於他們認同的職責。我沒有逼迫他們。我不會否認我希望鐵拳留下。他是我這輩子見過最聰明、能力最強的指揮官，有他的支持可以提供很大的優勢。哪個稜鏡法王會自願放棄如此強大的左右手？震拳不想待在帕里亞。他沒辦法待下去。他當然會跟隨鐵拳，但他也是絕佳的典範。他稱職的能力啓發了所有黑衛士。」

「他應該投靠我的。在……在阿格巴魯的事情過後。」

「去投靠妹妹？期待她了解殘殺的怒火？而不是去找哥哥，熟悉戰場的老鳥？」

「我是他妹妹！他不該去投靠你！」

「他不是投靠我。」好吧，至少種子水晶會告訴她這是實話。但她根本沒在看它。

「就是你。」

「那好吧。我給了他妳永遠無法提供的東西。」加文說，他或許犯過很多罪，死不足惜，但這絕非其中之一。「我在他不信任自己的時候信任他。在那種情況下，來自妹妹的信任毫無意義。那不是妳的錯。他需要一樣得盡力贏取的東西。沒有理由愛他的人提供的信任？那讓他找回了自己。他不是妳小時候心目中的那個人了。發生在他身上的事情、他的所作所爲徹底改變了他。看他的時候，我不會看到已經消失了的他。但妳會。這就是他不回家的原因。」

「就是這個，」她說。「我就是爲此而痛恨你，加文。我經歷過這麼多難關、承受過這麼多苦難，你卻只花五分鐘就把那一切都講得微不足道。你把一切都反過來，講得好像是我的錯。好像你奪走我哥哥，我還該謝謝你。彷彿這一切苦難都只發生在我腦海裡。我是努夸巴。我是橘盧克辛大師。我是這些總督轄地幾個世紀以來最接近女王的人，而你讓我覺得自己像個愚蠢的小女孩。」

她伸手到長袍的摺痕裡，取出一把小火繩手槍。她拉開火繩，走到囚室中的一盞小提燈前。她把手槍放在櫃子上，掀開提燈燈罩，點燃火繩。「如果你在遭受伊蓮囚禁時死亡，」她說。「你父親會把帳算在她頭上。宣稱你是我殺的，看起來像是很沒說服力的謊言，是規避責任。」她舉起手槍，扣下擊錘，固定火繩。「伊蓮會對我大發雷霆，當然，但她不會冒險淪爲安德洛斯・蓋爾復仇的對象。她會加入我。」

努巴夸槍口指向加文的臉。上前一步，確保子彈不會擊中欄杆。

她朝他眨眼，微笑，他差點回應她的笑容。接著他發現她眨眼時有閉上右眼。她是在以邪眼看他；以「受詛咒的控告者」審判他，閉上歐霍蘭的右眼，「受祝福的救助者」。

加文突然揚起目光看向她肩膀後方，看向門口，嘴角短暫揚起一絲笑容。

努夸巴瞄向門口。加文撲上前去。他撞上欄杆，伸出一手，卡住肩膀，盡可能伸長手臂。他的手掌拍中她的手和槍，有那短短一瞬間，他幾乎抓住槍了，可惜因爲少了第三和第四根手指，沒辦法握好槍。手槍從她掌心飛出，撞到牆上，開槍。

囚室內迴盪著子彈迅速反彈的聲音。

震耳欲聾的槍聲過後，很長一段時間裡，他們就這麼站著凝視彼此。加文縮回肩膀，檢查身體，確認自己有沒有中彈。他沒有，但兩根斷指又流血了。可惡。他得用左手攻擊，但他的本能還沒有調適好少了兩根手指的事實。

他看向努夸巴，確認她有沒有中彈。她瞪大雙眼。手臂在流血。她取出一條手帕，輕擦她的前臂。只是一點擦傷。她鬆了口氣。

轉眼之間，一大群守衛受到槍聲吸引，闖入囚室之中。努夸巴的私人侍衛塔弗克．阿瑪吉斯，一群身穿藍背心、全副武裝的帕里亞人，全是馭光法師，是緊接而來的是幾名瑪拉苟斯家族侍衛。加文舉起雙手，表示自己不構成威脅。

「沒事。」努夸巴說。「我沒事。你們可以下去了。這裡沒有危險。只是出了點意外。我爲什麼……」

她低下頭去，從大腿撩起長袍。長袍上有個小洞。但加文的目光更低，看向在她腳邊凝聚的血泊。很多血。好像動脈被切斷了。

她身體搖晃，眼珠後翻，摔倒在地。

第六十章

——盧克主教——

我手裡的信息乃是死亡。這當然與其正義與否無關。在我內心深處，我很清楚此乃邪惡之事。

「歐霍蘭本人開啓世界運轉，小弟兄。」陶雷博弟兄說。陶雷博是六個盧克主教之一，我光是和他說話就很緊張。

他不用把話說完；透過燃燒的目光讓大地及其所有生命沉睡。有光明的時刻，就有黑暗的時刻。

「經常遭到濫用的句子，大弟兄。你在《第一個十年》獨白篇裡就曾這麼說過。」我是個懦夫。這樣是錯的。死亡，小孩？才剛入教而已。再說，現在想一想，我知道陶雷博弟兄會怎麼回應。

陶雷博弟兄微笑。我聽說他年輕時是個英俊又富有的盧克教士。他留了濃密的阿塔西鬍鬚，用金珠裝飾，塗抹沒藥樹脂。在他母親第一任丈夫死於血戰爭後，他母親被迫在重婚時把他交給教廷撫養，避免影響新任丈夫後代的繼承權。但陶雷博依然是最受喜愛的兒子，她一直不斷送禮物給他。

他說：「『昆丁・納希德，同儕中第一人，頂尖教士的學生，嚴守紀律、心思縝密的年輕人。非常聰明、聰明絕頂、可能是天才，但又不亂說話，不會羞辱比他差的弟兄。』我派你執行這個任務絕對沒有弄錯，昆丁。你知道我的論文是引述哪句話作結，是吧？」

「『少數人濫用某樣眞相並不表示所有人都必須遺棄該眞相』。」我回答。有時候黑暗、祕密、欺瞞都是必要之惡。但大部分學者認同那些都是逼不得以時才能採取的手段——比方說，在爲了正義而戰，不能公開眞正的意圖，不然會導致事跡敗露；或是在罪惡的權威前保護無辜之人。

當然，所有暴君及騙徒都知道這些聖典中的例外案例，宣稱他們的行爲符合這些例外條件。

但今日之事乃是謀殺。

「在光明之前，所有人都是弟兄，大弟兄。」我說。「難道不該給這個男孩機會贖罪嗎？他當然不可能這麼年輕就迷失在黑暗中。」他只比我年輕六歲。如果我在那個年紀就面對審判……我實在無法想像。我，並非無辜之人。我犯得罪比我很多弟兄還多。

「你本性善良，昆丁，內心充滿寬恕。弟兄們沒看錯你。不光是聰明才智，你的善良也直逼歐霍蘭。」陶雷博弟兄說。

我心跳加速。那些弟兄談起過我，對我的評價這麼高？這句說詞原本是在形容所有聖典中最偉大的聖徒。我的心臟膨脹，伴隨著一個可怕的想法——我是不是把恭維轉爲傲慢自大了？傲慢自大是我們選擇的盲目愚行。

「面對眞相並非傲慢自大，昆丁。」大弟兄陶雷博用我們的名字稱呼我，這個事實本身就是一種恭維。我沒資格得到這種恭維。

「所有人在光明之前都是平等的。」我努力擠出這句話。

「這是一切眞相的基礎，沒錯。」他說。「必須謹愼處理的基礎。當歐霍蘭從太陽的高度低頭看向我們時，矮人和巨人之間的差異就變得無關緊要。與歐霍蘭無窮無盡的智慧相比，你和白痴間的智力差距同樣微不足道。但儘管我們每天都踏在歐霍蘭之道上，爲了祂而活，依然行走在人群中，雖然對我們而言，巨人和矮人的差距十分明顯，但對歐霍蘭無關緊要——因此對我們也該無關緊要——我是指公義、寬容和正直等方面。這又是很容易遭人濫用的眞相。就像所有罪孽在歐霍蘭面前都是一樣的，但我們會將以謊言掩飾真相和謀殺區分為不同罪，因為其中之一的後果顯然比另一項嚴重。辨識真相的並非罪孽，小弟兄。沒錯，選擇無視也是一種罪。所以你滿足於別人肯定了一件你早就知道的事實並不是罪。」

「但我會驕傲。我知道自己真正的想法，這樣是欺騙。」我說。討論這些事情令我不安。我會像個守財奴一樣珍藏這些恭維，在夜裡最黑暗的時刻拿出來享受。我會看不起記性不佳的弟兄，會藐視把史傳的名言誤認為史壯所說的姊妹。

「你擁有聰明才智並不是什麼值得驕傲的事；那是你得承受的負擔。那是你舉起比其他人更重的東西時需要用到的肌肉。小弟兄，我就是因此才把這項任務託付給你。這是很沉重的負擔，我知道。也是為什麼我沒把任務指派給我說什麼就做什麼的馬屁精。你心地善良、思緒清明，現在是考驗你的意志的時候了。我們要讓你成為領導人，昆丁；我不用隱瞞這個祕密。但你得透過意志和行動來展現你的資格。」

我向來知道自己比其他弟兄聰明，但都視這個想法為罪孽。專注在這些不同點中相似處之類的枝微末節，即使當我選擇不主動回答較困難的問題，好讓我的弟兄也有機會贏得老師的認同時也一樣。

我的謙卑是假的。是謊言，不是嗎？

起碼這是真的。我聽得出來這些話裡的真實意味，但許多陰影都躲藏在光明之後，而最好的謊言會在真相中越陳越香——鹽可以覆蓋掉腐肉的臭味。

這不是盧克教士該做的事。

我突然了解到這段談話不光只是令人不安；這段談話很危險。人絕不能輕鬆愉快的判別人死刑。如果我拒絕這項任務，或是威脅要告訴其他教廷裡的人……

親愛的歐霍蘭呀，陶雷博弟兄會怎麼做？

說更明確一點，他會怎麼處置我？

我突然之間靈光一現。我不光只是同儕中的第一人；我還是個孤兒，專心向學而沒有幾個朋友。如果我失蹤了，誰會幫我復仇？教廷高層議會的弟兄和姊妹可以完全控制我這種剛宣誓不久的盧克教士。他可以宣稱派我前往提利亞進行祕密任務，從此就不會有人再提起我了。

我不是令人敬畏的人物。一生致力尋求光明的人永遠都會活在光明中。我的生命裡沒有多少看重的東西可以讓別人奪走。

「你心裡有個想法。」陶雷博弟兄說。他相貌依然英俊，雖然臉有點消瘦，還有一些只要留鬍子就可以遮住的痘疤。宣誓教職一年後，他進行了爲期四十天的齋戒、在頭髮上灑灰、剃光頭髮、把所有財物送給窮人、宣告放棄世俗權力和財富。矛盾的是，這麼做只有在其他人心裡更加肯定了他與生俱來的權力與財富，並包上了一層正氣凜然的外衣。之後他在教廷裡平步青雲。

那是不是故意做戲的？

不、不，拜託不要。這種計謀只有古代國王才幹得出來。想要掌權者處心積慮操弄他人想法。這實在不該是教廷之道。眞的，在如此接近光明的地方，根本不該有任何黑影。

儘管如此，我沉重的內心、內在之光，告訴了我眞相。我自己在心裡哄抬了這些弟兄的地位，認定他們比俗人崇高、比俗人更好。這種奉承式的仰慕也是盲目的。但我的內心迫切想要看清眞相。

我說：「我有很多想法，互相矛盾。我了解你所謂的負擔是什麼意思，大弟兄。」這是眞的，不過和他想得不太一樣。

他憂傷地輕笑一聲。

「我相信你，」我說，六年來第一次對弟兄撒謊。「但我也要請你相信我。」

「你認為我把這種任務交付給你還不算相信你？」他狡猾地問。

「不是任務，而是原因。為什麼有必要執行這個任務？歐霍蘭賜給我這副心腸。當我站在祂面前接受審判時，不能問心無愧告訴祂，我沒有問為什麼這個純真的孩童該受死。拿教會主教叫我動手來當理由並不充足。祂賜給我的並非如此盲目的信仰。」

他散發出一股深沉哀傷的氣息。「我不認為你已經做好得知這個原因的心理準備。」

「我不認為我已經做好執行這項任務的心理準備。」我說。我連忙補充：「大弟兄。」但我表現得或許有點太口齒伶俐，太自作聰明了。

他銳利地看我，神色之中讓我想起這是個願意簽署死亡判決的男人。我或許不怕死，但也不想死，而這個人不但可以下令處死我，還可以——在眾目睽睽下——派我前往某個人間地獄。教廷總是需要更多盧克教士去管理痲瘋病肆虐的教區，向安加人傳達福音（並在這麼做的同時成為殉道烈士），將歐霍蘭的愛散播到裂地以外的地區。但他看起來不像是會一遇上困難，就把狀況良好工具丟掉的人。

他說：「有一件神聖的法器打從卡莉絲・影盲者的年代以來就一直被託付給教廷保管。在偽稜鏡法王戰爭期間，安德洛斯・蓋爾搶走那件法器。接著他宣稱弄丟了那把法器，指控我們把東西從他那邊偷走，但我們知道他在說謊。安德洛斯・蓋爾是無神論者，而且是陰險狡詐的無神論者。你得了解，我已經透露太多了。」他的聲音很低，細不可聞。我敢發誓他是真的害怕。

「我們怎麼知道他在說謊？」我問。我想問他是什麼法器，但我看得出來他不會透露任何不必要的細節。

陶雷博大弟兄噘起嘴唇。「儘管他們假裝不和，加文・蓋爾依然是稜鏡法王。如果安德洛斯真的不支持他的話，他就沒辦法當稜鏡法王。」

「所以稜鏡法王需要這件法器才能維持力量？」

陶雷博弟兄臉色發白。我猜到了。也可能他比我想像中更會騙人。

歐霍蘭慈悲為懷，我究竟是在幹嘛？

「你不用知道那個，容我提醒你，在你晉升至教廷高層議會前，絕對不能向任何人透露此事。懂了嗎？」

我懂。歐霍蘭的眼淚呀，在我晉升至教廷高層議會前?!他說話的語氣不像是在拿誘餌引誘我，反而像是已經做好的結論。我點頭。

「教廷高層議會……可以對此事睜一隻眼閉一隻眼。」他皺起眉頭，我看得出來事情沒有那麼單純。「因為高貴的稜鏡法王儘管暗地裡與他父親合謀，對我們而言仍一直是非常明理的朋友兼盟友。也因為他至多還有五年任期。至於他父親，我們真正的敵人，則沒有那麼多時間。我們可以耐心應付他的挑釁，等他死後再取回屬於我們的東西，不會在忠實信徒間造成任何分裂。」

那件法器至少已經遺失十六年了，而你們一直沒有採取任何手段奪回？我不信。你們一定全都失敗，一敗塗地，還收到警告，如果再做這種事就會招來嚴重的報復。教廷很有耐心，但還沒有耐心到那種地步。

歐霍蘭呀，他在騙我。信口開河。透過各種方式。盧克主教怎麼能夠如此輕易撒謊？

「但是有個年輕人才剛抵達克朗梅利亞，基普．蓋爾。一開始，他們宣稱他是私生子，而盧克——我們——以為……」他差點洩露盧克高層議會裡與他合謀的人是誰。「我們天真地以為事情就會這樣結束。蓋爾家族沒有後裔，加文似乎也沒興趣製造後裔。以為或許什麼都不用做，那件法器就會再度落入我們手中。但現在他們公開承認他是家族一員。這是謊言，毫無疑問，但那表示他會繼承家業。基普的出現讓竊取教廷法器事件從可以補救的羞辱，變成了教廷永遠喪失權柄的關鍵。」

所以這件法器就是教廷的所有權力來源。

我說：「但是那個男孩本身，或許可以和他講道理。他可能會交出法器。他是無辜的。」

「這是戰爭；無辜者會死於當權者的罪孽之下。」

陶雷博弟兄認為他是指安德洛斯・蓋爾的罪孽，但我不認為這個想法正確。戰爭會讓許多無辜者死亡乃是事實。當圍城武器擊潰城牆時難免殃及無辜，牆後房舍內的小孩往往都會死去。

但是直接殺害小孩又是另一回事了。

他繼續說：「教廷的權威削弱時，所有盧克教士的權威就會隨之削弱。我們要看顧戰爭的難民，但是少了權力，怎麼要求光譜議會撥發所需經費派遣盧克教士援助難民？我們餵飽窮人。我們治好痲瘋。我們治療病人。經費大多來自信徒善款，但有時善款發放的速度不夠快。你可以想像我們在應付帕里亞沿岸平原的洪水時，還得等到七總督轄地都聽說此事、捐款，把物資運送到這裡，然後再把必要物資送給那裡的盧克教士？那樣要等好幾個月。那幾個月裡會死多少無辜之人？少了行善的權力，我們能行什麼善？」

祈禱。這種道貌岸然的詭辯同時也算引經據典，來自所有盧克教士數百年來都在學習的聖典。行使歐霍蘭的意志的並非我們的權力，而是祂的。我們的黑袍除了隨時提醒我們有多空虛，我們有多需要歐霍蘭的光明之外還有什麼意義？我們需要祂的力量。

為了追求歐霍蘭的權力，陶雷博弟兄已經忘了歐霍蘭本身。

「此事非常令我不安，大弟兄，但我聽出你話中的真相。」我鞠躬。「我會為他的靈魂祈禱。並且傳達你的信息。」

「我不是要你幫我送信，昆丁・納希德。」

「不好意思？」

「我要你送他一顆子彈。」

第六十一章

基普結束訓練回來，結果發現房間被人翻遍。他的鏡子碎了。椅腳折斷。他的枕頭被畫破。床墊被畫破。藏在屋梁上的薪水袋被偷走了。他的桌面被人用刀亂劃，硯台裡的墨水灑滿桌面。犯案者把他的尿壺尿滿，然後倒在床上。書桌上擺了一張用木漿紙寫的字條，慢慢吸著桌上的墨水。

「遊戲已經玩夠了。立刻來見我。——T・G・」

T・G，蓋爾家族（The Guile）。因爲安德洛斯自認自己就是蓋爾家族的代表。他現在不是安德洛斯，不是紅法王，甚至不是普羅馬可斯，而是他們整個家族的代表。對安德洛斯・蓋爾而言，這個頭銜才是最重要的。

尿的味道眞是刺鼻到不像話。

嗯。有人水喝得不夠多。

想到這個，有人花太多時間和黑衛士訓練了。

但是除了那個諷刺的想法外，基普覺得自己無動於衷。他的東西被砸爛了。那又怎樣？從前他擁有的東西更少。他的錢被偷走了。那又怎樣？他不需要錢。他現在有朋友，有工作要做，有目標要達成。那些比身外之物要重要多了，不是嗎？

他凝視著凌亂的房間，心知自己根本不用親自整理。他可以向克朗梅利亞借幾個奴隸來幫忙整理房間。如果你以爲這樣就算踢中我的睪丸，老頭，那你可就失算了。這樣充其量只能算是踢中大腿。

事實上，做這種事造成最大的效果就是讓我更清楚你是什麼樣的人。如果你這麼做是爲了激怒我，那是因爲你自以爲這樣會有效果。你以爲這樣有效是因爲這樣對你有效。所以這就是你認爲可能發生在你身上最糟的情況？你沒有辦法忍受別人不尊重你，是吧？這倒有趣。我記下來了。

基普的第一個念頭就是去別的地方，隨便哪裡都好。消極反抗是從前的基普會做的事。很難區分消極反抗與懦弱。他告訴自己這並不是因爲他在乎讓安德洛斯認爲他是懦夫；重點在於他是怎麼看待自己的。他害怕那個老頭。他可以接受那種恐懼。那是很合裡的情緒。但是讓自己受控於恐懼……

有趣的是，我是在把黑衛士訓練聽來的話當作自己的想法複誦。

想夠了。基普回到走廊上。他看見有個奴隸走過來。「卡盧！」他叫道。「你家主人是誰？」

「我幫佳里班．納維德工作。」對方說，顯然不喜歡這樣被人點出來。

「他是學生？」

「是的，先生。」

「這裡有人犯罪。去樓下的黑法王辦公室報案。我允許你插隊。請黑法王的人完成調查後，派幾個奴隸來打掃。」

沒有在幫法色法王辦事的奴隸，得在發生緊急情況或要報案時聽從任何自由人差遣。當然，聰明人就不會隨便利用這種特權。沒人喜歡被陌生人徵召自己的財產。

「是的，先生。」男人說。

「等等，」基普說。他在錢袋裡翻了翻。沒人會給奴隸小費，而且基普身上只剩下三丹納，但誰管那麼多。他給了奴隸兩丹納。「謝謝你。」他說。

奴隸嗤之以鼻，彷彿基普不曉得自己在幹什麼，是個什麼都不懂的雜種。

他朝升降梯走去，接著想到這個奴隸出現在這裡也太剛好了點。他轉身。

「喔，如果是你幹的——多喝點水。」基普說。

「先生？」

「腎結石。我聽說痛起來像是有人拿鎚子敲打你的老二。」

奴隸臉色一沉。他看起來像是想要對著基普吐口水一樣。「我被閹了，先生。」

「喔。所以閹人也是有好處的。從來沒有這樣想過。你去吧。」

基普知道他應該趁走路時想個計畫，對付全克朗梅利亞最老謀深算傢伙的計畫，但想法一直在繞圈。他朝黑衛士點頭，對他們揮揮那張字條，然後也不敲門就推開安德洛斯・蓋爾的房門。門沒鎖。這倒有點有趣。安德洛斯非常肯定自己的名聲足以嚇壞所有人，甚至沒有吩咐奴隸鎖門，或是命令黑衛士維護隱私。除非，當然，只是葛林伍迪忘了鎖門。那傢伙年紀太大了。

基普心裡有個小心眼的想法，很高興看到葛林伍迪年老力衰。他會在安德洛斯趕走這坨老大便的時候落淚。歡愉的淚水。

基普穿越接待室，發現葛林伍迪站著打盹，靠著通往內廳門旁的牆壁。但葛林伍迪在基普踏出三步時醒來。

他睡眼惺忪，不過還是盡量掩飾自己剛剛睡著的模樣。

基普把沾染墨水的字條交給老奴隸，彷彿那是張邀請函，然後直接從他身邊走進去。

安德洛斯不在主廳裡。葛林伍迪驚慌地立刻跑來檔在基普面前。「你可以在——高貴的蓋爾法王——」

「你可以親吻我這雙肥腿摩擦在一起的光禿部位。」基普說。他推開臥房門。

他爺爺在床上，而且不是一個人。更糟糕的是，基普見過躺在他旁邊的女人。那是提希絲・瑪拉苟斯，曾短暫擔任過法色法王，但立刻就被加文撤換掉的女人。

基普僵在原地。提希絲的頭髮費心盤在一起，用翠綠色髮網裹起。她的手在床單下，往上摸——喔，親愛的歐霍蘭呀！

她沒有立刻看見基普——至少他希望那是她的手沒有停止往上的原因——但安德洛斯．蓋爾看到了。他抬頭看著基普，基普看出安德洛斯的天性突然開始衝突，老謀深算的蜘蛛已經開始考量該怎麼扭轉這突發的狀況，對抗數十年來不斷施展熱情、火焰、所有滾燙灼燒之物的紅法王。

最糟的部分在於，看到他爺爺裸體比提希絲的裸體讓他更為震驚。

提希絲發現安德洛斯失去對自己的注意，於是順著他的目光看去。她眼中短暫浮現羞愧之情，隨即轉為純粹的痛恨。

「有趣的是，」基普聽見自己的聲音，「我覺得看到妳裸體的次數比有穿衣服還多。嗯，我猜如果只有一項長處，就得把它發揮到淋漓盡致，呃？可惜這麼美麗的東西得讓這麼醜陋的傢伙進去。」

提希絲立刻跳下床。她還穿著襯裙，不過肩帶都被拉到肩膀以下，顯然基普只是打斷他們的前戲。提希絲拿起一個花瓶丟向基普。但手臂被肩帶纏住，花瓶的落點離基普甚遠，還把瓶裡的水灑在自己身上，玫瑰花都掉在地板上。摔爛一支可能是無價之寶的花瓶。「出去，你——你這隻肥蟲！你這個面目可憎的小、小——雜種！你——」她蒼白的皮膚同時透露出憤怒和沮喪的情緒，因為她一邊要丟東西、罵髒話，還要想辦法把肩帶拉到肩膀上。

基普插嘴道：「我喜歡『你這個偉大家族屁股上的肥大紅斑』。我說是，如果我們要講肥胖笑話的話。拿擱淺的鯨魚比喻算是老掉牙了，不過還可接受。如果能在句子裡用到『油膩膩』的話，還有額外加分。妳知道可悲在哪裡嗎？可悲的地方在於妳很可能以為自己現在的做法很聰明。妳以為可以玩弄安德洛斯・蓋爾，從他口中套出比他從妳口中套出更多情報。可悲。」這時基普的舌頭完全掌權了。但是他不在乎。他的舌頭是道火焰，基普往觸目可及所有可燃的表面灑火。燒吧！「妳知道還有什麼很可悲嗎？我爺爺虛榮自負到很可能說服自己妳是眞的拜倒在他的魅力之下。即使他夠聰明，知道妳只是在賣淫。告訴我，提希絲，妳看到他的裸體時是怎麼掩飾噁心的？叫床時會不會擔心被他發現妳在假裝，還是爲了他無法分辨而鄙視他？」

她大叫一聲，對他丟枕頭。

丟枕頭。

「葛林伍迪，」基普頭也不回地說，心裡清楚他就在身後。「你這隻油膩膩的肥蟲，如果你敢碰我，我就殺了你。伸手碰蓋爾家的人前，你最好再三考慮，就算像我這種胖子也一樣。」基普吸收紅光和黃光——這個房間裡到處都是有顏色的東西——讓盧克辛在他臉部和脖子的皮膚下轉動，明明白白地轉送到他的雙掌。那等於是在用魔法扣下手槍擊錘。

奴隸沒有動他。

安德洛斯・蓋爾起身，不動聲色。他體內的蜘蛛性情勝出了。基普知道因爲他沒有大吼大叫就以爲他比較不危險絕對會是錯誤。他一點也不把裸體放在心上。

至少有一個人不把他的裸體放在心上。

「夠了。」安德洛斯說。

「夠了?!」提希絲叫道。「夠了？」

他神色冷漠地甩了她一巴掌。

提希絲沒料到有這一下。他厚實的大手打中她的臉頰和脖子。她腦袋甩向一邊，整個人摔在厚地毯上，完全沒有阻止自己摔倒。她失去意識了。有一瞬間，基普深怕她死了。

顯然安德洛斯也在擔心這個。他跪倒在她面前，伸手指試探她的脖子。滿意後，他站起身來。

「比我預料的結果更好，」安德洛斯說。「葛林伍迪，放下匕首。我的袍子。然後去照顧瑪拉苟斯女士。她很容易害羞，所以先拿塊布蓋著她，再用嗅鹽弄醒她。」

當葛林伍迪拿長袍披上安德洛斯裸露的肩膀時，普羅馬可斯轉向基普。「所以，你收到我的字條了。我以為你不會這麼快。我以為你會不爽一段時間。來，去我的客廳坐坐。」

基普跟著他來到他們經常玩九王牌的主廳。好像跟往常沒什麼不同。

「你連費心否認一下都不用？」基普問。「你砸爛我房間，在我床上尿尿。打爛了所有東西。還偷走我的錢。」

「這個嘛，不是我親手幹的。白蘭地？」

「不，我不要喝你那天殺的白蘭地！」

「太可惜了。」安德洛斯還是倒了兩杯酒，把一杯放在基普面前。他坐在自己的椅子上，指示基普坐在對面。「好酒的知識基本上只是做作的題材而已，但卻是很重要的題材。人們會尊敬比他們更熟知微不足道事物的人，只要那些微不足道事物很貴就對了。而這種東西中的佼佼者就是美酒。」

「重點是，」基普說。他最近經常在說「重點是」這句話。這讓他有點煩躁。他為什麼不直接進入他要說的主題？「重點是，」可惡，還說兩次！「讓我驚訝的並不是你會砸爛我房間。你以前派人暗殺過我，所以我不認為你有什麼做不出來的事情。就連你在事後承認是你幹的都不能讓我驚訝。我知道你喜歡看別人跳。我認為你待在這間屋子裡久到都變成狂法師了，得讓其他人來到面前才不至於只能聽到二手——或甚至三手情報。你作風越來越明目張膽，藉以享受在這個世界擁有權力的快感。那一切我都能了解。」基普說。「你是可悲的獨居老人，突然間不再需要獨居，而你調適得不太好。」

安德洛斯的眼神，幾秒鐘前還饒富興味，突然間變成兩條黑井。他輕啜白蘭地，一副看著基普自掘墳墓的模樣。

「我百思不解的地方在於，」基普說。「你怎麼會這麼笨？」

安德洛斯揚眉。

「我是你們家的人，」基普說。「我和你一樣是蓋爾家的人。沒錯，我還有一點良心，但也就一點而已。你怎麼會覺得你可以這樣羞辱蓋爾家的人，然後全身而退？因爲我就是你。我和你一樣冷酷，我和你一樣聰明，當你逼迫我時，我也會和你一樣邪惡、一樣殘酷。我的蓋爾天性上浮著一層善良的薄膜，爺爺，但我不曉得你是老到什麼地步了，竟然會沒發現它有多薄。」

「喔。大話，就和放屁的臭味一樣。」安德洛斯說。他像在驅散屁味般揮了揮手。「你講話的技巧比以前好了，但別跟我來這套。搞那套的時間已經過去了。你沒有任何能夠讓我害怕的特質，基普。就連你的名字都很沒力。基普。」他神色倨傲地笑。「光說不練一點意義都沒有。把你的話拿去丟在牆上，看到沒？什麼都沒有。」

基普很好奇自己的汲色速度有多快。他很好奇有沒有比安德洛斯跟葛林伍迪加起來還快。他很想殺了他們兩個。想要站起身來，尿在安德洛斯・蓋爾身上，藉以表達自己對他的看法。但他不認爲自己可以全身而退，而在發現自己的伶牙俐齒完全沒對安德洛斯・蓋爾造成影響之後，他突然覺得很脆弱、很空虛。他手裡沒有任何力量。只是勉強受到家族承認的私生子，孤立無援，侮辱蓋爾家族的代表人，拿不敬的形容詞辱罵普羅馬可斯本人。

而他唯一的籌碼就是不在乎毀了自己。

眞是毫無價値的籌碼。他盡量不把突如其來的恐懼表現在臉上，但如果安德洛斯・蓋爾有熟悉任何情緒的話，肯定就是其他人的恐懼了。恐懼是他的糧食。

「現在想喝白蘭地了嗎？」安德洛斯語氣頑皮，簡直就是笑裡藏刀的絕佳典範。

「我喝。」基普說，不帶絲毫情緒。

「不給你喝。」安德洛斯說。

酒杯就在觸手可及的地方。基普考慮伸手去搶——然後想到命運之輪的轉速有多快。前一刻，我還在盛怒之下提出死亡威脅。下一刻，我就想用白蘭地灌醉自己。

這也是安德洛斯・蓋爾奇怪的能力之一。別的貴族或許認爲不給客人喝酒是無禮的舉動，所以不屑這麼做。安德洛斯・蓋爾不介意降低自己的身分，只要他能把對手的身分降得更低。沒錯，羞恥是可以用來對付他人的工具，因爲安德洛斯本人毫無羞恥心。

或許他眞的沒有羞恥心。他赤身裸體下床，完全沒有放在心上。他對於沒穿衣服顯得泰然自若，雖然身上充滿這個年紀的男人應有的斑點、皺紋和鬆垮的皮膚。儘管基普敢發誓安德洛斯的大肚子有縮小的跡象，但還是與英俊的兒子加文形成強烈的對比。而且他似乎也不把前戲遭人打斷放在心上。

或許基普眞的很不會看人。他的自我恐懼杯一直都是滿的，只要多滴一點恐懼進去，就會把杯子裡的東西通通灑出來。但是就連普通人也會對這種事感到難爲情，對吧？

基普本來以爲爺爺有感到羞恥，只是沒有表現出來。他突然發怒就是在掩飾窘態。萬一他根本毫無正常人的羞恥心，而發火只是因爲基普打斷了他本來引誘提希絲進行的計畫呢？

這已經是基普第十幾次懷疑他從各方面來看都是好女人的奶奶怎麼會愛上這個男人了。

接著他腦中浮現另一個想法。萬一她愛的不是安德洛斯，而是這個世界呢？萬一她自認是世界上唯一能夠阻止這匹狼去獵食羊群的人呢？菲莉雅・蓋爾很聰明，所有人都認同這一點。她是橘法師。她是唯一能讓安德洛斯・蓋爾改變心意的人。她是對抗風暴的防波堤。

現在她不在了。

基普凝視著皮膚鬆垮的老頭，身穿褪色長袍，腳上的皮膚幾乎沒有色彩，這本身就給人一種猥褻的感覺——但突然覺得赤身裸體的人竟然是他自己。

「你想怎樣？」他問。「你老了。勝利在你眼中究竟算是什麼？」

「老了？」安德洛斯竊笑。「我起碼還有二十年可活。基普，如果你和辛穆不符合我的期待，我可以另組家庭，再弄出新的下一代來玩。我再度獲得年輕人的選項，不過還加上了年輕時所欠缺的優勢。你難道不熟悉你的家族歷史嗎？」

基普並不是來上課的。「我回溯到爺爺那一輩的時候就噁心到查不下去了。」他說。這是他能繞過哽在喉嚨裡恐懼硬塊所吐出最羞辱人的言語。

「軟弱的人會認為我欠你人情，基普。因為你在那艘船上為了我……過度汲取紅魔法時所做的事情。但我不是那種人。你有勇氣不蜷伏在我腳下，這點我很敬佩。但話說回來。叛逆一開始很有趣，但不用多久就會變得煩人。」

「我超想聽你說說這個家族的歷史。」基普語帶諷刺地說。他可以說「這個家族」而不是「你們家族」就已經是很大的勝利了。

「你扼殺了我回憶往事的欲望。姑且就說我們擁有的一切都是我努力贏取來的。家族到了我那一代，已經淪為羊毛商人——負債龐大的羊毛商人，還有我那個一無是處的醉鬼哥哥想要賣掉還債的無用頭銜。現在我們所擁有的一切——包括你這個無所不用其極取得繼承資格的小雜種——都是因為我。」

「你從哥哥手中奪走家族控制權？」基普難以置信地問。

「奪走？我大個便都比那個費力。我趁阿貝爾宿醉時給他一疊文件簽署。他根本看都沒看一眼。我付給他的管家幾丹納，讓他以公證人的身分連署，宣稱那是倉庫合約。他也沒有細看。我掌握了所有帳戶，我哥就連找律師去行政官告發的錢都沒有。也沒有朋友願意借這筆錢給他。」

基普伸手去拿白蘭地，沒有多想，而這一回安德洛斯沒有阻止他。「喔，謝謝。」基普自動說。

安德洛斯微笑，彷彿這也算是一項勝利。

「你是在告訴我蓋爾家接連三代都發生過手足相殘的事情？」基普問。

「三代？不，據我所知就有六代。有個傳言指出我們家族受到一名女巫詛咒，因為門朗．蓋爾在娶了她後又依照蓋爾家族的傳統搞外遇。或是更精確地講，她發現了他在家鄉早就結過婚。他丟下心碎的她，跑出門環遊世界、到處冒險，幾年後當他終於回家時，慘遭自己的弟弟殺害，因為他……趁哥哥不在家的時候安慰大嫂。就是從那之後開始。那是六百年前的事了，不過我個人是很懷疑我們體內還有那個年代的蓋爾家族血脈存在。很多其他家族都曾冒用古老英雄名諱；我不認為我們會有什麼不同。這可不是什麼值得在公開場合說嘴的事，對吧？總之，這個故事擁有足夠的影響力，以致於我們家族內部出現一個傳統，只要妻子比你年長，而你又已經生過一個兒子，那就不要再生孩子，以免你生下兩個兒子。並不是說一個兒子加一個女兒就能保證不出問題。瑟琳．蓋爾一世比我們家族大多數男人更加寬容──或更不寬容，端看你怎麼想。她放逐了哥哥亞當．蓋爾，並且閹割了他，確保他不會再有子嗣。她讓那個年代某一個國王把家族名稱和頭銜改成從母系。這種情況持續了一百五十年，最後某個有進取心的蓋爾子孫又把主導權改了回來。」

基普喝口酒。他幾乎沒有注意到烈酒的灼燒感。「而你可以接受家人之間這樣爭權奪利？」

「可以接受？人不能跟獅子講道理。人不能接受現實。人要適應事實。」

「但是你和我父親不同，你沒有在哥哥背叛你時適應當時的情形。你才是背叛他的人。」這話在說出口前聽起來都很合邏輯，很有道理。但是當它們離開他嘴巴那把喇叭槍口後，立刻擴散成一團剃刀雲。

安德洛斯的表情立刻僵住，他握緊白蘭地酒杯的指節變白，顯示這段話造成的影響。你一看就知道他在努力克制脾氣。他可不是意外變成紅法王的——他能汲取的法色不只有紅色。「當你又是什麼感覺，基普？身處一層一層比你全身脂肪還厚的無知守護下，腦子裡裝的東西就和浮躁鯨魚的精液差不多，隨時都在無心之下闖禍？阿貝爾感謝我拯救了家族。感謝我從他無法承受的重擔下拯救他，還有一連串逼他走向自我毀滅的錯誤決定。」

「所以他原諒你了。這讓我知道他是什麼樣的人。但這有讓我知道你是什麼樣的人嗎？或許除了——」

「傲慢的小鬼！」

「除了願意摧毀一個擁有你想要的東西的好人？你是頭海惡魔，毫無理性地保護你的領土，摧毀你的敵人，沒錯，但你同時也趕跑了——」

住口，基普！不要說出——

「——你自己的家人。就連你自己的妻子都被你趕跑。」

喔。狗屎。

安德洛斯雙眼閃爍，基普所受的訓練接管了他的身體。他的目光開始在安德洛斯的眼白和腰間遊走——那是最有可能找到危險的地方，不管是魔法，還是世俗。接著看向他的雙手，其中之一拿著白蘭地水晶杯，可以丟向基普，讓他分心，另一手可以向葛林伍迪下達指令。

「你也撐夠久了，」安德洛斯說。「終於詞窮了，是不是？」

「呃？」基普問。他那種末日逼近的感覺一點也沒有減輕，但是安德洛斯看起來似乎不太危險。基普的本能所提醒的一切都與安德洛斯的眼神相牴觸。

「提起我的亡妻。這麼明顯的目標讓我不禁懷疑你是比我想像中更加愚蠢，還是比我所相信的更能克制自己——也就是更加危險。看來我對你的想法沒錯。」

「你到底有沒——」

安德洛斯揚起一根手指，基普閉嘴。他立刻對如此反應的自己感到厭惡，但腦子必定知道那根手指就是他的生命線，於是難得有一次，腦子接管了舌頭。

「你應該了解一件事，」安德洛斯說。「只因爲一個目標很明顯，一直都有防線在鎮守，並不表示那個目標不在那裡，不像蛋殼裡的蛋黃一樣脆弱。你聽好了，豬油．蓋爾。你腦滿腸肥的噁心身體可以承受一次羞辱，至少在外人眼前是如此，但只要輕輕一刷就會讓你的自我厭惡和羞愧發光。所以你找到了我最明顯的弱點。恭喜你沒有瞎了眼睛。總之聽清楚了——葛林伍迪，如果他再提起菲莉雅，你就打爆他的頭。」

基普聽見左耳傳來擊錘拉開的喀啦聲。「樂意之至，大人。」葛林伍迪說。

爲了避免被人誤認他想動手，基普慢慢轉動眼珠，看向那把手槍，還有那個男人。葛林伍迪顯然眞的很樂意，那支槍管看起來也很大根。太接近基普的眼珠了，看不出手槍的品質，不曉得不擊發的機率有多高。但是話說回來，這是安德洛斯．蓋爾的手槍。肯定是最好的。基普動手和汲色的速度都越來越快，但是沒有快到那個地步。還沒有。

「你不會開槍。」基普說。很蠢的話。葛林伍迪甚至站在側面，以免腦漿——可能也包括子彈——從基普身上飛到安德洛斯身上。

「如果你認爲這是在虛張聲勢，」安德洛斯說，傾前爲自己倒白蘭地。「就說她的名字看看。」時間在兩人之間宛如慵懶的貓一樣緩緩伸展。基普已經知道自己會認輸。安德洛斯也知道。

「好吧，今天聊得還眞開心，爺爺。」這場落敗就像被針狠狠扎下一樣。「我們聊完了嗎？」不應該問這個。基普站起身來。他應該直接站起來的。

「孫子，讓我難以想像的，」安德洛斯說，擁抱挫敗，表現得沒有像基普期待中那麼受傷。他或許是裝模作樣，但還是這麼表現。可惡。「在於我們兩個都非常清楚，我是你唯一的希望。家族的敵人會試圖摧毀你，而家族的朋友因爲知道我鄙視你，不會嘗試救你。先別提我自己怎麼對付你。儘管如此，你還是挑選了這條道路。你父親失蹤了，現在肯定已經死了。形勢已經改變，但你卻沒有改變。一旦撐得太久，固執就會變得和愚蠢沒有兩樣。」

「如果我跑來這裡舔你的鞋子，你還會看重我嗎？」基普問。

安德洛斯．蓋爾一副他在說外國話的模樣看他。「看重？基普，我摧毀過很多我看重的人。如果你想登上那份名單，那你比較可能遭我摧毀，而不是被我看重。」

「請便，」基普說。「盡量小看我。這樣只會讓我更享受我們的關係。」

安德洛斯露出諷刺的笑容，似乎眞的覺得很有趣，而看到那個笑容讓基普不安。那是加文．蓋爾的笑容，在這個怪物臉上看見這個迷人的笑容所帶來的喪親之痛讓基普十分難受。「如果你的策略就是要我小看你，那最好不要大聲說出來，你說是不是？」安德洛斯問。

基普向來靈活的舌頭此刻只能吐出不完整的髒話。他沒有吭聲。

「夠了。」安德洛斯說。他站起身來，領著基普走到門口。壓低音量。「現在。輪到我找你來的原因了。」

歐霍蘭的硬膝蓋頂到我的睪丸——都已經講成這樣了，還沒進入主題？

「那些牌。」安德洛斯在他們抵達門口時輕聲說道。「我不曉得你把牌藏在哪裡，但是我要那些牌。如果你把牌交出來，我就讓你成為繼承人。我會接受你，把所知的一切傾囊相授，還會告訴你難以承受的祕密。」

牌？還來？「就算我找到那些牌，一旦把牌交給你，你就會直接殺了我。」基普說。

「小聲點。」安德洛斯說。他摸摸下巴，冷靜思考。「珍娜絲・波麗格肯定告訴過你那些牌的運作方式。我可以汲取四種法色。但沒有藍色。我可以感覺、淺嚐、感應到牌內的情況，但什麼都看不到。要讓牌完全發揮作用，我就需要全光譜多色譜法師。其他多色譜法師都……基於不同理由而不能用。我需要你，持續會有用得到你的地方。而你需要我教你在我死後如何把知識轉化為權力。如果有什麼值得一提的，那就是你會成為地位崇高的夥伴。」

基普眨眼。他這種說法實在太合情合理了。「如果我這麼做，」他說。「我就得把那些牌留在手中。不然的話，一旦你受夠我了，就只要再去找個汲取你欠缺法色的馭光法師，然後把需要的東西湊在一起就行了，只不過比我的速度慢一點。」

「可以。」安德洛斯說。「一個條件——我的牌、我兒子的牌，還有我妻子的牌都是我的。如果你在交出牌之前偷看它們，交易就取消。回去想想。我讓你考慮到你同父異母的哥哥抵達，或是到太陽節，看哪個日子先到。不過聽清楚了，如果你試圖把牌交給其他人，我就只剩下殺死你這一條路。你的時間不多了。葛林伍迪？」

奴隸發出很細微的聲音，表示他在場。

基普的目光在兩人之間游走。他們兩個為什麼都這麼小聲說話？他們為什麼要站在普羅馬可斯房間的門口？

「她偷聽到多少？」

葛林伍迪瞪了基普一眼，似乎在揣測安德洛斯希不希望基普得知此事，然後說：「你在沙發旁說的話大部分都聽到了。她幾乎立刻就醒來，沒多久就走過去偷聽。這裡的話她聽不到。」

「好了，基普，該你了。」安德洛斯說。「除非我猜錯，不然她會嘗試分裂我們家族，她是綠法師，會衝動到認為得立刻採取行動，所以不會等她那個更難對付的姊姊伊蓮下達指令。我猜提希絲本週內就會哭著跑去找你，扮演落難公主。這招對於希望自己夠強壯的男人向來效果不錯。不用謝我，她太年輕了，不合我的胃口，而且就和你猜的一樣，她不擅長假裝高潮。女人大多很年輕就學會這種技巧，所以我不確定她是太蠢還是太頑固。不過根據她朋友的說法，她很熱情。會很急著上床，但把追求者擋在玉門之外。」

「玉門？」

「她的生殖器。這種說法來自她們家族發跡時的販馬生意。他們擠身貴族才一百多年而已。她知道有些人很珍惜這種事情，所以她打算以高價販售她的童貞，即使是要用最嚴格的定義才能符合資格的童貞。她的朋友，身為她的朋友，信誓旦旦地表示她的貞操並不只是要用來討價還價而已。她宣稱提希絲向來心懷浪漫，希望能有個很特別的初夜。嗯，年輕人。我猜她知道不打算採取色誘的手段來對付你，但是只要應付得當，她還是會立刻躺下來讓你弄。她就躺下來給我弄了。我不確定你要怎麼符合特別初夜的條件。但她一輩子都不會忘記，而這肯定算得上特別了，是不是？」

「你會在所有喝過水的井裡下毒嗎？」基普問，這老傢伙真是壞到讓他難以形容。

「我告訴過你，我不喝那口井裡的水。我把那口井留給你，這是故意的，我怕你不喜歡和比自己高等的人分享女人。你把我的好意丟回我臉上。或許你比外表看起來還蠢。我們已經講太久了。出去。」

基普把髒話和疑問放在心裡，遵守爺爺的命令，就和其他普羅馬可斯部隊裡的士兵一樣。門外的黑衛士沒有說話，但是話說回來，黑衛士就該是這樣，不是嗎？

四個困惑的奴隸在他房裡等他。「大人，」其中之一說，「有人報案？」

基普走過他們，進入房內。所有東西一塵不染。書桌已經換新。羽絨床也換新。所有表面都擦得晶亮。就連錢袋都回到原位。基普向奴隸道歉，請他們離開。他們一副他是瘋子的模樣看他。

我被利用參與一無所知的鬥爭，而我完全是基於玩家的個人魅力來挑選立場，而非是非對錯、或我應該身處何處、甚至不是哪一方對我最有利。我的反應就像個小孩。

安德洛斯砸爛我房間的時候就已經知道我會怎麼反應了。我就是那麼容易預料。

他突然感到一陣噁心。

在九王牌裡，我就是喇叭槍——射程很短，隨便哪個敵人都能拿去用，朝任何方向射擊。

我該怎麼做？

第六十二章

——微光斗篷——

從這個角度看出的景象不大對勁。有東西飄浮在腰部的高度，來回擺動。一隻手隨著一名年輕女子走路擺動。她手裡握著一樣東西，不讓前方的人看到，但那樣東西比她的手掌長，而這是最適合用來觀察那把武器的視角。

這張牌不是人物牌；這是物品牌，而作畫者選擇了這個視角。

一把有鋸齒的短刀，邊緣是黑曜石，中間是象牙。外型不太像匕首，比較像是鯊魚牙齒，寬寬的三角形，中央有顆閃爍的鑽石。

年輕女子開始奔跑，擺動的速度加快。

在我有機會看得更仔細前，眼前情況出現驚人的發展，那支匕首插入一名女子的側身，拔出來，染滿鮮血，然後抵住對方喉嚨。

因爲匕首抵住喉嚨，所以可以清楚看見她的長相。她的瞳孔中有紅斑，已經占據半個斑暈，眼神中充滿恐懼和痛楚。攻擊者的手臂勾住她的手，馭光法師被轉向一面紅漆牆。

馭光法師回過神來；她汲色，吸收紅光，眼白彷彿充滿濃煙——但殺手就是在等這一刻。黑曜石刀刃插入她的喉嚨，突然間，閃亮的黑石頭出現一種活過來的感覺。鮮血湧出，我看不出象牙部位上的那層紅色光澤是來自她頸部的鮮血，還是內部自體發光。

我看到馭光法師的雙眼變白，不光只是馭光法師完成汲色後自然褪去法色的現象，而是更深入的發白。彷彿有什麼從她體內吸走生命之血。她的鞏膜變成純白，然後發生一件難以想像的事情。她紅斑滿布——占據斑暈一半——的虹膜變淡後消失。彷彿生命之光在她眼中熄滅，雙眼剩下天然的棕色。

我曾見過死去的馭光法師。就連戰士的傷疤都不會在死亡時消失，所以馭光法師的傷疤也會留在身上——她的眼睛不會變白。

殺手開始移動，小心翼翼地將馭光法師拖入牆上凹陷處，在屍體上覆蓋垃圾，用她的斗篷擦拭雙手和匕首。她收起匕首，我的視線陷入一片黑暗。

我在那片黑暗中待了很久很久，感覺不斷晃動。她在跑步嗎？我搞不清楚時間。我可能會在黑暗中待到永恆。

匕首再度出現在點了燈的房間裡，被交給一個駝背老女人。她在臉盆裡清洗匕首。但鑽石上的血洗不掉。那是一顆鑽石，是吧？

不，紅色洗不掉，那是顆紅寶石。

不，不單是紅寶石。色彩起伏不定，旋轉不休，宛如心臟般鼓動。老女人輕笑，一臉愉快。她把那顆活的寶石拿到放大鏡前，仔細研究。

她走向一張工作桌，把紅寶石用一副精細的老虎鉗鉗住。沒過多久，她就在寶石上挖了一個小淺洞。滿意之後，她開始打理房間其他區塊。她推開工作桌上其他東西，仔仔細細地在桌面上鋪了一襲濁棕色長斗篷。她拉出隱藏在領子內、透過七彩鍊條連在斗篷上的項圈。她熟練地解開項圈，露出鍊條本身。

她把鍊條依照原先的方位擺在工作檯上，拉過一張凳子，戴上乾淨無瑕的放大眼鏡。她再度拿起紅寶石，取下提燈上的燈罩。她在紅寶石中栓入象牙和黑曜石細杆，然後吹熄提燈。

她聽見鍊條和工具的聲音，然後看見一道光線。天花板突然開啓，灑落全光譜的日光，透過鏡子反射，全部集中在老女人的雙手中。她把紅寶石細杆朝下拿在陽光中，看起來就像拿筆一樣。

那根杆子，她的筆尖——變紅，她開始用彷彿活著的紅墨水輕點斗篷領子上露出來的鍊條。盧克辛附著在杆子上滾動，鍊條吸收盧克辛。斗篷本身的色彩改變，隨著她輕點不同鍊環而產生紅棕色的線條。當她她終於點完所有鍊環停手時，我發現那顆紅寶石裡的色彩就和死掉的馭光法師一樣被吸乾了。

老女人嘖了一聲，檢視成果。她放下鑽石，伸手撫摸斗篷，最後把項圈扣回鍊條上。

「我的工作完成了。」她說。「但是要讓這襲斗篷變成微光斗篷，你還得找個願意交出性命和意志的稜鏡法王才行。」她大笑一聲。「除非你手邊還有其他分光者？」

第六十三章

提雅在傍晚人群中漫步，放鬆午後黑衛士訓練過後緊繃的思緒。基普又沒來。這種情況越來越常發生。儘管如此，他的進度並沒有落後。在卡莉絲・蓋爾的私下訓練和震拳親自指導的小隊訓練之下——他們都悉心照顧基普，一有機會就會指導要訣——基普已經趕上了阿列夫小隊的程度。而且不光只是在心智上趕上。

好吧，主要還是在心智方面。

有些人撞到提雅。她沒帶錢袋出門，所以沒有特別小心，但是一直被撞很煩。儘管身材嬌小有其優勢，但是當她在人群中移動時，如果希望速度不像在爬，就得持續移動，用已經成為習慣的本能連閃帶躲，但是那樣做會影響到她此刻靜心思考的心情。不會有人撞上鐵拳指揮官。至少不會不小心撞到。

提雅記得曾有個年輕女子撞上指揮官，結果被撞飛。指揮官反射動作快到一把將那女人從半空中抓了回來。她嬌呼一聲，癱倒在他懷裡。黑衛士哈哈大笑。

指揮官並不覺得好笑。一如往常，他當時正要趕去某個重要的地方。他把女人提在身前——當被男人夾在腋下時，想要展現誘惑魅力並不容易——凶狠地瞪著那個女人，嚇得對方差點尿褲子，然後一言不發地把她放到路旁。

後來那個女人就再也不敢幹這種事了，但在別人看來，此事有引發其他後果。

提雅邊想邊笑，終於走出市集。她甚至不確定自己身在何處。倒不是說在大傑斯伯真的有可能迷路。她把手放在口袋裡，黑衛士的褲子有口袋。她愛這些口袋。

口袋裡有張字條。

她取出字條，覺得肚子不太舒服。上好的閃紙，當然。如果直接打開它——或是有其他人試圖閱讀其中內容——字條就會瞬間燒光。她不曉得卡莉絲有沒有高強到能夠親自放置指令，還是會派其他人做這種事。

她扯開右下角，依照指示往左邊撕，最後打開字條：「基普今天會在一次任務中遭暗殺。動手的很可能是黑衛士。搞不好會有好幾個。他們正午之前會抵達碼頭。救他。」卡莉絲的筆跡。

提雅難以呼吸。碼頭。小隊目前使用的安全屋就在路上。她發足狂奔。

她沒過多久就趕到了安全屋。迅速在木門上敲擊暗號，然後開門。裡面只有關鍵者一個人，正在手槍中安裝新的燧石。他抬頭，一看到她的表情就皺起眉頭。「怎麼了，提雅？」

「基普。是基普。有人要殺他。我們得去幫忙！」提雅說。

「什麼？妳在講什麼？」

「現在，關鍵者！」

第六十四章

敲門聲傳來時，基普正坐在書桌前，埋首書堆。門外的只有可能是提希絲・瑪拉苟斯。打從離開老頭房間後，基普就一直在等這一刻。他還是沒有準備好。

重點是，基普和提希絲不熟。沒錯，她在打穀機測驗時假裝要殺他。沒錯，她在他丟掉鐘繩後又把繩子交還給他，故意讓他測驗失敗，但或許基普不該把那些當作私人恩怨。他已經開始了解到繼承家人的憎恨是什麼感覺。這怎麼會是私人恩怨呢？她在那天之前根本沒見過他。

當然，後來基普又殺了她爸爸。這樣可以算扯平了，是不是？

他起身，做好心理準備，然後開門。

門外的不是提希絲。而是兩名黑衛士，厚底靴和萊托斯，兩人站在一起看來十分滑稽，厚底靴超矮，萊托斯超高。但他們臉上沒有笑容。

「你知道我們在大海上搜索的情況嗎？」厚底靴問。

「找我父親？」基普連忙問道。

「不。」萊托斯在厚底靴說「對」的同時說道。

他們對看一眼。

「他知道剋星的事，沒必要瞞著他，」厚底靴說。「有些人去找剋星，有些人去找稜鏡法王。這應該是祕密。」

「我爺——普羅馬可斯告訴過我。」基普說。「他說我也可以去找。」

「我們不是爲了那個來的。由於太多正規黑衛士被抓去訓練其他人的關係，費斯克守衛隊長要我們找囊克幫忙搜尋剋星。輪到你了。」

「費斯克守衛隊長？」基普問。「你是指費斯克訓練官？」

「如果你多來參加訓練，就會知道他升職的事，還有排班表。」萊托斯以他奇特的閹人語調說。費斯克接替了卡莉絲的守衛隊長職務？那稱得上是一場小災難。費斯克曾與安德洛斯合作，阻止基普加入黑衛士。儘管他一直表現得很友善，但骨子裡卻是個叛徒。

「要出海多久？」基普問。

萊托斯說：「天黑前就回來。他們不希望囊克錯過任何訓練——或許該說是，任何更多的訓練——所以你們都不用在海上過夜。」他環顧基普房間。「房間不錯。你確定你要放棄這裡，搬去營房？」

是呀。因爲我的生活很美好、很輕鬆。基普壓抑反唇相譏的衝動，以幽默的心情應付對方的嘲笑。

「我好日子過太多了。已經準備好要認眞開始工作了。」

「很好。好了，那就出發吧。」厚底靴說。他眞的矮到難以置信。就算穿了那雙看起來很蠢的厚底靴也一樣。

但是突然間，基普很不想跟這兩個人走。情況不太對勁。他們之前未曾對他表現出任何敵意。感覺像是有人刺激他們。他有做什麼事情羞辱他們嗎？或許就像父親警告過的一樣——他們不喜歡他那種唾手可得的美好生活。

不管那種生活得付出什麼代價，至少我沒萊托斯慘，父母爲了增加加入黑衛士的機會而閹了他。

而且這是基普第一次有機會參與搜尋父親的行動，雖然任務目標不是搜索他父親。

他拿起裝備。「走吧。」

第六十五章

提雅和關鍵者在安全屋外一條街內遇上文森。關鍵者遲疑片刻。他們和文森沒有那麼熟，但他是小隊的成員。

「我們需要所有幫手。」提雅說，但她讓關鍵者做決定。

「有人要殺基普。」關鍵者告訴文森。「我們要去碼頭阻止。」

這是關鍵者的優點——不論決定對錯，他都能當機立斷。或許如此輕信於人總有一天會害死他，但那也表示喜歡他、希望得到他認同的人也在持續增加。

文森眨了眨眼。這是提雅在他臉上見過最接近驚訝的表情。「那你們不該去碼頭。我不到兩分鐘前才遇上他。他說要和萊托斯及厚底靴去找剋星，但是他們叫他去小山丘會合，正在往那裡去。」

「貧民窟？為什麼要去哪裡，還有為什麼要分頭——」關鍵者開口問。

「目擊者比較少。」提雅說。「如果一起出海但沒帶他回來，會遭人懷疑。在貧民窟碰面，他們動手殺他，只要沒人目睹他們動手，就不會引人起疑。」

關鍵者遲疑，打量著她片刻。「有時候妳讓我害怕，提雅。」

「我去拿弓。」文森說。

「動作快。」關鍵者說。文森離開後，他低聲咒罵。「黑衛士，提雅。我們怎麼對付黑衛士？」

「出奇不意。」她說。

「我不是那個意思。」

「我知道。」

他看著她，突然間又變成一個小男孩。「他們怎麼能做這種事？」

「晚點再問。隊長。」

痛苦並沒有離開他的雙眼，但那個小男孩又回到他體內了。「對。」他說。「當作特別任務。我們可能會弄錯，所以盡量跟緊，不要暴露行蹤。如果他們有罪，那一定會緊張。提雅，妳的帕來魔法不能距離太遠，所以我要妳緊跟在後。只要妳下達指令，我們就放箭。看到他們拔武器，我們就放箭。」

「收到。」文森說著跑回來。他換上了便服，手裡拿著兩張弓。一張是他的紫杉長弓，比他本人還高出一呎，另一張是反曲弓，他丟給關鍵者。

「如果我們動手，結果弄錯了，」關鍵者說，「就會淪為叛徒。大家都會面臨歐霍蘭注視的懲罰。我們不能肯定粉碎者就是我們認定的那個人。」

「我們認識他，」提雅說。「對我來說，這樣就夠了。」

「我也是。」關鍵者說。「文森？」

文森聳肩。一如往常，他就像是上膛的火槍。不太在乎自己瞄準哪個方向，只要能開槍就好。

「那就出發。」關鍵者說。

他們二話不說發足狂奔，毫不在意旁人眼光。關鍵者身材高大，看起來只像是在大步行走，不過他的步伐大到提雅得全速前進才跟得上。

抵達小山丘時，他們放慢速度。他們快步行走，但是沒有比任何趕著做生意的商人快。關鍵者憑著眨眼和微笑，讓一個老麵包師告訴他們多久之前有黑衛士路過，還有她認為他們要去哪裡。

他們的速度比跟蹤人該要有的速度快。這種移動速度很可能會打草驚蛇。但厚底靴和萊托斯並不曉得有人在追蹤。

小山丘底下是一片提利亞貧民窟。並不算特別危險，至少白天不會，但是這一區隨處可見當地居民家鄉文化的蹤跡。將近半數女人都會穿長衫和褲子，男人則穿綠黑條紋的上衣，手藝不如大傑斯伯上流行的合身上衣。不過最顯眼的在於此區建築的圓屋頂要不就是比較小，不然就是被挖空。提利亞人喜歡把屋頂當作房間——開放式房間。大部分挖空的圓屋頂都空盪盪地裸露出平坦的屋頂框架，至少都曾裝過活動遮板，遮起來後就可以呈現圓頂形狀，不過因爲居民太貧窮，大部分人在這種用處不大的東西壞掉之後就不會再修。

「噓！」關鍵者說。

提雅看見他的手掌指令：兩條街外，右轉。我們會掩護妳。

她沒時間確定對方計畫。提雅跑向那個角落。開始下雨了。她戴上兜帽，盡量在體內凝聚帕來盧克辛。她繞過街角，神色冷漠，以免被對方發現。

空無一人。

她半跑半走地路過狹窄的街道，彷彿急著避雨。路上其他幾十個人的反應也和她差不多。她只希望萊托斯和厚底靴穿黑衛士制服，這樣比較好找。

提雅路過一條一條交岔路口，目光左右飄移，心跳越來越快。在所有人都低頭快跑的情況下，謀殺基普然後全身而退越來越簡單了。

她聽見上方傳來火槍開槍的聲音，嚇得跳了起來。不，不是火槍，有人關上遮棚避雨。碎石和碎骨聲聽起來差不多。

在那裡！她經過一條蜿蜒的巷道，看見黑色的衣角。城內巷道不該是彎的，這樣會造成千星鏡無法照到的死角。但全世界貧民窟都是這樣。

現在她只落後黑衛士三十步左右，巷子裡的人都走光了。只剩下提雅和她的獵物。

趕上他們之後，該怎麼做？萬一萊托斯和厚底靴只是來拿遠行的裝備？這並非不可能，對吧？黑衛士會先用碼頭附近的儲藏室和安全屋裡的補給品和武器，但那些東西遲早會用完，然後他們就得去找其他預先放好裝備的地方，就算是放在貧民窟裡也沒什麼大不了的。正常而言，這種事交給奴隸去做就好了，但安全屋的位置得保密。

或許一切都沒問題。卡莉絲有可能弄錯，對吧？

太陽依然高掛天際，但是烏雲太厚，天色已經變暗。雨下大了，留下提雅在恐懼和淋濕的希望之間賽跑。

她聽見基普的聲音，探出一眼到巷角外看。

太遲了。

萊托斯已經拔出匕首，握在基普看不到的左側，開始往——

他單膝著地，動作流暢，彷彿在表達順從之意，跟著就傳來羽箭消失在他腋窩下時所發出的細不可聞聲響。他低頭，顯然是懷疑究竟出了什麼事，不過看起來像是對基普鞠躬。

「萊托斯？」基普轉身問，完全沒發現剛剛出了什麼事。

萊托斯放開匕首，發出鋼鐵撞擊地面的聲音，讓厚底靴猛然轉頭。他先是看見提雅，接著看到萊托斯腦袋搖晃。他臉上的表情充滿罪惡感，然後是憤怒。

他伸手抓向放置飛刀的腰帶。因爲身材矮小，不夠強壯，厚底靴擅用飛刀，他是提雅認識的人中極少數不是因爲喜歡飛刀而使用飛刀的。

提雅已經揚起手，但穿體而來的並非她所熟悉的帕來盧克辛。一道比她身體還大的波動貫穿她的身體，隨著她的手指宛如皮鞭般竄出。

整個世界陷入火海。她摔倒。基普站立不穩。厚底靴飛刀拋到一半突然一抖，飛刀竄入天空，他向後跳開，揚起雙手遮在臉前。

那道波動過去了。

三人一言不發。他們全都搖搖晃晃地彼此對看。沒有人眞的燒起來。

一支箭掠過厚底靴片刻之前所在的位置，擊中他身後的牆壁。

震驚的時刻過去了；厚底靴宛如離弦之箭般逃離現場。

基普一臉激動，看看提雅，看看自己，顯然不明白自己爲什麼沒有著火。「怎麼——」

「抓住他！」提雅大叫。她衝向厚底靴。基普沒有追上去，至少動作沒有快到幫得上忙。

厚底靴在第一個路口轉彎，領先提雅不過三十步。附近有閃電擊落，好幾道猛烈的電光和震撼大傑斯伯上所有窗戶的雷鳴聲同時出現。閃電在路口照出一條黑影。那一瞬間稍縱即逝，提雅的意識根本來不及弄清楚自己看見了什麼，但是立即反應。

她身形一矮，並不往旁跳開，反而向前滑行。她雙腳在濕滑的石板地上打滑。一腳在前，一腳在後。她邊滑邊劈腿，直接滑過街角。一把明晃晃的劍刃掠過她頭頂。

厚底靴因爲這劍沒有如預期般砍中目標而站立不穩，差點踩在提雅身上。

提雅手腳並用往後退開。她手腕在壓到一顆沒看到的石頭時扭傷，直接躺倒在地。

厚底靴上前，挺劍直刺——黑衛士不搞很費力、很有戲劇效果的大動作砍劈；他會直接用劍尖插入她的心臟，然後迅速扭轉，以免刺偏，然後在一秒內離開。

但是在他上前的同時，一支箭掠過他的臉。他朝巷內看了一眼，肯定是看到文森或關鍵者，或是兩個都看到，然後後躍逃跑。提雅對他發射帕來盧克辛，但他的移動速度快到足以瞬間粉碎帕來。

她掙扎起身，追趕而去。又是閃電，不過這一次距離較遠，擊中克朗梅利亞上的捕雷器，轟隆隆的雷聲在幾下心跳之後傳來。提雅發現自己身處市集。市集中一片騷亂。所有逛街的人都在雨勢變大時就離開了，但商人都被困在市集，收拾商品、努力安撫驚慌的驢子和牛。其他人在店裡東奔西跑，關窗戶，把商品拉回店裡。

在此兵荒馬亂之際，一名孤身跑者幾乎形同隱形。要是其他情況，孤身跑者肯定會非常顯眼，引發騷動。但現在他就像是風暴肆虐海面上的一道白浪。

一輛貨車傾倒，貨桶翻覆，發出巨響。提雅看見厚底靴跑過貨車，桶子就是因爲他打開車子後門才滾下來的。一個大桶子落地時摔爛，灑出內容物——橄欖油——在潮濕的石板地上形成一大片超滑區域。五、六個行色匆匆的路人摔成一團。一匹拉著空車的馬在車夫爲了避免輾過地上人群而拉扯韁繩時驚慌後退。車夫沒有抓好韁繩——幸好他放手了。腦袋脫離束縛的馬低頭看，亂蹄避開所有腳下的人。

可惜牠爲了避免踩到人而轉身，讓馬車車輪駛入濕滑地面，立刻失控，直接撞上橄欖油貨車——完全擋住車道。

提雅閃入另一條穿越市集的路，隨即撞倒一名年輕女子。提雅轉身卸力，跳過一個倒在街上的長袍貨架，然後繼續奔跑。

天空突然變亮，不過不是閃電的關係，而提雅才剛開始搜尋盧克辛來襲的方向，就立刻撞上了另一個身材比她高大很多的人，接著把目光轉回市集和她的目標上。

她抵達了市集邊緣，剛好趕上厚底靴拿起兩盞燃燒的提燈，丟向身後巷子。其中一盞燒了起來，另一盞沒有——至少在他用紅盧克辛噴灑巷子之前沒有。

火勢一發不可收拾，擋住巷口，有一瞬間，提雅考慮跳過火焰，隨即打消這個念頭。她差點來不及停步。紅盧克辛頂多過一分鐘就會燒完，但是一分鐘太久了。她對這附近沒有熟到能肯定繞行哪個街口會再跟上厚底靴——她或許會碰巧和他跑同一個方向，或許不會。

她試圖找尋別條路，藉由攀爬繞過火焰的路，一棲某扇窗戶，任何東西都好，接著朝四面八方濺出液態橘盧克辛，讓厚底靴的火焰彷彿被巨人一腳踩熄。

一條人影從旁掠過。是基普。

他一邊奔跑一邊汲色。除了撲熄火勢的橘盧克辛外，他還丟下踏腳用的綠盧克辛板，直接跑過剛剛燒得厲害的地面。

他衝勢不止，掠過站著不動的提雅。他取下眼鏡，塞回眼鏡袋，然後邊跑邊拿出另一副眼鏡戴上。他一手上舉，朝天噴出黃色標記，標記在上升的同時化爲黃光——讓關鍵者和文森知道厚底靴逃亡的方向。

提雅看到他們跑過屋頂，一人手裡拿著一張弓，逼近一條寬到不可能躍過的巷子。關鍵者加快速度，直接起跳——竟然跳過了。文森跟著他跳，不過有依照練習時的做法，伸手噴出一團散射盧克辛，增加飛躍的浮力。

要不是一手拿著長弓，這一下應該可以成功。結果他的弓干擾了盧克辛的推進力，讓他飛躍時身體失衡。但基普剛好跑過巷子間的縫隙，伸手噴出綠盧克辛，輕輕將文森彈回空中。文森沒有撞上對面屋子的牆壁，而是側身落在屋頂上。他在屋頂上滾動，腦袋撞到圓屋頂，不過沒有受傷。

快要抵達碼頭附近的大漁市時，閃電再度來襲，閃得提雅目不視物。震耳欲聾的雷聲令她失去平衡。她按照訓練時的做法，主動翻倒，一手使勁向下，避免腦袋著地。

她及時釐清方向，看見閃電擊碎了一面千星鏡。千星鏡都裝有銅捕電器，照理說是絕緣的，顯然捕電器不是不見，就是沒有發揮作用。整座高聳的千星鏡開始傾斜、粉碎、滾石散落。接著拱門整個崩塌，在暴雨中灑落大量石塊與塵埃。

拱門坍塌的位置糟到不能更糟了——就在面前，他們和厚底靴中間。彷彿諸神親自出手解救他。另一方面，拱門撞到了關鍵者和文森所在房舍的牆緣。話說回來，如果關鍵者沒有停下來幫文森，此刻已經被落石壓扁。

提雅在落石前停步。她可以爬過去，但是所有落石都還在滾動。這樣會拖太久。喔，見鬼。基普！

提雅四下尋找他。他不在落石堆這一邊的漁市場。

喔，不。不不不。

她心跳凝止。交岔路口灰塵密布，在大雨的沖刷下緩緩消退。有人在尖叫，馬匹發出恐懼的哀鳴，但提雅完全不在乎那些。她汲色製作帕來火炬，帕來光線穿透灰塵。她衝上前去，途中只停下來了一會兒，拉起一塊布蓋在臉上，方便呼吸。地上布滿碎石塊、碎鏡片，還有——親愛的歐霍蘭呀，一具屍體。是不是——

提雅抓住視線所及的那隻手掌，用力一拉。結果拉出半條手臂。她用雙手捧著手臂，恐慌到說不出話來。這條手臂看起來比基普瘦。皮膚上沾滿塵土，在她的帕來視線下毫無色彩。她恢復到可見光譜，但是灰塵太濃了。她什麼都看不見。她把手臂轉到反面，又恢復帕來視線。

手掌和手腕上都沒有汲色的傷痕。

不是基普。是千星鏡塔的奴隸。他們在暴雨中跑到鏡子裡去做什麼？

她拋下手臂。她不在乎不認識的奴隸。

她內心深處暗自把這個想法記下來。日後她會深受這個想法困擾。但此時此刻，她不在乎。基普。親愛的歐霍蘭呀，基普在哪裡？

她開始爬上碎石堆，以帕來視線看穿塵土。

她前方有堆碎石浮動，然後下沉。突然間，她聽見咳嗽聲。她迅速地輕手輕腳爬過石堆。是基普，頭下腳上。他在拱門坍塌時於汲色製作了一個盧克辛蛋包覆自己，但是空氣迅速耗盡，所以蛋塌陷了。提雅抓住他的手，把他拉出來。他渾身泥濘，大雨讓塵土轉眼間覆蓋住他的五官。

有那麼一瞬間，他一副深怕離開那個小空間的模樣，提雅實在很難將他臉上那種小男孩的恐懼神情和剛剛汲取的顏色聯想在一起。他瞪大眼看著她，神色狂亂、害怕，胸口起伏、不停咳嗽。

她想要拿塊布幫助他呼吸，但他突然緊緊擁抱她。

有一瞬間，她震驚到極點。接著，在下一刻，她整顆心都融化了。她已經很久很久沒有這麼感動過了，她甚至不記得上次如此感動是什麼時候。基普這種純粹「很高興見到你、我實在太關心你了」的感動？喔，親愛的諸神呀。這種眞誠情感流露蘊含著某種意義——無法言喻的接納，貨眞價實的喜悅。但她僵住了，僵在基普死而復生所帶來的情緒洪流中。即使當她心裡湧現一股徹頭徹尾想要回應擁抱的衝動，她仍沒有回應他的擁抱。她很想緊握某個人不放——不，不是某個人；這並非想要接觸人群的需求，不過其實也算——她想要接觸基普，她的朋友。

她最好的朋友。把她放在心裡的朋友。

她心裡的情緒浪潮具有沖刷效果，沖走了偏見與歧視的浮渣。

接著基普放開手，突然因爲她沒有回應擁抱而感到尷尬。

不！她的內心呼喊，但她的手臂——那雙叛逆的手臂——沒有伸出去。

「抱歉。謝謝。」基普立刻說，彷彿想要掩飾尷尬，裝作沒事發生，彷彿他沒有遭受拒絕。

不，歐霍蘭不，我不是那個意思。

但提雅沒有說話，沒有動作。

基普轉身。他們站在碎石堆邊緣——他們一起穿越了石堆。但是太遲了。基普戴上藍眼鏡。眼鏡奇蹟般地完好無缺，他立刻再度、好像不費吹灰之力地汲色。沒過多久，他們和關鍵者及文森身處的屋頂之間就多了一道階梯。

他們在屋頂上和兩個年輕人會合。他們還沒放棄追捕行動，像獵犬般蓄勢待發。關鍵者一指。「在那裡！」

厚底靴已經快要穿越人潮正迅速減少的漁市場。四面八方都有人在奔跑，還在整理他們的攤位，依然不想損失一整天收入。文森挺立原地，箭在弦上，但是沒有拉弓——此刻沒有清空的射線，而沒人可以長時間拉緊長弓。

厚底靴抵達市場另一邊。他轉身，手指抵住下巴，向前比了個粗魯敬禮手勢。接著轉身離開。

文森拉開大長弓，利用背上結實的肌肉增加強大的拉力，瞄準隱身在人來人往街道中的厚底靴。目標起碼離他兩百步。有個年輕媽媽試圖把三個小孩脫離街道，結果發現自己手不夠多，一手拿著工具，另一手拖著不想回家的小孩，起碼有一個在哭。

「文森，」關鍵者哀傷地說。「太遠了。你不——」

文森放箭。

提雅伸手摀住嘴巴，滿心以為會看到小孩被箭射死。這一箭速度快到肉眼難以追上。她和基普，還有關鍵者和文森，全部看向厚底靴。他抵達街角，回頭看來——突然胸口中箭，箭就插在他的鎖甲上，朝一側飛身而起，然後落地。

他們花了幾分鐘穿越空盪盪的市集，來到他身旁。他死了。沒人在市集或街上逗留。沒人打算涉入這兩方人馬的恩怨之中。今天不要，在這場有可能害死好人或壞人的狂風暴雨中不要。

看見厚底靴已死後，文森終於放開了大紫杉弓的弓弦。他臉上除了滿意似乎沒有其他表情。關鍵者看著他，一臉難以置信，這可不光只是爲了他神準的箭術。

「搞什麼，文森？」基普問。「有近百個民眾在場。你怎麼能在有這麼多無辜民眾在場時放箭？」

文森看向關鍵者，然後看看提雅，最後看著基普。提雅殺過人，事後她曾發抖哭泣。她一開始很震驚，當然，沒辦法理解或弄清楚到底出了什麼事。跟著，事情無法挽回的感覺緊接而來，讓她沒有馬上去評判殺人時似乎無動於衷的人。不是每個人都會產生同樣反應。但文森的眼神中沒有那種還沒接受自己殺人事實的麻木感，看起來並不震驚。他目光清澈。厚底靴是壞人。他非死不可。文森動手了。還有什麼該說或是值得思考的？

文森聳肩，神色困惑。「我不在乎沒有射中。」

第六十六章

「為什麼要我找妳回報，而不是找鐵拳指揮官？」基普問卡莉絲。他以黑衛士的稍息姿勢站在稜鏡法王住所裡，背部挺直，雙腳與肩同寬，兩手輕輕在背上交疊。他身穿新進學員的灰制服——寬鬆、不合身，配發的標準尺寸，而不是正規黑衛士在最終宣誓後量身訂做、灌注盧克辛的制服——他看起來勇猛善戰。卡莉絲注意到了他的改變。

基普的雙眼不再是天生的亮藍色。兩邊瞳孔外都有綠圈，還有許多小藍斑隱隱襯亮虹膜，紅斑宛如星星或火焰，細看之下還能看出其他所有法色。要不是她自己沒有以身作則的話，一定會斥責他如此濫用魔法、虛耗生命。他還是胖胖的，或許一輩子都是這種身材，但臉上的嬰兒肥幾乎已經看不出來了，而當他為了要做一件毫無道理可言的事而一臉堅定又不滿地站在那裡時，完全會讓人聯想到年輕時的加文．蓋爾。

更重要的是，他問得很有道理，卡莉絲不該用準備好的謊言矇混過去。「鐵拳指揮官最近有點忙。先向我回報，我會再把相關細節告訴指揮官和白法王。儘管我已經沒有正式職位，但現在是戰時，我們全都有必要貢獻一己之力。」

基普一臉受傷。「這件事還沒有重要到可以直接回報？兩個黑衛士叛變，兩個黑衛士死亡？」

「我們在打內戰。叛變很常見。你知道光這個月的掃蕩行動就損失了多少黑衛士？」

「六個。」基普說。

她停了停。「對。」基普有時候似乎搞不清楚狀況，彷彿活在十六歲男孩的世界裡。但或許他比她想像中更清楚狀況。

「從頭到尾說一遍。」她說。

他說了。不像正規黑衛士所做的回報那麼完整，不過對於沒有受過訓練，也不曉得報告該著重在哪些方面的人而言，他表現得很好。

「再說一次。」她說。

他又說了一次，這一次講得比較清楚，比較少「喔，剛剛忘了提」的部分。但接著他停下來，伸手搓揉額頭。「我本來沒打算……說這個對任何人都沒好處，但……」

「我希望你的報告完整詳實，基普。」她說。

「我當時沒懂，然後情況急轉直下，我就把這件事給忘了，但是在第一箭射殺萊托斯前，我聽見他說：『去他的，我辦不到。』」

卡莉絲背上傳來一股涼意。「而你覺得那是什麼意思？」

「我沒想過那是什麼意思。那之後情況就一發不可收拾，事後回想起來，我想他是在最後關頭後悔了。我想他拔刀是要攻擊厚底靴，不是我。」

萊托斯。歐霍蘭慈悲為懷。她一直不讓自己回想那個高壯閹人的為人。他很喜歡惡作劇，笑聲也很有感染力，沒事就會把新宣誓的黑衛士被子弄短、在他們的內衣裡塗火軟膏，在年輕黑衛士的靴子裡丟活蠍子（不過會先用固態盧克辛包護蠍尾刺——他沒有惡意，只是喜歡惡作劇）。

萊托斯可能在最後關頭決定做正確的事情，比起他可能是遭受欺瞞或勒索才背叛他們的想法，更令卡莉絲心碎。

然後在他有機會證明自己的忠誠前被殺。喔，萊托斯。

難怪基普沒告訴他朋友：順便一提，你們殺的兩個人？其中一個是我們的人。

「躺在那裡時，他提到了一個盧克教士。」基普說。「但說得不太清楚。他在告訴我眞相前就死了。」

他說得很平淡，但是語氣卻突然提醒了她，儘管這個男孩看起來像士兵、站姿像士兵、回報的樣子也像士兵，但他依然是個男孩。「我很抱歉，基普。」她說。

「我這樣做對嗎，我是說不告訴他們？」基普突然問。此刻他不需要她的寬容和諒解。「指揮官說我們不怕面對眞相，那就是黑衛士與眾不同之處。我不告訴他們是爲我的隊員好，還是會因爲不相信他們能夠承受眞相而變成背叛他們？」

「殺死萊托斯那箭是誰射的？」她問。這點他剛剛已經回報過了。

「文森。」基普說，有點困惑。

「那你覺得呢？」她問。

他皺起眉頭。「文森……與眾不同。他似乎並不放在心上，我是說殺人的事情。」

「有些人是那樣。」她說。「我想如果告訴文森，他會說萊托斯一開始就不該出現在那裡。萊托斯擋在火線上，他讓你的隊員別無選擇。我想萊托斯也會同意，你說是嗎？」

「對某些人而言，一切就是這麼簡單？」基普問。

「有些人表裡如一。」

「這樣不夠。」他說。他看起來很生氣——對她生氣。是年輕人亂遷怒，還是爲了某件特定的事？

接著基普問：「妳是什麼時候知道妳愛我父親的？」

感覺像是有人撕開傷口上的繃帶。「什麼？」她問。

他沒有重複問題。

「那是非常私人的問題。」她說。

「其實不算。」他說。

她有點想爲了基普這麼沒禮貌反駁她而甩他一巴掌，但她立刻就知道自己其實想給達山一巴掌，因爲他祕密實在太多了。現在爲了幫一個很可能已經死去的人保守祕密，她也必須撒謊。「在一場舞會上。盧克法王的舞會。我和他們兩兄弟跳舞。我想我是在當時就愛上他了。」

「所以妳一直愛的都是加文？」基普問。

她及時發現這個問題的陷阱。「到此爲止，這個話題結束了。」她有點激動地說。

「但妳試圖和達山私奔。如果妳一直愛的都是加文，爲什麼會想和達山私奔？達山是弟弟。和他結婚沒有好處。除非爲了愛，妳沒有理由和他私奔。」

「當時我很年輕！」

「我現在也很年輕。我不會爲了年輕摧毀世界。」

「你不曉得自己在說什麼。」卡莉絲說。

「我每次問起這件事，都只能得到謊言和藉口。」

這話讓她氣餒，但她的心情毫不寧靜。他說得對。他有資格知道眞相。他以爲的父親是他叔叔，而伯父是他父親，他討厭其中之一，深愛另一個，但是他弄錯了。

「基普，」她輕聲說。「你說過多少次在盧城之役時所發生的事情？」

「我不曉得。」

「你知道。」

他一時之間不發一言，然後放棄了。「一次或兩次，和我們小隊在一起的時候。我們喝了酒。即使是我們的隊員，還是有幾個人……聽得很興奮。我覺得有點……厭惡。」

「我當時和你在一起，基普，你什麼都沒做錯。事實上，你是當天的英雄。」

這話像件不合身的衣服般掉在兩人中間。基普沒聽懂。

「我們的表現都很英勇，基普。我們都在做非做不可的事，但你的所作所爲改變了後來的發展。你不願意提起當天的事，因爲不在場的人絕不可能了解那座小島突然活了過來、試圖吞噬我們，男人和女人變成巨人，還有眼看稜鏡法王絕望無助的感覺。我們的稜鏡法王，無所不能的稜鏡法王，能像呼吸一樣輕鬆辦成所有事的人，而他竟然絕望無助。你的表現就和英雄一樣，結果你運氣好，改變了戰果。但你心裡明白，所有戰士都明白，你很可能會運氣不好，也知道有很多人和你一樣勇敢，甚至更勇敢，做過更多比你厲害的事，但因爲他們失敗了，或是沒有人看見，所以永遠不會有人知道他們的事蹟。」

基普吞口口水，沒有說話。「一定是巴亞．尼爾大嘴巴。我聽過一首歌在講那件事。一首歌！他們拿首酒館歌改編歌詞，把我的名字寫進去！我差點吐了。」

「不是巴亞．尼爾說的。」卡莉絲說。

「什麼？」

「是我。我和傑斯伯群島上幾個最受歡迎的吟遊詩人說的。」

基普一臉扭曲，彷彿遭她背叛。「但妳……妳了解。妳怎麼做這種事情？」

「因爲那是眞相，基普。並非全部眞相，而且其中的眞相可能會遭人誤解，但其他人會誤解並不表示我們就要把眞相放在籃子裡。也因爲有朝一日，你或許會需要一個名字。」

「我不想要其他名字。」他說，又變回了陰鬱的青少年。「我已經有太多名字了。」

「不是基普那種名字，而是響亮的名號，像是粉碎者。就是『我已經成就我的名號』的那種名號。」如果他沒聽過吉維森的名言，應該研究一下他的作品。

「我也不想要那個。」他說。

「我還沒說完。沒人要聽所有人都戰功顯赫的戰爭故事。你沒有失敗。你並不是開槍打爆了哪個突然冒出來的友軍腦袋。那天你並不是懦夫。我們獲勝的機會渺茫，就算那不算我們的勝利，至少也不是敵人的勝利。」

她突然覺得口乾舌燥，因爲接下來得在眞相中穿插謊言，而他將爲此永遠不原諒她。「僞稜鏡法王戰爭中沒有一場戰那麼單純。一場都沒有。當你所做的一切似乎都是錯事時，要怎麼講述那些事蹟？當你是懦夫，朋友因爲你的懦弱而死時？還是去講你的親戚棄你於不顧，差點害死你比較不痛苦？今天是英雄，明天也可能變成懦夫，有時候就連講述我們的英勇事蹟，可能都是在提醒我們有多懦弱。」

「我的黑衛士兄弟姊妹與他們見過不下百次的親戚作戰。有曾經和我們一起對老師惡作劇的同學，一起分享初吻的戀人。錦繡曾毫不保留地愛上一個英俊到荒謬的騎士，他的家族選擇了另一個陣營。錦繡參與一項滲透城市的攻擊任務，在城內一間大馬廄裡找到那個騎士及同伴和他們的家人。他們封住門口，放火燒掉馬廄。她聽著他被火燒死，大聲向她討饒，不是爲了他自己，而是爲了一起待在裡面的家人。錦繡熱愛馬匹。騎馬是唯一能夠擺脫煩惱的方法。但現在沒有必要她絕不騎馬。在燒死兩百七十四匹無辜的生命——包括那些人後，她覺得自己不配騎馬。她當年十六歲。」

基普聽呆了。「我不知道。」

「因爲這不是一個戰士見人就說的事情。就算喝醉了也不會亂說。」

「妳和我父親，也曾發生過這種故事？」

她遲疑。她膽敢提起多少眞相？他會接受多少逃避的藉口？

「更糟？」他問。

「心靈創傷沒辦法評斷輕重。」她說。

「有個問題，」基普說。「我非問不可。我母親留下一封遺書，要我找我父親報仇。她是……」他呑口水，但還是鼓起勇氣說下去。「她是毒蟲、是騙子，只有歐霍蘭知道她還幹過什麼壞事。我一直以爲她是營妓，戰後遭遺棄，但她說……臨死前，她說加文強暴她。那不是眞的，對吧？」

強暴她。基於某種理由，卡莉絲並沒有回想起當年那間可怕的臥房，自己安安靜靜躺在床上、故意喝醉，希望能失去意識、希望自己能抵抗。結果她想到的是事後走路回家，因爲釦子被扯掉而沒辦法好好遮掩身體所帶來的屈辱，路過的警衛側眼瞄她的目光。甚至沒人拿外套給她。怎麼會沒人拿件外套給衣不掩體、神色羞恥的少女遮掩身體？

「你父親，」卡莉絲語氣平淡，凝視基普的雙眼。「不是強暴犯。」基普以爲是他父親的那個人，宣稱他是兒子的那個人——達山——不是強暴犯。

「但當時在打仗。妳確定嗎？」基普問。

她遲疑得太久了點。他需要更多解釋。這種問題沒有任何疑慮的空間。卡莉絲說：「有一次，在床上，他誤以爲我的叫聲是出於疼痛。他擔心到立刻軟掉。強暴犯不會有這種反應，你覺得呢？」

有一瞬間，基普似乎聽不懂她在說什麼。接著他面紅耳赤。「我，呃，我覺得並不想知道那麼多細節。」

卡莉絲清清喉嚨，她也不想分享那麼多細節，她覺得自己也有點臉紅了，但這些話非說不可。

「這樣可以了嗎？」

基普偏開目光。「那個話題？親愛的歐霍蘭呀，可以了。拜託，我們永遠別再提那個話題！」

卡莉絲大笑。「喔噢，這下我知道你的弱點在哪裡了。」

「喔，拜託，那不算！」基普抱怨。「沒人會想聽他們父母做——父親，我是說。他們父親……隨便啦。」

父母。好像她和達山是基普的父母一樣。達山——以加文的身分——收養了基普，而他娶了卡莉絲。這樣她也可以算是基普的母親，是吧？

父母。說溜了嘴，加了複數。父母之一。母親。這個想法觸動卡莉絲內心深處一個冷酷透頂的部分，才剛剛浮現就已經凍結。想法落地、粉碎，就像年輕女子在寒冷夜晚獨自走路回家，眼眶濕潤、大腿潮濕時的公主夢一樣粉碎。

基普怎麼會有如此荒謬的想法？或許是因爲卡莉絲幾個月來每天都和他碰面，訓練他、指導他、負責他的教育。有人故意讓她做這些母親會做的事。讓她展現會令基普誤認爲愛的關懷。

那個婊子。

白法王是故意的。

爲了什麼？她的間諜必定回報過卡莉絲在加文失蹤後曾於月經來潮時哭泣，她肯定希望兩人同睡一晚就能讓她懷孕，就和故事裡一樣。

但是話說回來，對從前的卡莉絲而言，一個晚上就夠了，不是嗎？她還是個小女孩的時候，還沒準備好當媽媽的時候。光是這個想法就上她內心蒙上一層陰霾。不，別想那個。當然，白法王以爲卡莉絲想要小孩。卡莉絲已經快要過了適合生育的年齡，而且失去黑衛士的職責，也失去加文。卡莉絲當然會想要某樣屬於他的——他們的——東西，某樣能證明她犧牲一切不是毫無意義的東西。

白法王想讓基普變成卡莉絲的兒子，完全是因爲她以爲卡莉絲沒有過自己的兒子。她不曉得。卡莉絲的祕密沒有洩露。

卡莉絲怎麼能爲了白法王企圖掌握卡莉絲的情緒而責怪她？卡莉絲也對基普做同樣的事情——欺騙他，以免他做出不好的事，若他知道太多眞相，他就會在自以爲知道更多眞相的情況下採取行動。

她舔濕嘴唇。基普已經在用一種打量大狗的眼光打量她——不曉得牠是會撲向你的喉嚨，還是只想抱抱。

但接著陳年恐懼再度探出卡莉絲心裡的陰暗牢房。面面具到的白法王當然會在把間諜交給卡莉絲管理前徹底調查過她。卡莉絲把過去隱藏得多好？當年她才十六、七歲而已。

冰冷的感覺轉爲火熱。所有掩飾失敗的恥辱同時點燃。是誰拋棄了兒子？誰把無助的嬰兒留在遙遠國度一群她根本不認識的人手裡？他們對他好嗎？他過得好嗎？

婚後，她躺在床上抱著達山，要求他做個好父親。她表現得很冷靜，義正嚴詞。但她自己卻也有自己的祕密，彷彿那不是塊滾燙的煤炭。虛僞。

白法王知道她的恥辱。一直握在手中，或許直到必要時才會拿出來用。卡莉絲永遠不會自由。她感到火熱又冰冷，異常噁心。

「抱歉，『媽』。」基普說。他是在說笑，但是那個字實在太刺耳，卡莉絲聽不出幽默處。基普的語調沒辦法穿透她耳中的轟隆血流聲。那個字如同尖刺般刺破水泡。

「你不是我兒子！」卡莉絲怒道。她心情惡劣，遷怒在他身上，尖酸惡毒，蝕傷她的喉嚨，吞噬接觸到的一切。

基普臉上出現身受致命傷的人臉上會有的表情，彷彿盯著手裡那些自己體內露出來的腸子，不敢相信自己還沒死，但又清楚遲早會死。

他踉蹌轉身，走出房間，輕輕帶上房門。

第六十七章

「這是我們最後一次見面。」瑪莉希雅說。他們並肩坐在卡莉絲・影盲者大噴泉四周的長凳上。瑪莉希雅身穿低賤奴隸的灰衣，吃著午餐。提雅身穿囊克的灰衣，假裝剛剛做完柔軟體操，按摩在抽筋的小腿肌肉。「我聽說妳對妳的新負責人態度不好。」

提雅很難維持間諜應有的紀律，不回頭去看她的表情是不是在挖苦。瑪莉希雅的語氣是不是有點高興？

「可以那麼說。」提雅說，彎下腰去按摩小腿，避免別人看見她在說話。在公共場合碰面不是為了掩飾妳在和負責人交談，而是為了不讓別人偷聽，讓會讀唇語的人難以完成任務。畢竟，陌生人也會閒聊兩句。「我想把一切都告訴基普。我沒有其他可以相信的人。我很難受。」

瑪莉希雅拿起酒袋喝酒，好一會兒沒說話。「妳想把一切告訴都告訴賤嘴基普？」她停了一停，然後優雅地咬了一口小肉餅。

提雅皺眉。這樣講不公平。基普生氣時或許會口不擇言，但不會透露其他人的祕密。他是好男人。好男人？基普？她是什麼時候開始把基普當成男人的？有時候看著他，畫面似乎會像分光一樣從他身上脫落——不同的面向，不同的基普。或許這是分光，或施展太多帕來魔法的副作用。如果施展紅魔法會讓人越來越衝動，施展綠魔法讓人越來越狂野，那施展帕來魔法會造成什麼影響呢？她看見好幾個基普凝止成一排——

胖基普，首度來到克朗梅利亞的模樣。淹沒在自己的肥油裡，利用肥胖去對抗恐懼和孤立，收起下巴，害羞，在自覺和自憐中矛盾，但是會思考。

消沉的基普，心思經常會回到加利斯頓和在那裡發生的事。傳說他殺了加拉杜王。有人說他這麼做違抗軍令，讓法色之王掌權。不管他還做了什麼事，似乎都殺了很多人。相信這點的人不多。當時沒有新進學員在場，而黑衛士也不和新進學員談論這種事情。黑衛士大多只丟下一句「他是蓋爾家的人」，好像這就足以解釋一切，能解釋所有事。消沉的基普會在打倒惡霸後到練習場練習，不過一副被打敗而不是贏了的模樣，彷彿他難以相信自己辦得到那種事。

哭泣的戰士。提雅只有匆匆見過這個基普一眼，不過曾聽人提起。提雅聽過基普貶低自己，說些像是「我是龜熊」之類的話。其他人說他是狂戰士。基普在阿朗的最後一戰中和他對打，差點失去最後一絲加入黑衛士的機會。基普在被阿朗壓制、毆打臉部，避免裁判吹哨所以故意讓他掙脫一點時發狂。

在格鬥中發狂的年輕人大多會做出愚蠢的舉動。但基普弄熄了光源。本來這一招就足以擊敗阿朗，如果不是有人幾乎立刻就修好光鏡的話——還是說有針對這種戰法的規則？當時阿朗把基普整個舉起來，準備施展碎頸摔——阿朗本人都被對手可怕的意志嚇慌了。

提雅聽到附近兩名黑衛士交談。「幸好裁判阻止他們繼續打下去。」哈席克說。「那個基普差點死了。」

「要是他沒死，」樹墩說。「可能就會死一堆觀眾。」

「呃？」

樹墩看著哈席克。「我在加利斯頓親眼看到那男孩變成綠魔像。你記得裂石山南陣線的事嗎？我們本來以為他們防線就要潰散了，結果達山．蓋爾突然出現，獨自站上戰場。隊長以為我們走運了。」

「你知道那場戰役我什麼都不記得。結束之後才醒來，整整一週看不見也聽不見。」

「你還是會算數。想想開戰前我們有多少人，再想想之後剩多少人。一點都不難算。你爲什麼要打斷我講故事的興致？就算你不記得當時情況，還是很清楚當時發生了什麼事。總之，加利斯頓就是那種情況。我告訴你。一模一樣。他媽的那孩子才十五歲。」

這時他們注意到提雅，用能瞪枯花朵的目光瞪向她。

接著她看見下一個基普，就在哭泣的戰士後面。他看見基普在關鍵者像個公正嚴明的神一樣出手打殘阿朗後，入列加入隊伍。基普突然間被接納了，他被毆打、渾身是傷、站立不穩、面露微笑、微微啜泣、完整無缺。那是不再孤獨的基普——和矮樹在一起的基普，和隊員在一起的基普。在靜止的一刻裡大笑，心中浮現歸屬感。不過即使在他大笑時，笑容下都隱藏著悲慘的暗潮，彷彿他知道那一瞬間稍縱即逝。

然後是有自信的基普。她只有見過這個基普一面，就一面，但內心深處，她很肯定那就是基普本人。基普證明了儘管這場戰爭不是世界上最好的事情，卻是可能發生的情況中最好的。基普不再扭扭捏捏，很清楚自己在說什麼。基普，不常睡覺的人。基普，知道自己所言會造成什麼後果的人。那一刻裡，基普完全不打算取悅任何人——而那讓他變得更加令人敬佩。他突然變得可靠了。變成大人了。變得有魅力了。

她想起沒有回抱基普的事情。爲什麼不抱他？她應該抱的。歐霍蘭呀，她應該要抱他的。

「我在想如果我告訴妳一件妳已經知道的事情，妳會不會聽進去？」瑪莉希雅說。

提雅眨眼。

「比方說，告訴妳爲蓋爾家的人傾心很蠢？」

「我不會有那種問題。」提雅立刻說。瑪莉希雅是臥房奴隸，不能拒絕加文上她的床。她很早就自願取悅他，而不是透過抗拒他來讓自己的日子難過，這說明了她是聰明人，所做的一切都是爲了生存。

瑪莉希雅說：「告訴對方不該做某件事，但自己卻這麼做，通常會被當成僞君子，或行家。不管是僞君子或行家，是我，而不是別人向妳提出建議，並不構成妳不聽我建議的理由，事實上正好相反。」

「我不是說妳是——」提雅感到困惑。瑪莉希雅究竟在說什麼？

「妳十六歲。妳有這樣想。我年輕時也會用很嚴苛的標準批評比我大的人。」

所以瑪莉希雅深愛加文。實在太諷刺了，提雅這個當過奴隸的人，竟然會假設瑪莉希雅不可能愛上加文——因爲她是奴隸？

那並非……什麼？正常的愛情？因爲加文是稜鏡法王，而瑪莉希雅是奴隸？提雅可以告訴瑪莉希雅，她的感覺並不是愛嗎？瑪莉希雅是在欺騙自己，只是讓難以忍受的環境變得比較能接受？如果權力差距讓愛變得不可能存在，那誰有資格愛稜鏡法王？又有誰會去愛奴隸？

那或許是愛。但不是好的愛情。或至少，不是公平的愛情。愛得絕不輕鬆。

而這就是瑪莉希雅實際上的重點。重獲自由的奴隸和稜鏡法王之子間的鴻溝，小於奴隸和稜鏡法王，但是相差無幾。

瑪莉希雅又吃了些肉餅，喝了些酒。不疾不徐，似乎對提雅完全不感興趣。她漫不經心地打量人群，不過是以正在吃午飯的無聊之人打量人群的方式。「妳知道嗎，我是在妳這個年紀淪爲奴隸的。」

提雅站起，轉身，一腳蹺在長凳上，開始用隱約可以看見瑪莉希雅表情的動作按摩小腿。

「我發現突然降臨在我身上的要求非常、非常難。許多夜晚我都在哭泣中入眠。有時候，我依然覺得感覺像是那個脆弱的小女孩。我大概知道妳接下來這一年會面對什麼處境。我要妳知道我以妳爲榮。破碎眼殺手會將進一步測試妳。他們會要求妳去做令人髮指的事情。妳會去做。這是命令。在歐霍蘭的目光下，讓妳所做的一切壞事，都算在我和白法王頭上。妳的對手是沙漠老人，懂嗎？」

「不懂，」提雅小聲說。「不懂。」

「妳會懂的。」瑪莉希雅說。她抬頭看向卡莉絲・影盲者——與卡莉絲同名的雕像。「不要繼續爲難她。」她拿手帕擦嘴，起身，離開。

提雅還記得要繼續自己的僞裝，按摩腳。其實她和瑪莉希雅並沒有多熟，但這個女人是她唯一可以無話不談的人。心中那股突如其來的空虛感覺就像死亡。

死亡。她在這場陰影中的戰爭裡殺了一個男人。或許基普說得對。或許情有可原。但她還會繼續殺人，爲敵方殺人。如果不幫碎眼殺手會殺人，他們怎麼可能信任她？

問題不在於他們「會不會」命令她去殺人，問題在於「什麼時候」。而她現在就要去和謀殺夏普碰面。

第六十八章

阿麗維安娜・達納維斯隨法羅斯走入貧民窟酒吧。基於很好的理由，一年前她會害怕這種場合。過去幾個月來，她心中浮現全新的勇氣，或至少是種無畏無懼的感覺。但即使在這種情況下，她還是不會身穿骨螺紫華服獨自跑來。她把頭髮綁成一條辮子，戴著一頂三角帽，鹿皮褲上依然沾著可能是血跡的污漬。在她手下的藍法師和綠法師死掉之前，她要求他們合作，在手槍上加裝與加文・蓋爾一樣的夾子，讓她可以把四把手槍都夾在腰帶上，不必擔心弄丟。她還佩了一把短軍刀，儘管法羅斯費心指導，她還是不太會用。一件突顯身材的白上衣，不過符合提利亞傳統，長長地垂在褲子上，還搭配了上蠟的綠色防雨外套。

她在威爾這個地方還是非常搶眼。此地就位於永恆黑暗之門的入口外，與提利亞隔著珊瑚海峽遙遙相望，城內居民大多是提利亞人、伊利塔人和帕里亞人。黑皮膚的居民揭開了麗芙心裡的一個結。不管再努力都找不到離傑斯伯群島更遠的地方了。在這裡，她覺得自己很漂亮。男人會吹口哨表達愛慕之情，不像北方和西方海岸的男人那種冷血目光。這裡的男人會讓妳知道他有意思，但如果不搭理，他就會很識趣地離開，或是多看一眼，沒有進一步舉動。

麗芙花了一段時間才重新熟悉這種情況，而她痛恨在克朗梅莉亞的時光對自己造成的改變。

當然，有個像法羅斯這種上身赤膊的野蠻人當保鑣，對於打消對方念頭很有幫助。

但是在水手酒館裡就不同了。這裡也有女人，而且她們比男人更凶猛。在海岸城市的貧民窟中，每個水手和海盜都得與朋友同行。所有人都可能面臨在巷子裡被人打昏、醒來耳朵就被人剪掉的危險。

但是對女人而言更危險，走遍大江南北都一樣。就像俗話說的：「男奴隸的工作是照顧一根船槳，女奴隸的工作是照料港口裡所有船槳。」

阿麗維安娜步入屋頂很矮的酒館，以傲慢無禮的表情環顧四周。接著她在看見坐在角落凝視自己的男人時驚呼一聲。是她父親。

科凡・達納維斯慢慢站起身，就和她看到他一樣目瞪口呆。她父親？這種地方？不可能。

他不是獨自前來。有十幾個身穿軍隊制服的馭光法師和他在一起，淡藍色上衣，胸口繡著一顆黃金眼。她父親也穿著一樣的制服，不過更華麗，腰間圍了塊錦緞，佩了劍。他是這群人的領袖。

情緒宛如捲起海中泳者的巨浪般捲過麗芙。震驚過後，她感到一陣小女孩的喜悅之情，然後在以為最糟糕的情況已過去時，如同第二波海浪般尾隨而來的是純粹的憤怒，儘管已經過了好幾個月，依然沒有消退跡象。

她父親揮手招呼她過去，她去了，但在走過去的途中，她覺得眼前的景象越來越不對勁。她突然察覺這個畫面代表的涵義——父親指示她走過去；他沒有親自走過來。他站在那裡，要求她離開朋友，前往他幫她安排好的桌子。

他在這裡做什麼？難道是在跟蹤她？不可能！但是這裡？在世界另一端幾百間酒館其中一間？這實在巧到不可能是巧合。

別傻了，麗芙。他是妳爸。

他迅速走過兩人間最後幾步距離，彷彿再也忍耐不住，臉上浮現真誠的喜悅之情。兩人擁抱。

在十幾下心跳的時間內，整個世界都十分美好。

最後，他們放開彼此。

要來了。她挺直背脊。她壓抑著一股想要拉緊上衣胸口繫繩的衝動。

「阿麗維安娜，」她父親說。「妳看起來很堅強。」

她完全沒想到傳奇人物科凡·達納維斯將軍會說這種話。這話直接繞過她的盔甲擊中她。「你也是，爹地。」

他大笑，她忍不住也揚起笑容。

「妳要來一起坐嗎？」科凡說。「我幫我們留了張桌子。」

留了張桌子？他在等我嗎？他怎麼知道她會來這裡？

「當然。」她說。

「我會遣走我的手下，如果妳遣走妳的。」他目光閃爍。

麗芙根本沒發現法羅斯有走過來站在自己身後。但她遲疑。她不用讓父親決定她要做什麼或不做什麼。

「沒有不敬之意，」科凡對法羅斯說。「我聽說過你保護我女兒的豐功偉業，法羅斯·希伯恩大人。我欠你太多了。」

法羅斯皺眉，麗芙這才發現自己從沒聽說他姓什麼，也不曉得他是貴族後裔。想到他對她隱瞞此事，而父親知道，就讓麗芙覺得火大。「他可以和你手下坐一桌。」在如此擁擠的場合，坐在隔壁桌就已經聽不到他們說話了。

麗芙入坐時，一個獨眼吧台奴隸走了過來，她父親說：「給這三桌倒酒。酒錢都算我的。你們有蜜酒嗎？上來吧。」奴隸離開後，科凡說：「妳喝過蜜酒嗎？威爾之前有很多安加人，所以現在還能買到他們的食物和酒。不過他們沒有留下多少血脈。」

「這裡以前有安加人？」麗芙問。她沒看到任何金髮之人。

「永恆黑暗之門封閉後，這裡的安加人變得孤立無援。一場瘟疫來襲，害死的安加人遠遠少於帕里亞人。所以帕里亞人把瘟疫怪到他們頭上。把他們外加所有混血，通通殺光。就算只有四分之一安加血統，或是幾代之後出生、膚色稍淺的小孩都沒辦法在這裡安身立命。他們搬到其他總督轄地，或是根本沒辦法結婚。消失了。徹底消失。」

這是屬於阿麗維安娜一直很難想像父親怎麼會知道的那種瑣事。幾乎對所有話題他都知道一些有趣的小事實。

「是超紫。」麗芙說。

「呃？」

「安加祭司都是超紫法師。」

「眞的？喔，我或許聽說過，」他說。他雙眼上翻，在記憶中搜索。「但是……」

她覺得有點爽快。「費利盧克的祭司會祝福信徒的食物和飲水。由於已經經歷好幾世代的貧窮生活，安加人必定注意到這種祝福有效。所以如果瘟疫的起因是不好的肉或水，就不會死太多安加人。」

「宗教拯救人命？」

「顯然效果持續的時間不長。」阿麗維安娜說。「終究還是害死了所有人。」

「我還是不懂。」科凡說。「妳的意思是他們的神加持了他們的食物？」

「是超紫盧克辛。疾病喜歡黑暗。我們在所有繃帶上灌注超紫盧克辛。本來會化膿生壞疽的傷口都能痊癒。醫生說我們輕傷患者的生存率比沒有接受治療的人高出五到十倍。」

「阿麗維安娜，這種做法太了不起了。」科凡說。

「不是我發現的，」她說。「我聽說現在就連克朗梅利亞也有醫生用這種方法。他們不了解原因，但見識過成效。」

「不，我不是指那項發現——當然那也很了不起。我是指妳，這樣反向思考，用妳的知識去解析歷史。歐霍蘭的鬍子呀，想想那件事情有多悲劇。帕里亞人——」他轉頭看看這間帕里亞酒館，「古帕里亞人屠殺了本來可以拯救他們的人。更別提之後幾個世紀裡所有可能因爲這種做法而獲救的人。」

「也能讓超紫法師的工作不僅侷限在用別人看不見的書信往來上。」

「沒錯。所以妳們一定有一大群超紫治療師。」他漫不經心地在蜜酒杯外的潮濕桌面上塗抹。阿麗維安娜心煩意亂，差點自願吐露更多情報，不過及時阻止了自己。她不打算告訴他法色之王的兵力部署細節。

「不好意思，」他說。「我把心裡的想法說出來了。這是很了不起的發現。妳當然已經開始善用它了。我很抱歉。我沒想到提起過去的一段歷史會勾起我們當前……立場上的不同。妳過得好嗎？妳有收到我的信……不，別管那個，那不重要。」

吧台奴隸終於把他們的蜜酒送上來了，他先送往法羅斯和科凡手下的桌子。是他太蠢，還是故意安排的？麗芙心下盤算。喝著又甜又烈的蜜酒讓她有機會釐清思緒。看不出分享情報有什麼壞處，如果她分享了，他當然也會分享。於是她開口。

大海沿途都在和他們作對。麗芙和她的船員穿越了可怕的風暴。經常需要停下來維修。然後孤立無援地受困在一座漁村裡一整個月，困住他們的是一場被稱爲水晶風暴的風暴。拇指大小的尖銳藍盧克辛碎片日以繼夜從天而降，每次會降約莫二十七下的時間，然後停下來近乎兩倍時間，接著再度開始。任何待在室外的人都會被割碎。水晶本身會在曬到太陽時立刻融化，四處留下砂礫般的藍盧克辛塵。

當時他們以為世界末日到了，但終於逃出生天後，卻發現水晶風暴是區域性現象。二十里格外的人根本連烏雲都沒看到。

他們都知道是什麼引發風暴的，不過麗芙沒有告訴父親。藍剋星又在某個地方開始成長了，而這一次沒人在控制。也可能是有個瘋子在控制它。

他們的槳帆船毀於水晶雨，於是在加利斯頓外徵召了一艘新船——好啦，偷的。當阿麗維安娜發現有條小河流著綠色的河水，想要開過去調查時，船員害怕到差點叛變。

之後他們失去兩個馭光法師，因為那兩個白痴在酒館裡羞辱了幾個海盜。海盜在暗巷裡偷襲，造成功殺了他們。

阿麗維安娜的手下在該次事件中得到的教訓，是與海盜起衝突時一定要殺光他們和所有朋友。他們不顧她的命令，出海報復，在所有海盜都在船上的時候，擊沉了海盜船。

她得因為鼓動船員復仇、公然違抗她，而處死另一名馭光法師。她對這個做法有所疑慮。死於偷襲的馭光法師中有一個是這名馭光法師的愛人。他們都是綠法師。綠法師本來就很難遵守規則。

但是在那之後，就再也沒人質疑她的權威。

這也表示當他們終於抵達威爾時，她手下就只剩下兩名馭光法師和法羅斯。船長和他的船員都消失了，連酬勞都沒有收——不過他們把船偷走了。

這就是她帶著一大筆錢跑來這裡的原因，雇用一艘船和一群瘋狂到願意在永恆黑暗之門口搜尋超紫種子水晶，或是剋星的船員。不過當然麗芙沒有告訴父親說他們在找東西。「就這樣，」她說。她在說話時發現能和愛著她的人講話感覺很好。能與人接觸的感覺真好。

離開辛穆後，她就減少了汲取超紫的次數，並且發現自己有多仰賴魔法。並非評斷那些開開心心損耗斑暈的人——很多血袍軍都很樂於接受，不過法色之王接受的方法和其他人不太一樣。但是對她而言，那樣汲色太多也太快了。整天汲色會讓她覺得不像自己。或許她那段時間裡做得有點過火。

再度與父親交談，她在他眼中看見一股全新的敬意。他很擔心她。當然擔心。這是個充滿危險的年代。但她看得出來他很努力不要一直提供建議。再度體會這種無關權力的人際關係感覺很好。但可惜的是，權力連這種關係也不肯放過。

「好了……」她說。「你過得如何？」她問得好像兩個好朋友互述別來之情，而不是父女。她現在是成年人了，地位不再矮他一截。她曾憑藉自己的力量做過了不起的事，而就算他沒有引誘她，她也覺得自己很想回到從前那個老角色。她崇拜父親，他是個偉人。但不表示他不會犯錯。也不表示他對克朗梅利亞、加文·蓋爾和任何事的看法都是對的。

「我……好吧，反正妳遲早也會聽說。我率領加利斯頓的人民和一些提利亞難民前往先知島。我們在那裡建立了一座城市。人稱黃金城。加文·蓋爾幫助了我們。他製作了數萬塊固態黃盧克辛磚，讓我們拿去建造任何東西。他甚至幫我們贏回了提利亞從前在光譜議會上的席次。」

「那眞——那眞是好消息。誰想得到？他們會開始叫他建造者加文，一開始是明水牆，現在又有這個。」

「他失蹤了。此刻還是船槳奴隸。之後還會面臨更糟糕的處境。」

「什麼？」

「一點情報，當作我對妳示好。」

你眞好心，但是……「爸，你是怎麼找到我的？」

「妳喜歡直截了當的眞相，是不是？」

「是。」

「我陷入愛河了。我在先知島上和一個女人結婚了。」

「喔。呃……恭喜。我很爲你高興。」結婚了？麗芙覺得腸子都打結了。這麼快？超紫魔法的超然立場幫助她以穩健的語調說話，彷彿這只是件有點引起她興趣的事情。

「她告訴我可以在這裡找到妳。妳知道這地方連地名都沒有嗎？光靠描述很難找到，我敢保證。」

「你什麼？結婚了？」不要激動，麗芙。又不是妳自己的感情生活有什麼好說嘴的。妳沒有資格覺得受到背叛。

「還有，我現在是總督了。」

「什麼？」

「妳喜歡直截了當。這就是直截了當。」

「這就是你改變陣營獲得的好處？」她問。

「那妳改變陣營得到的好處是成爲女神嗎？」他一根手指重重敲在桌面上。

她想吐他口水。「我改變陣營是因爲我發現之前相信的信念是錯的。」

「我也一樣。」他很平靜、冷酷，也很堅決。理性得令她的超紫個性不得不佩服。

「加文・蓋爾是個怪物。這是你親口告訴我的。」

「加文・蓋爾曾是怪物。人是會變的。」科凡說。

「沒人會變那麼多！」

「妳就變了。我也變了。」

「他殺人。成千上萬——」她說。「無辜之人。他殺光了加利斯頓全城的人。」

「妳是指稜鏡法王戰爭的時候？他人根本不在加利斯頓。但沒錯，他命令將領奪下該城。但現在妳見過戰爭，知道是怎麼回事。戰爭是場火，會讓最周詳的計畫失控。妳在征服盧城的戰役中扮演舉足輕重的角色。而現在妳知道遭受占領的城市裡會發生多少可怕的事。」

她突然難以呼吸。她在盧城之役中具有決定性作用。她幫助一名神祉誕生。所有死去的水手、淪爲奴隸的人，所有發生在城牆內的屠殺、強暴、恐怖事件全都與她脫不了關係。那些不是她的錯，嚴格來說不算，但要不是她，那一切都不會發生。

難道發生在整座城市裡的事情都在譴責她的良知？這就是她急著想要逃離那裡的原因嗎？說到底，她和加文・蓋爾之間是否只是程度上的差異，但根本就是同一種人？

「法色之王對盧城的暴行有什麼合理說詞？」科凡神色不善地問。

「爲了阻止未來抵抗的懲罰性行動。」她說，但覺得這些話彷彿發自很遠的地方。

「還是激發更多抵抗？」科凡問。

「也有可能出現那種效果。」她承認。如此推測符合邏輯。

「這表示本來可能會抵抗的弱者將會更快投降，但是強者則會戰到最後一兵一卒，因爲他們很清楚戰敗的下場。」科凡說。「妳離開後，他又奪下了渡鴉岩。小城市，或許有兩萬個居民，依附懸崖而居。他們拒絕投降，於是他展開圍城，他們在他的狂法師手中沒撐多久。攻破城門時，兩百個聽說過他在盧城暴行的年輕女子跳崖自殺。有些年輕媽媽帶著小孩一起跳。」

麗芙感到一陣噁心。「不可能是眞的。」

「我不會騙妳。話說回來，如果我騙了妳的話，或許我們都不會在這裡。」

「他不會傷害他們。盧城的事只會發生一次。他又不是嗜血怪物。」

父親不發一言，她聽出自己的話有多荒謬。

「兩百個？當然是誇飾。或許有一、兩個。我知道這些故事會怎麼誇大。」

「有人說有一千人。有人說是城裡所有女人。眞相是兩百人。第三眼親自看到的。她數了。不過那個景象沒有持續多久，誤差可能有十到十五人。」

「你肯定她說的是實話？」麗芙問。

「她告訴過我很多殘酷的事實。我毫無保留相信她。」

「效忠一方，呃？」麗芙語氣苦澀。

「沒錯。但我眞正效忠的並不是她。」

「也不是我！」麗芙必須盡力壓低音量。現在的音量已經開始引人側目。

「不，不是妳。對自己家族效忠和對自己效忠差不了多少。把對自己效忠當作高貴的節操很蠢。就連動物都會保護自己人。那是好事，但卻很常見，很容易做到的好事。就像是自稱累積財富是爲了子孫，而不是爲了自己的守財奴。他的惡行不會因此而神奇地變成美德。效忠一方是種高貴的節操。達納維斯家族就是因爲這句座右銘而和其他踏上輕鬆之道的人不同。」

「但當你把效忠的對象從一個人轉移到他的死敵身上時，就沒什麼不同了。」這樣說並不公平，但麗芙並不在乎公不公平。他父親宣稱她在支持一頭怪物。她所做的一切，她的所有努力，通通比不努力還糟。

她手指緊握蜜酒杯。他沉默了很長一段時間，但是當他再度開口時，聲音很輕。「就算妳父親是最低賤的僞君子，阿麗維安娜，妳的問題也不在於他的選擇，而是妳自己的選擇。」他用手指在桌面上敲打幾下，然後起身。「我要走了。我妻子說如果不逗留太久，我可能還來得及去救她一命。」

「等等。什麼？」

「她是個先知。她可以預知一切。但是世界上有個會穿特殊斗篷的暗殺組織。那種斗篷能避過她的預知能力。她在很多未來中都預見了自己的死亡，但看不出是怎麼死的，這種情況從來沒有發生過。所以我們相信一定是有這種殺手要暗殺她。我跑來這裡表示我所愛的女人很可能將會死去。我對妳的關愛就是這麼深。我在心知可能會失去她的情況下來找妳。好了，女兒。願歐霍蘭之光照耀妳。」

「對不起，爸，我——我甚至沒有恭喜你。成爲總督，那眞是——」

「沒時間了。」他說著垂下目光。

他離開了。他的手下跟在他身邊一起離開。就連臨別擁抱都沒有。麗芙震驚無比。她覺得內心空了，彷彿一輩子都不曾如此孤獨過。萬一她做錯了呢？她決定得很草率。她很年輕。她不曉得——她什麼都懂得不多。

她盡力而爲。超越所有人對她的期待。在孤立和恐懼下，她從所有糟糕的選項中挑選出最好的。是吧？

還有她父親今天晚上是怎麼回事，坐立難安，一副——

她在法羅斯走過來坐在她旁邊時看向桌面。她瞇起眼睛一下子。桌面上用除了她之外，沒人看得見的細長超紫盧克辛寫下一條訊息：「桌子底下。藏在妳的左靴裡。不要告訴任何人。」

法羅斯坐下，雙手放上桌面，放下他的酒杯。這個動作弄斷了脆弱的超紫盧克辛，訊息消失了。

「妳還好嗎？」

「有點激動。但我沒事。」

「我找了一批船員。」他說。「準備好要走了嗎？」

「早就準備好了。」

法羅斯站起，趁他轉身時，她一手伸到桌面下方，摸到了一樣東西。一支匕首。一支匕首？當她身懷四把手槍、一支劍，還有一支匕首的情況下？她父親竟然給她一支匕首？無論如何，她把匕首抓在手裡，以手掌掩飾，跟上法羅斯。

第六十九章

「他們說妳很厲害。」謀殺夏普說。他在市中心一間瓷器店樓上暫住。這間圓形的大房間有很多窗戶，而夏普大師種了很多玫瑰。這個季節還有玫瑰盛開？這表示他要不就是能汲取綠魔法，不然就是有綠法師在幫他。提雅進屋時，他正在澆花。

提雅喃喃說了一句話。

「我撒謊。」夏普說。「沒人說妳很厲害。」

她看著他，短暫接觸那道令人不安的強烈目光，然後移開雙眼。他究竟有什麼問題？他繼續回去澆花。他並不是禿頭。只是把蘿蔔色頭髮剃得像禿頭。然後他又把頭髮全剃光，好讓它們平均生長，以免讓別人聯想到他之前的偽裝。現在他的短髮看起來有點稚氣。這讓他顯得比較年輕。

「事實上，」他說著放下澆花筒，轉身打量她。「他們說妳比我還強。」

這一回當她瞄向他時，那雙琥珀色的眼珠已經等在那裡，如同釣線般勾住她的目光。

「妳知道他們為什麼這樣和我說嗎？」他問。

她搖頭。他現在說的是實話嗎？

「他們希望我殺了妳。他們希望我那麼虛榮善妒。」他把匕首插入自己的腰帶。「妳知道嗎？我確實那麼虛榮善妒。」

她的呼吸突然開始急促。瞄向門口一眼。不。如果他要殺她，門距離太遠了。再說，誰能肯定他會用匕首？他凝視她的眼睛，等她擴大瞳孔，進入帕來色譜。

整個房間八成都充滿帕來。她心向下一沉，但努力維持輕鬆的語調。「他們爲什麼不親自出手？」她問。

「妳不清楚老人的爲人。如果他們抗命殺了妳，就得去向他交代。殺死帕來分光者？他會大發雷霆。而當他大發雷霆的時候，就會有人死。話說回來，如果他們招募間諜進來，他會更生氣。他會把這裡的人全部當作叛徒或無能之人，徹底剷除。但……如果他們讓我殺了妳，那就會變成我的問題。而且老人不太可能殺我。我太有利用價值了。」

我甚至沒有考慮和他對抗。

這個想法激怒了提雅——她是黑衛士，至少快要成爲黑衛士了。普通人會怕她，至少該怕。而她竟然考慮逃跑，讓自己被人從背後撲倒？像什麼？獵物。她不是獵物。她不是在被女主人毆打時縮成一團的奴隸，只能防守，絕對不能用憤怒回應憤怒。

我不是奴隸，甚至不是恐懼本身的奴隸。

「所以你打算怎麼做？」她問。「如果你眞的想要違抗命令殺我，你就不會告訴我。你做事太謹愼了，不會這樣。而且我也太危險了。」

「妳很危險嗎？」他饒富興味地問。

「我很危險。」她微笑，內心的憤怒隨她一起笑。*試試看？拜託，動手。*

「我有點想要拔掉妳的犬齒，讓妳爲傲慢的態度付出代價。」謀殺夏普說。他手指輕挑項鍊，露出那些微微閃光、像珍珠又不是珍珠的東西。

「過來拔。」提雅說。她告訴自己這麼做是因爲間諜會拍馬屁，會無所不用其極地想要混入組織。戴上一副叛逆的面具，就不會受懷疑。

但那其實是藉口，眞正的原因是幹他媽的。

「妳不怕我？」他笑嘻嘻地問。

「我隨時都在怕你。這樣太無聊了。」她感受到掛在上衣裡面的小橄欖油瓶。她還沒有丟掉它。沒辦法丟掉。爲什麼？

當他動手時，攻擊來得很快。但她早有準備。她迅速架開，他立刻改抓肩膀，而非甩她耳光。她拉近距離。因爲身材嬌小，不夠強壯，提雅的格鬥招式都得非常巧妙。她施展鎖肘，發現不可能得手，於是在他轉身避開鎖肘時踏中他的腳掌，然後用力一推。

他的反應非常專業，順著一推之勢倒落，而不是對抗她。她翻身而起，在尚未警覺前就被他用另一腿踢中後頸。她被踢向一面牆，震驚無法及時舉起雙手。先撞上牆面的是臉，像醉漢般跌跌撞撞，突然無法控制四肢頹然倒地。黑暗來襲，眼冒金星。她感覺四肢遭人控制、受困，但是來得太快，感覺不對勁。她開始抽搐。

兩隻手掌擊中她的雙耳，掌心空氣迅速竄入她腦中。她痛得忘了一切，上氣不接下氣，痛楚異常。當疼痛消退，她終於恢復意識時，提雅發現自己被像羔羊般捆起，四肢全都捆在身後，腹部著地，腳和手都向上綑綁。沒有施力點可以掙脫束縛。她聽見嘖嘖聲響，感覺謀殺基普一手扯緊最後一條繩索，另一手拉著她的頭髮，把她的臉壓在地板上。有濕濕的液體滴在她脖子上。口水。

她又開始抽搐了。部分的她躲回內心深處，她像動物般拚命掙扎。毫無用處。無所謂。她在他縮手後翻過身來。試圖咬他的腳。她覺得手臂都快脫臼了。她喘息。

謀殺夏普起身。「很高興我們——噓吡——盡早把話說開。」

她沒辦法承受這種事。她辦不到。

「妳現在怕我了嗎？」他問，然後大笑。

他靈巧地在她身邊盤腿坐下，像狗一樣側頭打量她。他輕笑。他伸手放在她的屁股上，壓下她的腰，繼續壓，然後放手讓她像一個送給小孩的玩具馬一樣搖晃。在弓起背脊綑綁的情況下，她無助地前後搖晃，向前時抵到胸口，差點撞爛下巴，向後時又會頂到骨盆，無助，全然無助。

謀殺夏普笑得像是得到新玩具的小男孩。接著他抓她褲子後緣，往上扯起她的褲子和內褲，痛苦地扯緊她的下體縫隙。他笑得像個下賤的青少年。

「只想告訴妳。」他說。噓吡。那種流口水的嘖嘖聲。到底是什麼聲音？恐懼宛如閃電般從她腹部擴及全身。她差點尖叫了。不、不、不。她得壓抑恐懼，恐懼控制了她的聲帶。

「只想告訴妳，妳是我的。我可以對妳爲所欲爲。」

「我了解。」她說。這話本來應該是要充滿挑釁意味。但是一點都不挑釁。歐霍蘭拯救她！他到底想幹什麼？「拜託。拜託……」

不要哭，提雅。不准妳哭。不准哭。她很小的時候就淪爲奴隸，但從來沒被強暴過。她太像男生，太年輕，太幸運了，或許甚至是她女主人心中小小的良心保護她，或是希望能出賣提雅的初夜。不管是什麼理由——或根本沒有理由——她從來沒有面對過強暴的折磨。她沒辦法透過堵住喉嚨的恐懼呼吸。

他不停前後搖晃她，輕輕搖，輕輕搖。「妳了解……這裡了解。」他說著伸出一根手指用力拍她腦袋。「我需要妳了解的是這裡。」他又開始搖晃她的身體。「就像經常被打的狗會在主人伸手時畏縮，就算主人只是要拿杯子而已，我要妳的身體知道我是主人，因爲世界上只有兩種動機——恐懼，還有不想恐懼的欲望。」

突然間，她哭了。首先浮現在她的恐懼中的，是強烈的自我厭惡，像是被蛇咬到般，接著什麼都感覺不到，心裡只剩下恐懼，緊緊纏繞她，壓出體內的空氣。但恐懼並非從外部擠壓，感覺比較像是那條蛇在她體內生長，盤旋而上，想要逃脫。提雅皮膚底下已經沒有空間容納她自己了。

「噓，噓，」他說。「我想和妳說個故事，提雅，眞實故事，不過有五千年或是一百萬年那麼久了。至少大多數人都相信它是眞實故事，所以是眞是假無關緊要。」他暫停片刻。噓呲。噓呲。到底是什麼聲音？「等我。」他說。他站起身來。

他點燃一盞提燈，然後關上窗頁，一扇一扇關。他親吻他的玫瑰，告訴它們他很快就好。他好整以暇地關窗，房間慢慢被黑影占據。

謀殺夏普提著燈回來，英俊的五官在搖曳不定的火光下看起來十分恐怖。他放下提燈，再度盤腿坐下。

「假裝這是營火。這樣效果比較好。因爲這是個營火故事。」

歐霍蘭呀，救救我、救救我。我永遠不會再做壞事，我發誓。

「最初，世界上——」他故意轉暗火光。「天呀。噓。」然後又轉旺火光。「世界上空無一物。這種虛無令眞神不悅。妳看，當時還沒有人叫祂歐霍蘭，因爲妳知道歐霍蘭是什麼意思，對吧？」

他打她屁股，打得很輕，基於某種理由，這一下比狠狠重擊還令她害怕。

「這個時候就是妳該出聲回應的時候了，傻子！」他催她。

她腦中一片空白。她不記得他剛剛說了什麼——她弓起背脊，扭轉肩膀，看著他的臉。他的好心情急速消退。

「光之王。」她體內某個部分代替她作答。或許是歐霍蘭本人下凡來賜給她答案。不過她希望祂下凡施展神蹟，比方說讓謀殺夏普心臟病發之類的。

喔，歐霍蘭呀，我究竟有多——

「如果妳未經我許可汲取帕來，」謀殺夏普說，聲音很輕，聽起來很危險。「第一次，我會弄瞎妳一隻眼睛。看看妳要怎麼向妳的指揮官解釋。第二次這麼做，我就不會如此輕饒。懂了嗎？」

她使勁點了點頭。

「喔，我很抱歉，」他突然說。他用雙手把她的褲子和內褲從陰部拉出來。然後又輕拍她的屁股，彷彿這是很友善的舉動。彷彿這是人與人相處的正常之道。「我不想讓妳誤會。我不會侵犯妳。強暴很噁心。我不屑。好了，這樣有讓妳放鬆點了嗎？我的錯。現在，說故事……」

她轉頭靠在粗糙的地板上休息，又變成奴隸了，生存者，不吭聲，心存非常非常多的感激。

「當時沒有光，是吧？所以它——如果非要用代稱，就用『祂』吧；雖然我們通稱祂為『王』，但妳得承認語言在這種情況下的不足——祂當時不可能是光之王，對吧？因為根本沒有光。噓吡！對吧？妳懂了嗎？言語可以在這種事情上造成我們的誤解。我們說世界上只有祂或它，沒有其他東西。但並不是指祂坐在全然的虛無之中。不是坐在前廊的鞦韆上，把虛無裝在大腿上的盒子裡，考慮要怎麼處置它。儘管我們說歐霍蘭與虛無，但其實是指歐霍蘭和不是歐霍蘭的一切。當時世界上只有祂，而祂有點寂寞——但妳怎麼可能從未享受過他人陪伴而感到寂寞？創世傳說都是一堆用謊言包裝的奇蹟。祂存在，並不是說這樣不好，但祂的一切都是好的，而祂本身就是一切？這怎麼可能？祂存在，一切美好，但還不夠好？或許是這種情況。我寂寞時就有過這種感覺。但祂理應要完美無瑕，完美無瑕怎麼可能比完美差？這不就等於是不完美了嗎？如果在完美無瑕上增加了一些東西，那樣還算是完美嗎？噓吡。或許算吧。或許在完美上增加東西，可以得到另一種完美。嗯……」

「總之，祂存在。而祂——造物主——創造了光。光是祂的喜悅，最初及最愛的創造物。光，由於是最初的創造物，分享了造物主本身的精華。但是光不存在。我是說，它不光只是存在。它不會只是存在。它、它、它不會坐下。光不是被動的。靜止不動的光就不是光了。光，光是動詞！和現在進行式不同的動詞。它——它持續。它飛舞。它移動。就連盧克辛也一樣，盧克辛不會坐下。它不是凝止的動作，它是穩定，可以預測的動作。就像玻璃。會繞圈或是具有可預測波形的動作，動作會變慢，但不會停止。永遠不停止。」他皺眉。「妳讓我分心，害我說錯。我再重來一次。噓呲。」

他按摩他的頭皮，透過蓬亂的商人紅髮用力按。「噓呲。可惡。妳知道妳幹了什麼嗎？」

提雅搖頭，安靜，順從。

「妳剛剛打斷了我的牙齒。」他再度起身，帶著提燈走開。背對提雅時，他伸手到嘴裡。只聽見嘖一聲，他拔了一樣東西出來。提雅突然想起之前滴在她臉上的口水。

她等等會醒過來，對吧？這一切太不眞實了。這不可能——喔，不，小腿好像快要抽筋了。

噓噓噓噓呲！

他對著一個小痰盂吐口水。吐了很多口水出來。她感到一陣噁心。他還在自言自語，含糊不清，她也不想聽他說些什麼。「新紅標籤弗羅姆沙特菲弗……」

痰盂又接下了另一口口水，他的聲音終於又飄了回來。

「好多了。幸好妳只打斷了牙齒上的接著劑。不然我就會生氣了。」他說。「妳知道嗎，有了帕來，我甚至不用親自出手殺人嗎？這其實有點令人失望。有些黑影會因爲這樣變得懶散。接著他們因爲沒有能力掙脫束縛——或有時心臟病發的時機也太過巧合了，而就被四肢發達的家庭守衛抓住。這就是我依然是個戰士的原因，雖然我的能力不只如此。有時候肉體必須歌唱，精神只要在旁邊點頭打節拍就好了。我說到哪裡了？」

「光。」她輕聲說道。

「啊，沒錯。」他又坐下。雙手在大腿上交疊。「小腿在抽筋？」

「希望不——不要。」然後就抽了，抽得厲害。

他抓起她的腳，她肚子頂著地面被轉動。他以運動員或醫生的手法按摩她的小腿，技巧高超地迅速解決了抽筋問題，沒有造成不必要的痛楚。然後他又把她轉回去，彷彿什麼都沒有發生。他把提燈放低，隱約照亮他臉部骨骼的線條。

「最初，神創造了光。而祂認為光是好的。於是創造出第一代人，讓他們和祂一起享受光，還有彼此的陪伴。但是第一代人中最偉大的挺身而出，為光發聲。他說光是鎖不住的，就這麼坐著不動、崇拜眞神，不是像他們這麼出色的創造者應該面臨的生活。於是他從光之王那裡偷走了一道光，帶來大地，世人稱他為持光者。他把這道光化為色彩，讓所有人享受光，即使光的某些部位遺失了，或是再度被鎖，光本身卻獲得解放。他用偷來的孤獨之光點燃許多火焰。這種反叛的行為令歐霍蘭震怒，祂禁止持光者及其追隨者進入現在人稱天堂的國度。持光者和他兩百追隨者開始統治大地，變成力量較弱的神祉，在接下來一段漫長的歲月中不斷爭吵衝突，在歐霍蘭創造人類後，他們又利用人類爭吵衝突，在遊戲中摧毀人類。因為神愛世人，但世人熱愛摧毀祂所深愛的東西。」

他轉亮提燈。「告訴我，孩子，這像妳所聽過的神話嗎？」

「像，」她輕聲說。「像。」她的心宛如關在鐵籠裡的蜂鳥。

「那容我告訴妳——這一版的創世神話有一半是謊言。很奸詐的謊言，接近眞相，最好的謊言就是這種，對吧？持光者偷走的不是無關緊要的一道光。他偷走的是光本身。他利用光創造了人。沒錯。他不是用自己的形象創造我們，而是用創光者和光的形象，這就是人類擁有兩種天性的原因。這就是我們成爲神的鏡子，左右相反，呈現出有缺陷的存在，而不是神的翻版。持光者和他的夥伴乃是古老諸神。當我們昇華到剋星上時，只能恢復古老諸神的些許榮耀而已。我們不會篡奪諸神的地位，因爲我們是用光的形象創造而成，有資格取得這種力量。確實，就某方面而言，我們是最偉大的存在。不過，得承認我們也是最脆弱的。之後歐霍蘭和持光者就一直在打仗，歐霍蘭利用稜鏡法王鎖住所有光，讓光再度臣服在祂的意志下。歐霍蘭踏熄他認爲子民無法控制的色彩。就像帕來。」

他拿出一支匕首。「那一切，提雅，都只是前奏而已。」他的臉在短短兩秒內換了一打表情。「我的所作所爲，妳即將做的一切，通通舉足輕重。不是，不是指殺人。我們殺人就和在鮭魚回流時捕魚一樣。有必要，但不用放在心上。我說的事情……舉足輕重。轉過來。看。」

他用力踢她腎臟的位置。她呼吸困難，轉過身來。在他表現得那麼冷靜穩定之後，表現突如其來的暴行——毫無理由！——讓她又差點哭了出來。她根本不曉得他要她看什麼？「什麼？」她說。「什麼？」

「這個，笨蛋。」他握著斗篷的褶邊。

「斗篷？」她問。她背上有條小肌肉開始抽筋，她不由自主地喘氣。

「對，斗篷。微光斗篷，提雅。微光斗篷是什麼？有什麼功用？」

她不懂他在問什麼。他想得到不那麼表面的答案嗎？如果答錯了，他會傷害她嗎？「讓你隱形？」她鼓起勇氣說，等著被踢。

「說得對，」他說，又變得饒富興味。「隱形又是什麼意思？」

意思？那是什麼問題？就是隱形。「我不曉得。我不曉得。親愛的歐霍蘭呀，不要再打我了。」

「親愛的歐霍蘭，」他有點取笑地重複這句話，但是沒有多說什麼。「當第一個男人跟第一個女人第一次交歡時，他們有什麼反應？」

「我不曉得。他們覺得羞恥。他們赤身裸體。他們躲藏。他們，他們找衣服穿。」

「他們找衣服穿，不讓光接觸到他們的皮膚。他們不讓歐霍蘭找到。但是當然，他們無處可藏，是吧？」

「當然不行，歐霍蘭能夠看見一切。」她在這句老格言出口之後立刻住嘴。

謀殺夏普蹲在腳跟上，就在她頭旁邊。「想要隱形乃是罪人的第一個反應。所謂隱形就是在世人、天使、光之王面前躲藏。隱形就是『歐拉蘭歐霍蘭』，躲避歐霍蘭。古代的提利亞異教徒神話中有枚神祕的戒指，只要佩戴者扭動它，就能隱形。他們其實不相信那是眞的，當然，戒指怎麼可能有這種效果？那是用來比喻人類面對各式各樣誘惑時的反應。因爲要是能夠隱形，不讓諸神和世人發現，人還有什麼做不出來的？能夠隱形就能看出一個人內心眞正的欲望。對提利亞人而言，那是値得深思的故事。對盧克教士而言，又有更多含意。對他們而言，想要躲藏本身就是心懷恥辱的證據，足以證明他心是黑的。還有誰會想要躲避光，躲避眞相？」

他割斷捆綁她的繩索。她沒有站起來，就這麼躺在地上，按摩自己的手腳，臉頰下的木紋令她感到心安。

「如果妳在任何時候起心想要向他們坦白，最好想想我剛剛說的話。他們一定會懷疑妳。在他們眼中，妳的所作所爲早已因爲只有怪物會想躲避歐霍蘭的事實而遭受扭曲。他們永遠不會相信妳。想想他們之前是怎麼對付帕來法師的，而那只是一種他們看不見的法色。」

獵殺他們。不只一次。因爲他們懼怕帕來。因爲七種法色聽起來很合理。

他伸手扭關提燈的旋鈕，熄滅火光。屋內陷入一片漆黑，不過不算全黑。窗頁外緣有陽光灑落。

「告訴我，阿德絲提雅，」他輕聲說道。「這裡很黑。妳有因爲黑暗就消失嗎？」

「沒有。」她說。

「妳有因爲黑暗就變得不同嗎？變高？變瘦？變聰明？」

「沒有。」她不太肯定地回答。

「告訴我，妳可曾有過，這樣說吧——在浴缸裡泡澡，結果有人來訪，而妳的衣服都放在房間另一邊的經驗？」

她還是不曉得他想聽什麼答案，而她只想說他想聽的答案。她坐起來。「呃，我去年有次在黑衛士訓練完後換衣服時，有人惡作劇偷走我的衣服。你是這個意思嗎？」

他沒有回答。「告訴我，妳做錯了什麼嗎？」

「沒有。」她鼓起勇氣說。除非你把容許別人惡作劇導致自己陷入脆弱處境當成做錯事。

「沒有做錯。但在這種情況下走出去，被路人看見妳的裸體，妳還是會感到羞愧，對吧？」

「當然。」

「但如果一片漆黑，妳就不用不好意思了，是吧？」

「是。」她開始了解他的意思了。

「妳八成有躲起來，是不是？但那不是因爲妳做了什麼壞事，正好相反，那是因爲妳有羞恥心。因爲妳是好人，他們眼中的好人。對吧？」

「對。」

「並非所有羞恥都來自做壞事，也並非所有躲藏都是做壞事的證據，是吧？」

「是。」她說。

「於是我們可以一起面對眞相——黑暗就是自由。那就是他們討厭黑暗的原因。那就是他們恐懼黑暗的理由。因爲有些人濫用自由，他們就不希望任何人擁有自由。因爲光是力量，所以他們想要自己掌握光。但是人不用害怕自由，而光是鎖不住的。光一直以來都不只是我們所見，也不只是我們所知，當我們緊握光時，它會令我們眼花撩亂，甚至目盲。妳和我，阿德絲提雅，我們的使命就是在黑暗中服侍世界。看吧。妳現在並不會看不見東西，是不是？」

沒錯，即使沒有施展把戲，她的眼睛仍適應黑暗了。這是自然反應。他的眼睛知道在黑暗中該怎麼做。

「我們是光的朋友，不是光的奴隸。我們不怕光的鞭笞。我們性情和平；我們知道我們同時是肉與呼吸、是血與靈魂、是動物與天使，沒有一項特性比另外一項眞實。我們是光明與黑暗的祭司，黃昏時的裁決者。白晝與黑夜都不是我們的主人。妳知道一個無畏無懼的女人會怎麼樣嗎？」

提雅搖頭，但她內心深處突然浮現一股強烈到令舌頭麻痺的渴望。告訴我。告訴我。

「她會改變。」

變成什麼？提雅沒有大聲問出口，但他知道她在想什麼，因爲他回答：

「她想變成什麼就變成什麼。除了一樣東西。」在黑暗中，他揚起一隻手指，彷彿在責備她。

提雅安安靜靜。問題很明顯，但此刻她不想問。

夏普說：「她永遠不會變成一種東西，再也不會。妳知道是什麼，是不是？」

答案自動浮現在她嘴裡，來自黑暗而從未接觸過光的地方：「奴隸。」

第七十章

在被卡莉絲弄得像個徹頭徹尾的蠢蛋後，基普跑到稜鏡法王的訓練室。他希望提雅在那裡。他不想談那件事，但是和她一起訓練總比獨自訓練好。她光是在他身邊就能讓他好過一點。

她不在。

他試跑本週的障礙練習道，利用解決問題來轉移焦點——要如何順暢無礙地盪過那條繩子，跳過那個大洞，爬上那面牆？那是戰士的冥想。當然，當他想出完美組合方式時，心中的喜悅也格外強烈。他得單手握繩，左手，然後右手，藉以累積衝勢，然後整個身體平行往上盪，這樣就可以一次越過大洞和高牆。他試了兩次，然後認定自己尚未強壯到足以盪起自己龐大的身軀。

想得容易做起來難。又是這樣。

一如往常，他又跑去打沉重的木屑袋，想要打爛它。拳頭越來越硬，他的指節上的痂和繭都慢慢變厚，但他還是在手上包覆盧克辛，藉以保護手腕。和往常一樣，他做完例行練習後，就擊打繫繩鬆脫處收尾。那條縫似乎已經六個月沒有變大了。

基普的怒氣正要發洩完畢時，身後突然有人清清喉嚨。基普差點嚇得尿濕褲子。

鐵拳指揮官拿著一疊書放在旁邊一張桌子上。書？這裡？但基普比較擔心指揮官臉上那種意圖不明的神情。鐵拳大步走來，檢視鬆脫的繫繩。

「幾分鐘就能縫好了。」鐵拳說。

基普張口欲言，然後住口，覺得難爲情。

「喔，原來是這樣呀。」鐵拳說。「你想要打壞別人的東西。」

「不是，長官！」基普說。「我是說……我想是可以這麼說，長官。」他皺眉。「但我沒有那樣想過。」

「你能想出任何我該讓你這麼做的好理由嗎？」

理由？有。好理由？沒有。「你有這麼做過嗎，長官？」

「搞得一團亂。最好還是縫起來。」

「所以有過！」

鐵拳指揮官嘟噥一聲。

「什麼感覺？」

鐵拳微微一笑，笑容隨即消失。「我要縫好那個木屑袋，蓋爾。」

基普臉色一沉：「是，長官。」

「六個月內。」

爲什麼要等六——喔！「謝謝你，長官！」

指揮官又嘟噥一聲，然後走到旁邊那張桌旁。

「長官？我們該不該談談……」他有點說不出口萊托斯和厚底靴的名字。

「背信忘義的叛徒只要不擇手段除掉就好了，不用多說。」

他把此事當作私人恩怨，基普看得出來。背叛的不光只是手下，而且還是朋友。「卡莉絲有把萊托斯的話告訴你嗎？他改變心意的事？」

「改變不了什麼。」指揮官拿起一本書，表明不打算繼續討論這個話題。

不過基於某種理由，基普從萊托斯不完整的遺言中得到了一些慰藉。他說了「盧克教士」，至少基普可以肯定這一點。那表示這次暗殺事件確實與安德洛斯無關。有盧克教士想要殺他是很糟糕，但如果安德洛斯選在這個時刻對他動手……老實說，基普很可能已經死了。

指揮官在看書。又在看書了。以他忙碌的程度來看，基普覺得這很奇怪。

基普悄悄接近，想看清楚那是什麼書。

他遇上一道冷冷的目光。鐵拳指揮官揚起一手，舉起三根長長的手指。

「我，呃，要走了。」基普說。

他走到門口，轉身。「祝你有個愉快的一天，長官。」

冷冷的目光沒有絲毫變化。指揮官縮回一根手指。二。

基普動手開門，盧克辛手套讓他有點手忙腳亂。他尷尬地笑了笑。「手套。」他說著解除手套。

他感受到那股「那是你家的事」的冰冷目光襲體而來。一。

「是。先生。」基普擠出笑容，奪門而出。

他前往公共澡堂。加入黑衛士前，他一直不喜歡來這裡。他以為加入黑衛士後就不會有這種問題了。黑衛士有自己的澡堂。

好像和身強體壯的戰士一起洗澡比和普通陌生人好一樣。別人拿基普的身材隨口取笑兩句，他馬上就跑了。他心裡明白那些囊克和黑衛士沒有惡意，做他們這一行的想生存下去，就得保有一點殘酷的幽默感。但就像安德洛斯說的，就算是守備森嚴的明顯目標也可能不堪一擊。基普接受他們的取笑，反唇相譏，面露微笑……然後再也不去黑衛士澡堂。

公共大澡堂有分性別——當然有人偷偷跑到另一邊去過——儘管很多人會穿薄浴袍，但裸體入池的更多。就連穿浴袍也讓基普覺得太暴露了。浴袍一弄濕，基本上就什麼都遮不住。浴袍薄到可以隔著浴袍擦肥皂，會服貼在所有難看的線條上。基普習慣用海綿擦澡，然後在臉盆裡洗頭。

不過澡堂裡有許多私人浴池。有些是專供貴族享用，其他都是付錢就能使用。領主都能免費入池，拿免費肥皂、免費毛巾、使用任何溫度的浴池，還能享受澡堂奴隸的各式服務，像端飲料或拿毛巾。基普聽說在城內和七總督轄地境內其他的私營澡堂裡，澡堂奴隸通常也是妓女，但克朗梅利亞不能容忍這種事。這裡的澡堂奴隸都與洗澡的人同性別，而且容貌肯定不是挑選的條件。

「今天有沒人使用的熱水池嗎？」基普問男性池的奴隸領班，以貴族身分登記進入。這是少數他不會不好意思享受的特權。

一名年長奴隸帶他穿越一條潮濕到牆上凝結水珠、蒸氣遮蔽視線的走廊，來到一間私人澡池。這裡不保證隱私——在宗教慶典或盧克法王舞會前的尖峰時刻，就連小澡池裡也會擠進十幾個人。但是大部分的日子裡，基普多半獨享，不然就是和另一個人分享澡池。

奴隸在確定基普拿到所有需要的東西後就離開了，將基普的衣物及財物放在一個籃子裡，留下浴袍、肥皂和傳喚鈴給他。現在不是洗澡時間——快到中午——所以基普把浴袍掛在木栓上，好讓自己洗好之後有乾浴袍可以穿。這個時候大部分學生都在上課。

上課，有趣的想法。基普已經多久沒有每堂課都上了？

儘管池水很熱，池裡又沒人，他還是很快就泡到水裡。他背靠澡池邊緣。

熱水的魔力緩緩消除肌肉僵硬，同時也開始解開心結。他到底有什麼問題？那麼黏卡莉絲。他得長大。他基本上是孤兒，該是面對這個事實的時候了。有人想當你朋友，你卻要求他們成爲家人。看在歐霍蘭的份上，基普，你會讓人窒息。你太黏人了。那樣很噁心。

這種自怨自艾實在太有幫助了。或許到了粉碎那個習慣的時候，呃，粉碎者？基普伸手去抹臉。他嘆氣，在事件面前閉上雙眼，任由蒸氣融化他。再度睜開雙眼時，澡池裡已經多了一個人。

「你可眞是膽大妄爲。」提希絲・瑪拉苟斯問。「你在女澡堂裡做什麼？」

基普大吃一驚。他立刻站起，差點落荒而逃。接著他低頭。他赤身裸體。胖嘟嘟、赤身裸體地困在澡堂。他吞嚥口水。他環顧四週，搜尋確認自己身處男澡堂的辨識標記，但是私人澡池沒有那種東西。難道老奴隸老眼昏花，不小心帶他來這裡嗎？「我不是——我不是——我不是在女澡堂……我是嗎？」

「恐怕是這樣。」她一副饒富興味地眼看他在尷尬中打滾。

他望向門口，考慮奪門而出。

「別忘了，澡堂位於嚙合點上。」

「什麼點？」

「走廊和更衣室位於小傑斯伯島本身，但是澡堂卻屬於克朗梅利亞的內部空間，會隨著地上所有建築一起旋轉。每天這個時候，如果不小心，很可會直接走到女性主澡堂去。」

基普眨眼。難怪他以前在澡堂迷路過！克朗梅利亞會隨著太陽轉動，每天不同的時間下來，走廊都可能會通往和上次不同的房間。他回頭看向池水。水裡很多肥皂，對吧？基本上不算透明，對吧？他坐下。「我猜妳是來報仇的？」他問。

她短暫露出困惑之色，接著微笑。「其實不是。我沒想到你會這麼端莊。端莊到這種地步。看在歐霍蘭的份上，你家裡其他男人都不是這個樣子。我承認我打算出奇不意。我以爲你會喜歡。你說你每次都看到我沒穿衣服。」

基普清清喉嚨，結果發現自己無話可說。她說的是實話。如果只是想要羞辱他，她就不會也下水。應該好好穿著衣服，或站或坐地待在澡池外面。

他回想起爺爺說過只要他應付得當，提希絲就會和他上床。此刻她赤身裸體，距離不到兩步。他舔舔在浴室裡充滿水、蒸氣、濕氣和汗的情況下，依然莫名其妙變乾的嘴唇。

喔。喔，天呀。

「妳，呃，妳收買那個奴隸，把我帶來這裡？」他問。水面淹到她的鎖骨，而且池水基本上不透明，但他說不出為什麼難以直視。就和不看她一樣困難。

「我想和你私下聊聊。」她說。

聊聊。她是說聊聊。對吧？

提希絲朝他靠近，最後坐到旁邊。他吞嚥口水。她坐得太近，淡褐色的雙眼有種難以逼視的感覺，薄薄的一圈綠色斑暈，宛如浪峰般的頂端，完美襯托出她眼睛的淡褐色。他低頭——然後驚覺這樣做可能讓她以為他想偷看她的酥胸——然後又發現看起來像那樣是因為真的就是那樣。

他立刻抬頭。

她假裝咳嗽，掩飾笑意。

她的聲音在基普耳中如同走調的音符。這種反應很奇怪，明明可以公然嘲笑他，但卻不笑。難道她認為如果多刺激他一下，他就會奪門而出，還是她真的好心忍住不笑？他連忙轉頭看她。

「很抱歉，基普。」她說。「為了這場會面，我已經準備了幾週，一直思考該怎麼說比較好，而這整個過程中，我一直把會面對象當作蓋爾家的人，完全忘記你才十六歲。」

這就是我——不會給人留下印象。

他突然想起曾對爺爺說過自己喜歡被人低估。但是此刻情況剛好相反。「妳想怎樣，提希絲？」

她舉起雙手，假裝投降。這個動作讓她坐直身子，浮出水面，裸露的肩膀和胸口證實她沒穿浴袍。

「基普，我們都有很好的理由仇視彼此。」她說。「儘管我認為自己的理由比你的實在。我知道你覺得我在打穀機測驗裡刻意對付你，但是並沒有。我們每次都會想辦法嚇人。你把繩子丟出洞外時，我眞的以爲不能那麼做，所以又把繩子丟回去。那是無心之過。話說回來，你殺了我父親。」

如果要把話這樣講的話……「不管我殺的是什麼，他很久以前就不是妳父親了。」基普說。

「這點該由我來判斷，而不是讓殺了他的人告訴我。再說，你父親和叔叔摧毀了半個世界，我——」

「你們家族選錯了陣營幫忙摧毀世界！」基普說。男子漢？

「我們後來糾正了那個錯誤。」提希絲揚起下巴說。

「你們出面對抗達山？什麼時候？他死在裂石山之後？眞英勇。」

「我以爲全世界的人裡，基普，你是最不可能以家族在你小時候的作爲去評判別人的人。當年你還沒出生，我兩歲。我該責怪你母親做過什麼事嗎？因爲我聽過傳言——說的人都是從你那邊聽來的。所以或許我們該把焦點放在今天，不要去爭論那些與我們無關的事情。」

「聽起來……非常合理。」基普承認。要在分析她的論點時專注其實不難，但要在她身體前傾，還微微向上時就不容易了。他清清喉嚨。「可以請妳，呃……」他伸出手掌，稍微往下比了比。

她低頭，發現她的乳頭在水面下若隱若現，而水裡的肥皂沒有那麼多。「喔！」她突然臉紅，因爲膚色白皙，他立刻就看出她臉紅。她坐得低一點。「謝謝。」她說。他覺得裸露的大腿內側被什麼東西碰了一下，差點直接跳出水池。

她忍不住大笑。「拜託，基普，就像你那天刻意，呃，指出的一樣，你早就看過我的裸體了。你沒道理那麼吃驚。」

我不認為看見美女裸體會有那麼簡單。「第一次看到妳，我正要進入打穀機，妳盯著我的眼睛，教訓我要懂得自制。如果我膽敢亂看，我以為妳會扯掉我的腦袋——接著第二次！我爺爺?!」

她嘴唇扭曲。「相信我，我知道應該感謝你阻止當天的情況繼續發展下去。」

他看著她，兩人一起哈哈大笑。

她的笑聲並沒有引誘的意味；是真的因為好笑而笑。笑得很宏亮、很獨特，就算在數以千計的人群裡也分辨得出來，是屬於難得可以逃出牢籠，一旦逃出去就會燒光城鎮的笑聲，因為，管他的，反正最後還是要回歸牢籠，是吧？接著她笑到發出呼嚕聲。

他們笑得更開懷，她臉紅、大笑、噴氣得太過激動，最後連眼淚都跑出來了。

他們在提希絲擦拭淚水時慢慢進入一股友善的寧靜中。最後她得拿小毛巾擦掉眼影。擦完之後，基普疑惑地看著她。她沒有化妝時，看起來不像之前約莫二十五歲的模樣。也不像她的實際年齡十九歲。她看起來大概十七歲。難怪要化妝。

她和他一樣只是個青少年，而他們孤男寡女共處一室。

「基普，」她說，「說實話，我們家族的處境很糟。偽稜鏡法王戰爭剷除了家族其他支脈。嘴硬點說，這種情況增加了我們的實力，因為我舅舅手裡掌握了整個家族的所有財富和土地，所以變成了舉足輕重的家族。我認為你爺爺覺得我們會對他造成威脅。我們提議把我嫁給你父親加文，締結盟約，而我們以為你爺爺會接受。結果加文娶了卡莉絲。那等於是打了我們家族一巴掌。沒有任何解釋，也不向我們道歉。」

她本來要嫁給加文？但竟然淪落到把手伸入我爺爺被子裡？命運之輪也轉得太快了。

但基普努力讓自己面無表情。現在不是使用那張賤嘴的時候。

「我不知道原因，但我怕安德洛斯已經決定要毀掉我們家族。戰況不樂觀，大家都知道。我們最肥沃的土壤都鄰近法色之王的部隊。我們害怕普羅馬可斯計畫讓法色之王奪走我們的土地和財富，等他摧毀我們之後才阻止他。基普，你不曉得承認這一點是什麼感覺——特別是對蓋爾家的人承認——但我們家族已經快不行了。母親兩年前去世。我父親死了。彷彿冥冥中註定般，我姊姊伊蓮繼承了整個家族的智慧，我得到美貌，而應有的魅力則跑到堂弟安東尼身上。逼不得已時，伊蓮會傳承家族血脈，但是生孩子對她而言就像地獄，只要我有辦法，就不會那樣對她。」

「什麼？」基普問。當然，有些女人不希望被撫養小孩絆住，但是富有家庭可以請奴隸撫養小孩，不是嗎？

提希絲皺眉。「我忘了你不在流言圈裡。」提希絲說。「她對帶男人上床的興趣就和你帶你爺爺上床的興趣差不多。」

「喔，」基普說，不太了解。然後，「喔！」

「我堂弟安東尼帶著姊姊的命令趕來。他的船被海盜奪走了。他們沒有提出贖金，如果他活著，他們一定會要贖金。」她目光空洞，聲音聽起來彷彿回音。她顯然很愛堂弟。「就剩下我了，」她說。「基普，我們南境的農場和森林可以守住。但如果沒有……他們都是我的同胞。超過五萬人。我在那裡長大。我在她們慶典遊行裡玩班康恩。我在那些小鎮裡學會畜牧、務農和伐木。我在那裡和小男生小女生玩耍。很多和我一起玩過的小女生現在都已生孩子了。農莊裡的生活步調很快。我願意不計任何代價拯救我的同胞。」

包括躺下來讓我爺爺搞。

「對，」她輕聲說道，看穿他的心思。「包括那個。用我的童貞交換他們的命？怎麼看都很划算。」

基於某種理由，這話讓基普十分羞愧。他在那個房間裡批判提希絲，認定她只是爲了獲得全世界最重要男人的注意，寧願委屈自己去和安德洛斯・蓋爾上床。好像她是蕩婦或妓女一樣。

有些貴族家族在大傑斯伯上定居太久，幾乎與從前的家產失去關聯。或許那些領主或女士一年會回去一次，看看總管把家務管理得如何，但是他們的孩子都留下來和其他貴族的小孩較勁，看誰辦的宴會最奢華，誰賭術最好、舞技最棒、騎馬最快，沒事就聊些誰又和誰上床、誰要娶誰、誰又與誰外遇的小道消息。他們也可能會藉著微不足道的魔法天賦進入克朗梅利亞，然後做和之前差不多的事情，只是順便學習。儘管血統高貴，基普並沒有加入那個圈子，他把時間都用在學習或訓練上。

那並不是錯誤，他知道。加文必定了解如果基普以來自提利亞的私生子身分被丟到那群狼裡面，他們會把他生吞活剝。黑衛士訓練就是爲了這個。爲了這個，還有加文深知戰爭將近，基普需要盡快學習作戰。

基普本來以爲提希絲也是那個圈子的人。畢竟，她很有錢，極富綠魔法的才華，也很美麗。她一定得有點心胸狹小、平淡乏味、愛說閒話之類的缺點，是吧？

基普不禁懷疑別人是怎麼批判加文・蓋爾的，因爲他在各方面都好到令人沮喪。他們私底下當然痛恨他。想到這個，別人又會怎麼看基普這個突然之間不知道從哪裡冒出來，取得七總督轄地最有權勢家族繼承權的傢伙？

突然間，黑衛士彷彿變成了基普永遠不想拿開的溫暖被子。黑衛士裡的人大多只會批判他個人的優缺點。有些黑衛士甚至喜歡他。自從成爲新進學員後，再也沒有黑衛士拿他是提利亞人的事去爲難他。在他的小隊中唯一重要的，在於你能對小隊做出什麼貢獻。基普討厭被人批判，但是幾乎沒有注意到人們停止批判他。

然後他又遇上提希絲，願意爲了拯救族人出賣自己的身體，而基普竟然還批判，認定她是妓女。

「歐霍蘭慈悲爲懷，」他對著池水喃喃說道。「提希絲，我對——對一切——都很抱歉。我不該那樣對妳。我不該那樣說。我很壞。我非常、非常抱歉。」

她迅速眨眼，偏過頭去。「我還想回去找他，你知道嗎？你離開後。他不要我。把我趕出房間，就像……」

基普說：「他……不是好人。」他心裡燃起一股痛恨的火焰。安德洛斯貶低基普，然後還特別提出來嘲笑是一回事。眼看他對別人這麼做又是另一回事了。

「不是。」她笑中帶淚。她伸手指輕點眼中的淚水，努力克制自己。「不，他不是好人。你知道，我唯一驚訝的是，他竟然沒有先和我上床。我是說，我已經覺得自己很噁心了——『自己很噁心？』好吧，你懂我的意思。要是被他用完就丟，我一定會難過一百倍。那似乎比較符合他的作風。我是說，我們才剛開始前戲——抱歉，你不會想知道那個。或許他怕把我肚子搞大，然後得要應付一個私生子。」

不，不是那個原因。他另有計畫。

但基普沒把話說出來。

嘿，她沒有說「應付另一個私生子」，顯然她講話很圓滑。

接下來幾分鐘，基普趁她心情平復時仔細打量她。少了向來都化著的妝，她依然美得令人讚嘆，但是這份自然美沒有那麼原先那種冰山美人外表強烈，當然也更年輕。他發現自己開始喜歡她了。

剛剛是怎麼回事？我們有點像是成為朋友了嗎？交朋友有那麼快嗎？

安德洛斯・蓋爾，那個不把一切放在眼裡的傢伙，說她會試圖引誘基普。這就是她的手段嗎？非常聰明的引誘？她只是在玩弄他嗎？

他看不出來。

見鬼了，如果她眞的這麼厲害，剛剛一切都是做戲，那他寧願和她站在一起，因爲如果她這麼厲害，就不會有其他人對付得了她。

「那，呃，我的皮膚都皺了，」基普說。「我們要怎麼優雅地離開這裡？女士優先？我是說，既然我已經看過妳裸體了，所以應該無所謂，對吧？」

她輕嘆一聲，沉入水面，在水裡吐泡泡。「那麼，」她說。露出畏縮神色。

基普等她繼續說下去。沒了。「那麼？」他問。

她稍微浮起，他偷看池水一眼，不過他認爲她沒注意到。可惡！他剛剛實在太高尚了。「我來這裡不是因爲要洗澡，不過我注意到你還沒洗，不管皮膚皺了沒。」

「喔。對。」基普拿起澡池旁的肥皂，開始笨手笨腳的在左肩抹肥皂。

「我分享了我們家族和我此刻的狀況……」提希絲說。

基普不再抹肥皂。她期待我也照做？「提希絲，我很高興和妳談過。我是說，眞的很高興。我很吃驚，眞的，但現在有幾堂課已經下課了，待會兒會有幾十個到幾百個人會跑來澡堂。我不認爲有時間聽我的故事。」

他們聽見遠方一扇門大力關上的聲音，兩個人都嚇得差點跳起來。

「有道理。」提希絲說。她舔舔嘴唇。「但是你也被孤立了，對吧？我是說，我需要朋友，你需要朋友，對吧？需要實際的東西。」

「當然，那很……好。我不曉得我們有沒有可能成爲朋友。我遲早都會被踢出黑衛士，或是體面地晉升到更高位置。妳也看到了。我爺爺討厭我。我弄到留在克朗梅利亞的資金，但是沒錯，妳可以說我的地位……不夠穩固。」他一直努力不去想這件事，這時想起來感覺就像挨了一巴掌。

她再度吐出一大口氣。「和我想得差不多。我有個計畫，不必現在回答，但希望你愼重考慮。下週同一時間再來澡堂碰面。同一名奴隸會招呼你，把你帶來這裡。」

「這下我很好奇了。」基普說。

她臉紅。「我本來的計畫不是這樣的……」她深吸口氣，吐出。她在水裡擺了擺頭。上來時臉皺在一起。

「爲什麼會是我覺得難爲情？」基普問。

「娶我，基普。」

某處傳來有人勒死小動物的聲音。喔，是從基普的喉嚨發出來的。

她臉變得更紅。「考慮一下？」

「什麼？」

接著她優雅地踏著台階走出澡池，從木栓上拿走基普的浴袍，然後踮起腳尖走出浴室。她說的話和美麗的身軀令基普說不出話來。

「嘿，等等！」他終於大叫。「我不知道怎麼出去！而且只有一件浴袍！」

然後他發現自己，一個男人——在女性浴池裡，大聲吼叫。白痴！他跳出浴池，往提希絲的反方向狂奔。裸體龜態路過！

第七十一章

提雅在環狀圖書館裡最接近角落的位置做謀殺夏普給的功課。那個男人或許恐怖到極點，但同時也是帕來魔法的知識泉源。而據提雅所知，瑪塔・馬太安斯逃命去了，所以他是唯一的帕來魔法知識泉源——就連禁忌圖書館裡都沒有帕來魔法的記載。可惡的盧克裁決官。

但是謀殺夏普隨口就會回答最令她困惑的問題，好像答案都不值錢一樣。

「其他法色，」她鼓起勇氣問。「都有形而上學的效果。」

「形而什麼？」

喔，對。謀殺夏普不是在克朗梅利亞受的教育，最好不要讓他覺得自己是故意提的。「就像紅色會讓人易怒，超紫會讓人更有邏輯。帕來有什麼效果？」

他竊笑。「還沒注意到，呃？或許妳比較特別，就和我一樣。我在帕來法師中有點不太一樣。」

不太一樣。這也算是一種說法。她小心翼翼地表現出態度中立但深感興趣的表情。他讓步了。

「帕來讓人成為感受者。想想看，帕來位於次紅範圍外，與超紫對立。超紫讓人更有邏輯，帕來則會讓人更為感性。你能輕易感應到附近的情緒，不管是世俗還是魔法的情緒。我很幸運。我只有意識到它們；它們無法影響我。其他帕來法師——少數人中的大多數——都沒這麼幸運。他們會親身體會其他人的情緒。有些人還感同身受到可怕的程度。『與哭泣之人一同哭泣，與喜悅之人一同喜悅。』帕來法師內心都能領會這種說法。不過那微妙的情緒不但是我們最大的弱點，同時也是最大的優勢。我們就是因為這個才能感受到光。首先，會越來越擅長感受光的影響，然後會意識到光本身。到時就能分光。」

「所有帕來法師都是分光者？」克朗梅利亞怎麼可能不知情？

「或許十分之一。這個比例已經比其他法色高一千倍了。」

結果瑪塔．馬太安斯教她的帕來知識有一半是垃圾。帕來會呈膠狀，瑪塔說。夏普大師承認那樣沒錯，但質疑她為什麼會想要使用這種帕來。「有種更高頻率的共鳴點可以製造膠狀帕來盧克辛。我們只會用那種東西去標示目標，因為膠狀帕來很快就會蒸發掉。除此之外？我猜可以充當帕來火炬，但我都直接把帕來光丟出去。所以或許妳基於某種理由，想把帕來交給其他人？」接著他示範另一種共鳴點——氣態。氣態帕來盧克辛比固態或膠狀容易汲取很多很多。

然後他就交代了她現在在做的功課，她在身邊製作了一個帕來泡泡殼。

殼當然是隱形的。而且脆弱到只要有人碰到就會粉碎。但是脆弱並不表示沒用。在泡泡殼圍繞自己的情況下，她製作帕來氣體填滿它。氣態帕來一樣是隱形的——這就是她能在圖書館裡練習，不必擔心被人打擾的原因，只要她三不五時翻翻大腿上的書頁，別讓其他人看見她的眼睛就好。

透過汲取帕來，提雅對法色的感應越來越敏感。讓氣態帕來實際接觸她的皮膚似乎也加強了這種敏感度。氣態帕來圍繞她就表示她在呼吸帕來氣體，不過它嘗起來沒有味道，聞起來只有一點香。

帕來泡泡的功用不光只是包覆帕來氣體，還可以當透鏡。就像藍透鏡可以過濾掉所有色彩，只剩下藍色，或是透明的窗戶依然會過濾掉一些超紫光，帕來也會影響穿透進去的光。有點像是篩網。

光的篩網？這種說法聽起來不太可能，但卻是真的。帕來能把所有法色擠向它們真正的法色——實際上可以用來汲色的光譜。穿透這麼多帕來後，每種法色似乎都更活躍、更鮮明。夏普大師說這就是帕來是主法色的證據。而且說得好像是專有名詞一樣。「帕來是主法色。」他說，語氣聽起來很虔敬。

但是提雅也聽過紅法色的老師提出紅色才是頂尖法色的理由。藍法色的老師向高年級學生解釋藍色才是真正的法色——歐霍蘭的最愛，大海與天空的顏色。黃法師也有一套黃色才是歐霍蘭最愛的說詞——位於光譜中央，黃色之心乃是牢不可破的金黃。在提雅看來，雖然她也希望帕來很厲害、很了不起——畢竟她只能汲取這種法色——但帕來依然是只具有某些特色的法色。就像黃色可以變成液態或固態，而且兩種形態都很有用。

提雅見過十年級學生——有辦法說服贊助人讓他們持續研究可以帶來最大利益的學生——拿偏光鏡片做實驗。把鏡片放在一道光線前時，看起來沒有任何不同。但是把第二片鏡片放到同一道光線前時，還是沒有任何不同——除非轉動兩片鏡片的任何一片。然後光線變暗。

眼前情況似乎差不多。當然，除非是截然不同的兩種情況。夏普大師不准她去問別人。

她做完了其他課程的作業，過程中盡可能維持帕來泡泡。她不可能一直待在泡泡裡，就算完全沒有出錯，空氣也會很快就耗盡。說起這個，她吸入了大量帕來氣體，那樣健康嗎？

在有可能害死妳的事情裡，提雅，呼吸帕來氣體的程度遠不及凶殘成性的異教徒、瘋狂殺手、擴張領土的異教大軍，還有單純的愚蠢。

這樣想可以讓她好過一點。

她做完作業，返回營房。她試著維持泡泡，迅速汲色，有人路過就偏開雙眼，恢復正常，走出幾步後再擴張瞳孔。但是步伐不穩會讓泡泡一直破掉——不管用哪一道光束支撐泡泡，光是走路這個動作就能破壞汲色。接著當她肯定自己維持泡泡的方式正確、步伐也輕巧仔細、多點支撐到泡泡不會破後，又眼睜睜看著走路產生的微風壓垮了泡泡正面。泡泡撐了一秒，然後裂開，直接化爲烏有。再一次。

「嘖。」

她幾乎忽略了這個聲音。提雅路過那扇打開的房門，完全把心思放在——喔，見鬼了！

她僵在原地。夏普大師！他身穿富裕魯斯加人會穿的刺繡亞麻衣和寬腰帶，寬邊帽掛在背上，繫繩中雜著金絲。她心裡暗自認同這種打扮：名貴到可以在克朗梅利亞大部分地區通行無阻，但沒有名貴到會讓人留下印象。

他指示她進入自己所在的房間。看起來像是辦公室。他顯然是偷闖進去的。她確保沒人在看，然後走進去。

「要不了多少時間。」夏普大師說。他對她笑，露出完美的牙齒。他關上房門。「證明妳是否忠誠的時候到了。再過三天就是太陽節。白法王此刻正在排練當天的儀式。妳要前往她房間樓下兩層的房間，然後妳會在窗外看見一條有打結的繩索。往上爬一層樓。然後用這些東西爬到下一層樓。」他交給她一個感覺像是裝了石頭的袋子。

她拿一塊出來看。那是約莫手掌大小的月牙形物體。月口幾乎完全平坦。有一片藍盧克辛突起於月口外。

「把牆壁盡量擦乾淨。撕掉藍盧克辛，然後立刻用力把它黏到牆上。它可以支撐妳體重的五倍重量。爬下來時，從底下拉開這個。」他彈開一個圓環。「這玩意兒連著一條線，線上塗了溶劑。妳用那條線把月牙拔出牆壁。這很重要。不能留下任何證據，聽懂了嗎？牆上或許會留下一點盧克辛。不過幾分鐘後就會溶解了。」

「上去之後要做什麼？」

「白法王門外還有一、兩個黑衛士站崗。她的臥房奴隸已經打點過了。」

「你殺了她？」提雅問。他還是沒有回答他的問題。

「出門跑腿。我們相信微光斗篷放在白法王書桌最下面的抽屜裡。不然就在隔壁奴隸房的衣櫃裡。」這就是目標。微光斗篷。就和他們猜的一樣。「我們推測妳有半個小時。陽台的門沒鎖。」

「你收買了黑衛士，」提雅說。「為什麼不讓黑衛士去偷？」

夏普大師用覺得她很愚蠢的表情看她。

喔。因為不想暴露黑衛士身分。黑衛士肯定是首先遭受懷疑的人——就算沒人想要懷疑他們，但還有誰能從白法王的住所偷東西？

她可以進一步推測不管殺手會收買的黑衛士是誰，事發當時肯定會有很好的不在場證明。或許就是此刻和白法王在一起的人。無論如何，對方必定是不久前才進入白法王房間打開陽台門的——打從幾個月前的暗殺事件後，陽台門就一直鎖著。透過這兩條線索，提雅當然有辦法篩選出可能的叛徒。

晚點再說。

「斗篷看起來是什麼樣子？」提雅問。

謀殺夏普對她露出過白的牙齒。或許是在笑。他讓她看他的斗篷內裡。柔軟的灰布，織工細緻。他把斗篷翻到身後，露出頸線附近的口袋，讓她看一眼裡面的黃金項圈。「其中一件邊緣被燒過。應該一共有兩件。我們知道燒過的那件在那裡。如果妳把兩件都拿回來，就能大幅提升他們的信賴。如果妳只偷到燒過的那件，他們可能還是不會信任妳。」

「你是說，就算我偷了一件像微光斗篷這麼重要的寶物給你，還是沒辦法獲得信任？」提雅大聲問。

「喔，妳要去的房間是審慎二十七號房。動身吧。」夏普大師說。他皺眉，彷彿是希望他沒提兩件微光斗篷。「喔，維持帕來泡泡的要訣在於用帕來氣體本身支撐，不要直接接觸。如果帕來氣體夠濃，就可以和它維持開放式連結，還不用把眼睛變成兩顆黑球。我自己的老師說我們的前人有辦法在行進間不製作外殼，在身邊維持一團帕來氣體，就算有風，或是在奔跑、戰鬥時也可以。」

那樣很了不起，但是……「那有什麼用？」提雅問。

「微光斗篷能讓分光者隱形。妳知道的，斗篷採取的機制各有不同，但全都奠基在同樣基礎上。」

「你是指……？」提雅問。她覺得難以置信。

「古代的大師全都是霧行者不是沒有理由的。他們不用斗篷。」

第七十二章

這樣想吧，提雅——妳討厭等待。基於某種瘋狂的理由，就像每個士兵一樣，妳寧願面對恐懼也不要單調乏味的無聊。

提雅記得率領黑衛士沿著懸崖山道前往盧易克岬的堡壘。她率領全世界最頂尖的部隊。她當然可以爬梯子。她在敵人從幾步外位置發射砲彈的情況下爬上堡壘側牆，眼前的情況根本算不了什麼。

爲了在走路時有事可做，她嘗試用帕來氣體支撐帕來泡泡。結果輕而易舉地成功了。如果讓泡泡底部開口，在地面上方開一個手掌寬的洞，就可以一邊在泡泡裡移動，一邊呼吸。

她轉過一個轉角，看見基普走出升降梯。她立刻停步，往後閃開，不讓他發現。這麼做的時候，她忘記把泡泡往後推，結果泡泡在她閃回來時粉碎——不過碎得安靜無聲，也沒人看見。她等待片刻，如果基普朝她走來，她很快就會遇上。

但是他沒走過來。一定是去圖書館了。

她走到升降梯，沒人看見她。她往上前往名爲「審慎」——盧克教士如此稱呼那一層樓——的樓層在沒人看見的情況下抵達。走廊上沒有人。她來到二十七號房，沒人看見。

房門沒鎖。

裡面沒人。

她查看窗戶。夠大。一推就開，繩索就垂在該在的地方。甚至還打好繩結，方便攀爬——提雅很感謝這種做法。她上半身的力量與自己期待中不同。

她檢查身後的房門，綁緊裝著攀爬月牙的袋子，祈禱了約莫十秒鐘。別給自己太多時間，想太多會令人卻步。只要花點時間準備就緒，集中精神就好，不要給自己時間鼓起勇氣。為了勇氣而拖延乃是懦弱的表現。勇氣就是行動。

但是我不想死。

行動，提雅。

她抓起繩索，扯了一扯。感覺很結實。當然，肯定結實。如果他們想要殺她，他們——不會在塔裡動手。

她還沒弄清楚自己在幹什麼就已經開始爬了。這樣好多了。她避免往下看，努力往上爬，一個繩結、一個繩結，再一個繩結。當時是下午，不是她會挑選的時間。但白法王此時不在屋內，而且提雅沒得選擇。至少她是爬在稜鏡法王塔有陰影的一側，所以太陽下山時，所有往她所在方向看的人都會被後面的太陽遮蔽視線。

感謝歐霍蘭，這是颳著寒風的寒冷春日，幾乎沒人待在外面。

麻煩的向來都是改變位置的時刻，而這一回就是從繩索爬上陽台。但提雅很擅長爬牆。她提起一腳，甩繩子繞上去，把繩索固定在一個繩結上，然後拿來當踏階，再用雙手握住陽台欄杆，她跳上陽台，好像每天都這麼做一樣。

她想起和買她去當玩伴的莎萊一起爬上露西加里宅陽台的事情。輕而易舉。

她查看陽台門，發現沒鎖，本該如此。她看了房內一眼。裡面沒人。這是間樸素的小房間，不過既然位於這麼高的樓層，就表示這是個深受寵幸的奴隸的房間。或本來是這種房間，不過現在沒人住。提雅非常好奇，但沒時間四下查探。她退回陽台，輕輕關門，開始研究塔牆。

她希望能用抓鉤，但知道爲什麼不能。她會用同一條繩索下來，那表示抓鉤會留下來成爲證據。這次任務的重點就是要讓微光斗篷憑空消失。

幸運的是，她有很多攀爬月牙。沒必要伸長手腳才能搆到下一個。她用袖子擦乾淨陽台欄杆右上方不遠處的一塊牆面，撕下藍盧克辛蓋，把月牙黏在那裡。她折斷藍盧克辛蓋，它立刻化爲灰燼。

第二塊月牙黏得更高，位於左側。左腳上欄杆，右腳踏上月牙，左手搆最上面的那塊。重複這個動作。不急。

上樓的距離不遠，但提雅花了很多時間。她一邊往上爬，一邊朝左方移動。如果現在掉下去，她會摔在下面的陽台上。再爬兩步，下方就只剩離她很遠很遠的大庭院。

烏雲越來越厚，天色越來越暗，因爲身處塔身陰影側，天色更暗。提雅心裡冒出個想法，開始製作帕來氣體。在讓帕來氣體飄在頭上，不過在依然與意志連接的情況下，她可以把它當作火炬使用。

所以「古代的大師」並不是只想著隱形。讓火炬緊鄰頭頂，不直接位在視線上，用處就大多了。

一陣大風來襲，吹跑她的帕來氣體。她像蜘蛛般緊握月牙，讓身體緊貼牆面。

風減弱了，提雅再度施展帕來魔法，繼續往上爬。輕而易舉。她的月牙充足，所以她爬到比陽台還高的位置，讓她直接從月牙踏上欄杆，然後跳上陽台。反正她的手指都因爲寒冷變得僵硬笨拙。沒理由冒險。她只希望出來的時候不要下雨。

她跳上陽台，輕輕落地。放輕鬆。她蹲在那裡，壓低身體，雙手壓在腋下，恢復手掌的感覺，讓疲倦的手臂休息。如果開門的時候，門後站了一個黑衛士，她就得迅速跑出房間，爬下塔牆。

想到這個，她站起身來，找到觸手可及的兩個月牙上的拉環，扯下它們。如果必須扯掉月牙來阻止追捕的話，她的動作一定得快點。

她又停了一下心跳的時間。她沒辦法透過帕來光譜看穿木門；這招只能用來看穿像布那種有透光性的輕薄質料。*勇氣就是行動，提雅。*

她拉拉門把，緩緩轉動。門把轉了，沒鎖，本該如此。她沒聽到門把發出任何聲響，但是外面風大，本來就聽不見。她沒辦法做任何事來避免門把發出聲響。她把門把轉到底，將門拉開一條縫。門簾拉上了，白法王的房間很黑。室內和室外的溫差表示提雅引起了一陣風。她閃身入內，身形伏低，然後關上陽台門。門簾晃動——然後平息。

提雅迅速製作帕來火炬，拿在手上，在房內搜尋藏身處。風有吹動房間的正門嗎？如果有，門外的黑衛士會立刻開門檢查，或是完全不會。

她緊張到心臟都快跳出來了，以最快速度躡手躡腳走向白法王書桌。她被地毯的邊緣絆倒，雙掌和膝蓋著地，熄滅了帕來火炬。幸好地毯超厚，她摔得既不大聲也不痛。

提雅差點在這種荒謬又緊張的情況下哈哈大笑。接著她想起在這裡大笑可能會死掉。

門沒開。外面的黑衛士沒來查看。

提雅站起身來，再度凝聚帕來魔法。她想了一想，又弄出一個殼。她在殼裡塡充帕來氣體，充當飄在頭上的火炬，整個房間在她的視線中變亮。這下像樣多了。

帕來的神祕處之一，就在於它非常清晰可辨。它在光譜中遠遠位於次紅之下，而次紅的特性是模糊難辨。提雅假設光有某種特性導致超紫光譜的品質較好，次紅光譜較差。但是次紅和帕來間肯定又產生了什麼現象，因爲她看得一清二楚。

提雅望向奴隸房。沒人。輕而易舉。

她走向書桌——帕來殼立刻被木頭戳破。不過裡面的帕來氣體保持在原位，沒有洩向任何地方。她輕嘆一聲——現在可是研究帕來的時刻？——她重建帕來殼。她往前走——弄破殼，但是把一切固定在原位，只有被戳到的部位碎掉。在謀殺夏普啓發她利用帕來氣體去和帕來取得開放式連結後，一切都變得非常簡單。

提雅小心翼翼地翻找抽屜。這裡面擺了多少危險的祕密？文件、紙張、墨水，甚至還有幾張九王牌——有趣，提雅不曉得老太太玩九王牌。最底下的抽屜裡有件摺疊整齊的深色斗篷。提雅拿出來抖開，灰斗篷上用灰線繡了一隻在吠的狐狸。邊邊被燒短了；領口有黃金項圈裝飾，材質很薄、觸感如絲，但是很堅硬。輕而易舉。

太輕而易舉了？提雅舔舔嘴唇。她捲起斗篷，塞到背上的背袋裡，綁緊。

沒有其他斗篷。有一瞬間，她緊張到喉嚨緊縮。接著她想，不，當然沒有。*這一切都是安排好的，但不是爲我而安排的。*

這斗篷短到只有嬌小的女人或男孩才能穿。世界上有多少分光者？有多少分光者是嬌小的女人或男孩？一個。如果提雅是唯一能穿這件斗篷的分光者，他們就不能殺她。

這可能是很幸運的巧合，但提雅看出一切都是白法王安排的。如果不是白法王，那就是歐霍蘭的安排。當然，以歐霍蘭的行事作風來看，就算是白法王安排的也能算是歐霍蘭安排的。所以……

感謝你，先生。等我沒有，呃，身處險境時，我會好好禱告一下的。我也不會繼續蹺掉每週的崇拜儀式。

太常蹺了。

她弄完了。就算另一件斗篷就在其他櫃子裡，此刻她也知道帶走那一件可能會招來死亡。算了。

走向陽台時，她聽見門外有人說話。門開了，一名黑衛士探頭進來。巴亞・尼爾——盧城之役的老鳥綠法師。他在對抗阿提瑞特時與基普、卡莉絲，還有加文・蓋爾並肩作戰。他手中的盧克辛火炬綻放純黃的光芒。

提雅僵住了。她無處可躲。一躍的距離內沒有任何掩護。她心跳凝止。血管中充滿戰液，但儘管戰液曾促使她展開行動上千次，這一次它卻辜負了她。或是她辜負了它。她動彈不得。她知道接下來會發生什麼事。儘管帕來霧籠罩在她身邊，但還是看見黃光在巴亞・尼爾的高特拉上、鼻子上、手臂上產生不尋常的折射，一切都在轉變、轉變。

如果不是出於想像，那麼那道黃光似乎讓提雅的思緒突然一片清明，產生超越她智慧的迅速理解力。她可以殺了巴亞・尼爾，邏輯如此告訴她，她手裡握有帕來，她知道如何以迅雷不急掩耳的速度放倒他。

但她不能殺黑衛士。不能為了自保而殺。

一個想法掠過她的腦袋：我本來可以直接向白法王要斗篷的，她也會直接把斗篷給我。

而當巴亞・尼爾看見她時，他可能已經從白法王處得知整個計畫，然後什麼都不做，也可能會抓住她，徹底摧毀提雅的間諜身分。她有好幾種辦法脫離這種處境，但沒有一種可以接受——那就是黃色的力量。黃色並非藍色那種超然純粹的邏輯或紅色的熱情。它是邏輯和情緒的平衡。提雅在毫不寬容的邏輯前投降。她站直身子，不做出任何威脅的動作，看著巴亞・尼爾將火把揮到照得到她的地方。

提雅的皮膚如同雪花騷著所有神經般微微刺痛。心中某個虛無飄緲的部分覺得她的皮膚彷彿變成麵團，往下掉落，然後又彈成一團。

巴亞・尼爾的目光直接掠過她。他掃視房間內，尋找不對勁的地方。他的目光再度掃過她，看穿她，搜尋她身後，然後又看一次。她距離他不到六步。他不是假裝看不到她。她看見他的雙眼。眼神沒有絲毫遲疑。瞳孔沒有重新聚焦的閃動。他不是在裝模作樣；他看不到她。隨著他來回揮動盧克辛火炬，提雅的腦袋似乎滋滋作響。

就在那一刻裡，提雅知道了。那把盧克辛火炬。她的帕來霧。盧克辛火炬釋放出一道緊密的黃色光譜。加上帕來重新聚焦的特性，表示提雅的分光能力只要應付一種光譜就行了。她在無意間這麼做，只能算是小小的挑戰而已。這就是古人的做法，移動時同時處理所有光譜。提雅就在做一樣的事情，只是沒有移動，而且也只有一種法色。

巴亞・尼爾揮開火炬，關上房門。

提雅宛如離弦的箭矢般衝向陽台門。開門的同時，她聽見巴亞・尼爾的聲音。「你知道，」他說。「我該檢查一下陽台的門鎖。那些跳級晉升黑衛士的小鬼老是會忘記——」

她沒聽到後面的話。她溜出門外，弄碎帕來甩掉。她在大門開啓時關上陽台門。氣壓的差異引發一陣嘶嘶聲。她爬過欄杆，踏上她的攀爬月牙。她拉下一個月牙的拉環，露出刮線。她迅速用線轉了一圈，把攀爬月牙刮下牆壁。

提雅在陽台門開啓，射出全光譜光線時迅速往下踏了一階。儘管剛剛有祈禱，她待在室內時外面肯定還是下了細雨，因爲下方的月牙很滑，她的腳直接滑開。在一隻手緊握攀爬月牙，一隻腳突然踏空的情況下，她使勁猛抓，避免摔下高塔。

她的身體甩動，撞上塔牆。她放開另一手裡刮下的月牙，連忙去抓握緊的月牙、穩住身形。她現在的位置低到膝蓋幾乎可以碰到剛剛滑掉的踏腳月牙。但那樣不行。月牙的形狀是讓手掌和腳掌固定用的。她用力拉，左臂顫抖，肌肉劇痛，把自己往上拉，讓右腳踏回該在的位置。

她沒時間休息。如果他從陽台這一端探頭，就會看到她。她拉開拉環，轉動刮線，收回下一個月牙，放回背包。她小心翼翼地踏上下一塊濕滑的月牙，重複剛剛的動作。她才剛消失在陽台下方，深吸口氣，就聽見上面傳來一聲：「呃？」

黃光照亮黑暗而來，巴亞・尼爾伸出盧克辛火炬，舉在提雅剛剛所在之處。然後又收了回去。

她聽見陽台門打開又關上的聲音。

她讓肌肉恢復一下。肌肉需要休息，但是等太久的話，她的手指會變僵硬笨拙。無論如何，她謹慎地回到她的陽台，沒有遇上任何困難。房間裡有個披著大斗篷的男人坐在裡面，背對著她。突然間看見此人差點把她嚇昏。

聽見她進屋，他伸出戴手套的手，舉起一張字條，沒有轉身。

字條上寫：「妳爬下去後，這個人會收拾繩索。不要和他說話。他不該得知妳的身分，妳也不該得知他的。光是做這件事就會讓他身處險境。不要留任何東西給他。妳交還字條後只有一分鐘，然後他就會移除繩梯。」

提雅確認自己身上的東西都綁好了——除了她放掉的那枚月牙。她把字條交給男人，看見閃光燒掉字條後，爬繩索回到下一層陽台。她轉轉肩膀。輕而易舉。她搭乘升降梯前往黑衛士營房的樓層，然後直接撞上基普。

「嘿，」他說。「我到處都找不到妳。我有件事情想和妳談。妳怎麼濕了？」

提雅不想在身上藏有偷來的微光斗篷和一堆攀爬月牙時和基普談話，特別是基普最有可能帶她去的地方，就是黑衛士營房或樓下某個訓練區，也就是她得換衣服的地方，那可能會危及她的安全，讓贓物曝光。

「你要去哪裡？」她問，沒有回答他的問題。

「我想說去我的房間。我說過了，我有件事要和妳談。」

「真是神祕。」她說。她本想說得帶點取笑意味，結果語氣不是很好。

他兩手下垂，好像被她打中什麼敏感部位。「提雅，」他說。「拜託。拜託？」

基普，這麼嚴肅、輕易認錯、敏感脆弱？這下我沒辦法不和他走了。

她想起之前沒有回應的擁抱，還有她事後心中的後悔。*基普，你真是會挑選時機。糟透了。*

「當然。」她說。*我會被你害死。*

她跟隨他。走到半路，隱約聽見身後傳來鞋子拖過石板地的聲音。回頭一看。空無一人。

她又看了一眼，這一次透過帕來光譜，看見謀殺夏普隱形跟在他們後面。他伸手抵在嘴前，不要她說任何話、做任何事。她考慮著能不能在轉彎時抖掉背上的背包，丟在地上。夏普大師當然別無選擇，只能揀起背包，或許就不會來煩她了，對吧？

但萬一她手腳沒有那麼靈活怎麼辦？萬一基普看出她背包有鬼呢？他會立刻提問，然後鍥而不捨，不知道背包裡放了什麼絕不罷休。隨時都很好奇，隨時都想知道一切究竟是怎麼回事。他就像隻壞貓咪。

於是他們就在她越來越擔心的情緒中繼續走，一直走到基普的房間。透過帕來光譜，她看見夏普大師比畫手勢，堅持要跟進去。才不要。但是她不能違背他的命令，現在不能，永遠不能。

她沒有關門，隱形的夏普大師步入房內，打算偷聽所有祕密。

「終於，」基普說。「可以有點隱私了。」

第七十三章

「提雅，重點是——可惡，我老是會說『重點是』。」他嘆口氣。「我們都知道我不會成為黑衛士。」

「什麼？不，我們不知道。」她說。

「妳在開玩笑？」基普問。當然只有他一個人無法認清事實。

「你到底在講什麼？我們小隊是黑衛士裡最強的小隊。你一直在進步。粉碎者，不要煩惱這個。你一直都在擔心一些有的沒的。你——」

「我不是在擔心那個！」他說，好像那樣很可笑一樣。這樣說當然不對，因為打從認識提雅以來，他就一直在擔心那個。

「就我印象所及，你一直在擔心那——」

「提雅，我是蓋爾家的人。他們絕不會讓我進行最終宣誓。他們怎麼可能讓蓋爾家的人當守衛？他們會讓我去保護誰？我能撐到現在都是因為戰爭，所以大家沒空理我。但等到宣誓的時候？或許爺爺會幫我擬定其他計畫。或許是白法王。或許是其他法色法王。我是我父親的兒子，那表示我對很多不認識的人而言都有利用價值，討厭我們家族的人。那些人至今尚未採取行動，是因為就算他們認為我父親已死，還是無法肯定安德洛斯有多恨我。等他們發現他不會罩我，或——」他住口。歐霍蘭慈悲為懷，他差點就說「或等我同父異母的哥哥辛穆出現」。他差點說溜嘴了。「我完蛋了，提雅。」

「嘿，」她說。「黑衛士會小心說話。」她瞄向旁邊一眼。

基普兩眼一翻。「沒錯。」他說。「換句話說，我不會。我只是個獲得家族承認，但所有人都知道是私生子的私生子，如果蓋爾家的人願意假裝我是名正言順的後裔，那好吧，他們是蓋爾家的人。他們可以這麼做。但那又是另一個痛恨我們的理由。一切都只是場夢。事實上，我認爲我父親把我弄進黑衛士只是要我學習戰鬥。那個冷酷、狡猾——」

「或許他是爲了要讓你交朋友。」提雅說。「或許你沒有公正看待這個給了你一切的人。」

「我開始有點懷疑我這個神聖的老爸了。」基普說。他伸手理了理頭髮。「總之。總之！反正……我不會成爲黑衛士。想想那代表什麼意思。」

他以爲她立刻就會想出答案。「基普！」她抱怨。「我完全不曉得你在說什麼。」

他臉色發白，瞥開目光，突然感到很脆弱，侷促不安。「黑衛士不能……黑衛士不能和其他黑衛士在一起。」

「對。」她說，彷彿他只是在陳述事實而已。沒有。聯想。在。一起。

別逼我說出口，提雅。

「但如果我不是黑衛士，我就可以和……是黑衛士的人在一起。」

「對啦。」她說。揚起眉毛，好像在哄小孩一樣：*說直接點，基普。*接著她收手摀住嘴巴。「喔，狗屎！」

和他期待的反應不同。但是一丹納與一昆塔也差不了多少了。他盯著牆壁。他覺得自己好像挖出了自己的心臟，丟到牆上那個位置一樣。

「我在這裡已經快要沒有朋友和盟友了，提雅。我把我爺爺觸怒到不能再觸怒的地步，只要一句話，他就可以結束我的黑衛士生涯。又不是說妳……你們全都會肩負起自己的職責，而那可能會包括了，妳知道，阻止我殺死我爺爺。」

「基普，我們又不可能忘了你。」

「不，事實上，你們就是要忘了我。或是比那樣更糟。擔任黑衛士最重要的就是效忠黑衛士，或是白法王要你們效忠的人。效忠普羅馬可斯？你們的工作很有可能是要殺我，就這麼簡單。」他在發脾氣，但不是在氣她。他這樣做不公平。她真的沒想到他會說這種話。或許她根本沒想過這種事。她一直到最近都還覺得身處一個暫時不用煩惱男女關係的團體是件好事。

「基普，我們絕對不會──」

她說我們。不是說我。他插嘴：「重點在於，朋友對我來說太奢侈了。所以我需要的是盟友。提希絲提供了這種機會。我──」

「提希絲？」

「──我想知道的是妳，妳有沒有什麼我不該答應她的好理由？」有夠唐突的。他是渾蛋，沒辦法不讓自己當渾蛋。他看著提雅，彷彿她已經開始遠離他的期盼。

「她提供了機會？什麼？什麼機會？」

他說得還不夠明白嗎？「她提議我們結婚。」

「結婚？」

「這是唯一能鞏固同盟關係的方法。就算是普羅馬可斯也不能取消婚姻的羈絆。」

「你是認眞的嗎──基普，你才十六歲！」

「再過幾個月就十七了──十，十個月。」

「結婚，基普。結婚。有，有上千個好理由。像是……像是……好吧，我是說，你才十六歲──」

「我不是要找上千個拒絕她的理由，我只要找一個——本來，是本來要找。」突然間，出於恐懼、出於憤怒，淚水冒出他的眼眶。他深吸口氣，眨眼，眨眼，但是阻止不了。眼淚湧出來，他開不了口，眼淚順著臉頰流下。

拒絕。提雅拒絕他。

你應該趁有機會的時候上她，安德洛斯．蓋爾的聲音在基普腦中響起。基普覺得很羞愧。

「我很抱歉。」他說，聲音聽起來很平靜。緊繃，喔，非常緊繃又小聲，但很平靜。「讓我們兩個都很尷尬。我道歉。我這麼說不公平。拜託……」

提雅看著他，震驚到說不出話來。

「請容我告退。」基普說。這裡是他房間，但他得離開。他在這裡沒辦法呼吸，多面對她一秒都不行。他幾乎是逃到走廊上去的。他衝向升降梯，但是沒一台停在這一層。他戴上綠眼鏡遮蔽雙眼，然後製作手煞車。他以前沒這麼做過，但他見過別人做。然後，管他的。

他把手煞車掛上一條錨索，雙手抓住橫槓，然後跳下升降井。

突如其來的恐懼顯然可以振奮人心。

但是恐懼只持續了一秒。基普在受驚的學生和老師眼前呼嘯而過。一層樓接著一層樓都在淚水和悔恨中化為殘影。他拉下煞車，猛然停在他要去的樓層——他做大部分訓練的地下室。

稜鏡法王訓練室裡空無一人。感謝歐霍蘭。基普把眼鏡丟回腰間的眼鏡盒裡，打開每種法色面板，讓訓練室裡充滿七種法色的光線。他可以輕易汲取任何顏色。他脫下上衣，走向重沙包。他必須強行克制自己才能做完暖身。直接去打沙包只會扭傷可惡的手腕。

不管剛剛逃離了自己的懦弱多遠，一開始打沙包後所有懦弱就都回來了。圍著搖晃的皮革和木屑轉圈的速度並不足以遠離他的愚蠢。不管從拳頭傳到手腕傳到手肘傳到肩膀的痛楚有多深都不足以淹沒他的羞愧。他到底提出了什麼要求？他怎麼會沒看出來她目瞪口呆的模樣？爲什麼他不乖乖從她驚呆的神情前冷靜離開？

不。基普太魯莽了。像頭愚蠢的動物，龜熊就是這麼「優雅」。

他的拳頭不停擊打沙包，打到手腕疼痛，接觸到沙包的地方皮開肉綻。他還沒熱身完畢，但到越過劇痛的門檻前，他沒辦法阻止自己擊打沙包。彷彿劇痛能遮蔽一切。

他爲什麼要把提雅逼到死角，讓她完全無法回應？他想要失去她。這是唯一的解釋。

他試著想像正確的反應該是如何。

想不出來。

一切都是他的錯。私生子和放逐者，自願成爲私生子和放逐者。他一再出拳，盧克辛手套擊中皮革的聲音就是他的聲音。他可以從打擊聲中聽出每一拳的輕重，沒過多久就開始修正——縮緊腹部這個位置就能在揮拳時提供更多力道，腳放在那個位置提供支點，在沙包晃回來時瞄準那一點。

但這並非逃避之道。他讓自己以爲能擁有朋友。以爲在這裡，克朗梅利亞，一切事物的中心，他可以不再孤獨。但是加文離開，卡莉絲生氣了，提雅不想要他，朋友會被奪走，永遠不能信任他們。基普註定再度孤獨，而這一次將永遠孤獨下去。

那你打算怎麼做？哭嗎？自怨自艾？可憐的瑞克頓小基普，可憐的胖小子。

他閉上雙眼，嘗試用感覺揮拳。憑感覺揮拳向來是理論上可行，但實際上不見得可行——你知道沙包的形狀，知道它擺盪的情況，知道它掛在哪裡，也知道自己出拳的力量有多重，所以應該可以預測它晃回來的方位，重新來過。對吧？

當然沒有那麼容易。不管基普是什麼人，總之和盲目戰士都差得遠了。最後他手臂上的肌腱和拳頭上所有表面都只能感受到火熱而不是疼痛，肌肉也變暖了。他開始加速。手肘、膝蓋、快速連擊、臉。他踢沙包，沉迷在完美踢擊所發出的低沉結實撞擊聲。

他要和提希絲結婚。眞的會與她結婚。

她做的事和爺爺警告的一模一樣：引誘基普拯救她，還不需要用肉體引誘。

還有重沙包上那天殺的鬆脫縫線。還是和幾個月前一模一樣。可惡！就像他沒有達到任何成就一樣。

他專注在那一側的沙包上，一轉面就移動位置，用左鉤拳打得它往右晃，然後使盡全力一腳踢出。

接著他開始噴流。小隊用以稱呼基普透過噴射盧克辛來加快速度的小把戲。他們全都同意噴流十分危險——也全都盡可能經常練習。如果基普在出拳時從肩膀噴流，就可以加倍出拳力道。這樣棒透了，只不過用這種力道擊打東西會打斷手骨，還有手腕，搞不好連手臂都一起斷掉。噴流不會讓你變強，只會讓你變快。

他們是史上所有黑衛士小隊中最多摔倒、相撞、受輕傷的紀錄保持人。

不過練習噴流也提供了很多超棒的故事——看著弗庫帝爲了加快速度而邊跑邊從肩膀噴流，讓他可以在短時間內變得飛快，直到顏面著地爲止。他在地上滑了一段距離，臉上的傷疤到現在才全部脫落。關鍵者在研究跳高一點時翻倒在戴羅斯身上。

基普曾大聲說出如果骨頭外包覆固態黃盧克辛（先決條件是能製作固態黃盧克辛），就能讓骨頭變得牢不可破，這樣打任何東西都不怕。提雅指出這樣做並不表示肌腱和皮膚也不會破；關鍵者指出這樣算是附體化身，屬於禁忌，可以處死。所有狂法師一開始都會這麼做，他說，爲了取得優勢改造自己的血肉。

此刻他犯了個錯，先從紅盧克辛開始噴流。紅盧克辛的好處在於量大，拋擲紅盧克辛產生的作用力——反作用力會比噴流的效果要好。但是紅盧克辛並非只會帶來物理上的影響，他早該認清這一點。紅魔法的情緒襲體而來，其中最強烈的就是憤怒。

踢。他氣自己看起來像笨蛋。踢。他氣安德洛斯・蓋爾。踢。他氣加文・蓋爾把他留在這裡。氣卡莉絲和提雅拒絕他。氣自己如此懦弱。

憤怒會導致暴怒再導致瘋狂。

他對準縫線鬆脫處踢出一記迴旋踢，心中怒火抵達巔峰。正中目標。毫無效果。揮拳、揮拳、揮拳。世界瀰漫在痛苦、固執和一條天殺的縫線裡。基普就是那條線，等著被人剪斷，或是讓比他強大的力量縫起來。碰、碰、碰。沙包來回搖晃，基普的拳頭化爲殘影，雜亂的鼓音中帶有一下噴流踢的重擊。他越來越熱，熱過頭了，於是他汲取次紅，冷卻自己，不過卻是火上加油，蓋過了疼痛，蓋過了理性。他變成了一頭純粹的野獸，純粹的痛恨，從內心深處發出一陣吼叫。

他吼叫，隨著紅盧克辛噴出他的腳跟，次紅也一併噴出，然後盧克辛起火燃燒。這一踢就生物力學的角度來看無懈可擊，以力量反制力量，肌肉和阻力透過迴旋踢，讓小腿及腳跟關節在與目標接合處發出鞭打般的巨響。但是火噴流之踢的推進力產生了難以想像的巨力。

兩下碎裂聲——一下是感覺到的，一下是聽見的。

因爲整個人摔倒在地，基普沒看見其他情況。他用作支點的腳掌準備好應付正常旋轉的力量，但是他把力量加倍，甚至提升到三倍。他重心不穩，側身重重倒地。

他不知道有沒有把腿踢斷。他扭動腳掌。很痛。他伸展腳掌，還是會痛，不過似乎沒斷。痛？痛得像是，眞是眞是他媽的痛到不能罵髒話因爲我不能呼吸因爲痛得可以那麼痛。

基普翻過身子，神色痛苦，奮力呼吸，然後坐起身來。重沙包在地上。它被踢下鎖鏈，躺在地板上。沙包沒破。

就只有……幹。

就只有被踢下來而已。

沙包躺在地上嘲笑他。他站起身來。喔，哇。眞是有夠痛。他跳到沙包旁。沒，重沙包肯定沒破。鬆開的縫線依然只是鬆開而已。

嘲笑他。

但是基普同時聽見兩下碎裂聲。如果一道發自重沙包頂端的皮勾，另一道是哪裡來的？重沙包落地的聲音？不。

第二道碎裂聲發自重沙包內部。基普非常肯定。

好了，管那麼多。他本來就得向鐵拳指揮官解釋踢掉沙包的事情——仔細想想，反正遲早都會被踢出黑衛士的，還有什麼能損失的？

他看向藍光，汲色製作了一把小藍匕首。他坐下，拿匕首對準鬆脫的線頭。

痛毆這個沙包這麼多個月，只爲了一個理由。這麼長的一段時間，幹這一件蠢事，沒幹成這一件蠢事，而現在打算放棄？我眞的想用打的打開這個沙包。啊，好吧。

沙包轉眼就被割開了，裡面都是……木屑。基普盤腿坐在地上，伸手到木屑裡挖，把地板弄得亂七八糟。反正都已經搞成這樣了……

他只摸索一下就摸到了。一個盒子，深深塞在沙包中央偏上的地方，強而有力的攻擊不太會打到的位置。他很快就拿出那個盒子。

他屏住呼吸。他認得這個牌盒。不，不是隨便一個牌盒。這就是那個牌盒。橄欖木加象牙，大小剛好裝得下一副大牌。這是珍娜絲・波麗格的牌盒，她藏起來不讓凶手找到的那個牌盒。很樂意交給他父親加文的那個牌盒。珍貴木盒的正中央裂開了，被基普踢裂的。

哎呀。

他搖開木屑，然後伸出顫抖的手打開牌盒。新牌都在裡面。所有珍貴的九王牌——難以想像的珍寶，國王、總督、法色法王和當今世上及過去兩百年間所有偉大男女的祕密。通通都在這裡。

加文一定知道因爲自己經常不在家，肯定會有人去搜房間。所以他把牌藏在這裡，只有基普或鐵拳可能找到的地方。這當然就引出了很明顯的問題。在安德洛斯・蓋爾明白表示過他可以侵犯基普的隱私到什麼地步的情況下，他要怎麼把這種寶貝藏起來？還是該交出這些牌，接受安德洛斯的條件？交出這些牌表示基普徹底放棄他父親。

但那個可以晚點再說。

一股毛骨悚然的感覺順著汗濕的手臂而來，沿著脊椎隱隱刺痛，一路蔓延到頭皮。基普站起身來，扯開重沙包。更多木屑撒到地板上。他會爲了弄亂這裡付出代價的。但是裡面不光只有木屑。還有另一個牌盒——基普曾匆匆見過一眼的牌盒。安德洛斯・蓋爾的牌盒：他問是不是基普偷走的牌盒。是加文偷的。

現在落入基普手中。

但那個也可以晚點再說。牌都在他手裡了。珍娜絲・波麗格一輩子的心血結晶。她的頂尖傑作。世界奇觀。基普曾經翻看過這些牌，不過當時他什麼都不懂。他覺得頭暈目眩，微微顫抖。他打開破掉的盒子，把整副牌都拿出來。

喜悅之情宛如一口喝下白蘭地般的辛辣灼燒，貫穿他的身體而來。

奇怪的是，感覺不太像是他自己的喜悅。基普環顧四週，看著照亮訓練室的七道法光。有多少法光是他在無意間汲取的？或許最好不要在拿著這些牌的時候汲——

他手中的牌在抖動。不是他的手在抖，是牌本身在抖，針對某樣東西的反應。

基普把整副牌拿遠一點，但是牌在他轉動手腕時脫離他的掌握，彷彿鐵被磁鐵吸引而去般飛向他，貼在他的皮膚上。剩下的牌紛紛貼上他裸露的胸口，啪啪啪，勢不可擋地被他的皮膚吸引。七種法色——更多——穿透基普的身體，彷彿在他身體的臨界點外爆炸。一切都在燃燒、在冰凍、在貫穿。

他跌跌撞撞地繞圈，看不清楚東西，九王牌啪啪啪地貼上他背部的皮膚。他扯下胸口的牌，它們的共鳴點開始答答答答地跳上他的指尖。每一張牌從他掌心脫落後，立刻就有另一張補上，然後又換一張。太快、太黏了，接著它們不單是燒入他的手指。每張牌似乎都從許多點滲入他的皮膚。他開始大叫。

他面前的空間浮現一道發光形體。渾身發光的身影，引人注目，難以偏開目光。莉雅・希魯斯，一頭棕髮盤在頭上，嘴唇十分豐滿的圖書館員，當初指引基普去找珍娜絲・波麗格的女人。不過此刻他覺得用「女人」稱呼她並不恰當。

他在墜落——

不，他在跳躍——不，他在戰鬥，兩手各持一支光劍——不，他在詛咒讓他放棄總督轄地的女人——不，他聽見有個年輕黑衛士說：「那並非附體化身，長官。」

「也差不多了。」

傑出輕快地敬了個禮，然後跳下斷崖。那個了不起的大渾蛋，他竟然還翻筋斗——基普摔在地板上，衝擊的力道令他恢復神智。莉雅蹲在他身旁。「粉碎者，我在這裡面幫不了你。出去，不然你會死。」

強光沖刷掉骨頭上的血肉，把骨頭削成骨條，把骨條磨成骨屑，把骨屑磨成骨灰。

一陣由光本身形成的風，歐霍蘭的氣息，吹過曾是基普的灰燼，把他整個吹散，散入七總督轄地每一個角落，散入更遠處。將他從現在吹入過去。把他吹出時間，因爲歐霍蘭位於時間之外。

她即將化爲狂法師，正如這一生中所有盧克教士都警告的那樣。她粉碎了斑暈。她應該要自殺，這是唯一選項。不然她還能怎麼辦？法色之王看準了她會加入他，她會如同他所猜測般失去理智。她在帳篷上咬了一個小洞，讓一小道光線洩入其中。只要使用她的紫熊尤瑟夫給的小藍寶石，她應該就能——

伊・橡木盾眨眼看清眼前的景象。大河兩岸都有敵軍。這個景象令她痛苦。並非出自恐懼。悔恨。應該要更努力點。不應該和達里安・蓋爾耍嘴皮子的。爲了擊敗世界上最聰明的人之一所帶來的那陣喜悅，爲了當天一群貴族一場大笑，今天他們必須讓平民百姓用鮮血付出代價——

她的筆寫出一絲不苟的筆跡：「狗。第一二〇七日。這名研究員當初汲色造成的生理狀況依然沒有任何變化。也沒有偵測到心理變化，不過這符合之前研究狗類心智的限制相吻合。隨著時間過去，這名研究員越來越深信只要嚴格監控一定的程序，便能有辦法安全施展附體化身。這方面的研究的確有可能造成危險，但是克朗梅利亞有點謹慎過頭了。在植入前正確彌封的盧克辛沒有產生變化，而且也確實更加安全！比起世俗的工具。如果——」

他跌跌撞撞地遠離陷入火海的大傑斯伯島上的懷特・歐克大宅，火勢沖天而起。他的皮膚融化了。他在醫生狂奔而來的同時放聲慘叫——

基普喘氣。他嘔吐，但是影像卻不放過他。有太多魔力流過他的身體，他根本看不見。他透過刺痛的喉嚨尖叫——或是試圖尖叫。叫聲凝結在喉嚨裡，無影無蹤。

「基普，粉碎者，聽好——你心跳停了。你沒多少時間了。不要讓那些影像拖延分心——」

他的雙眼沒有閉起，無法閉起，但是影像閃動，就像他在眨眼一樣。

加文睜開眼睛，看見和之前一模一樣的黃殼——

瑟莉絲又在耍婊了，砲手暗自想道——

她肯定是最後一名活下來的黑衛士——

歐霍蘭呀，黑盧克辛。黑的！它

光殺了——

她——

第七十四章

「怪男孩。」謀殺夏普在基普離開房間後幾秒說道。謀殺基普撤銷了隱形。他解下正面的面具，彷彿那令他喘不過氣。

提雅說：「再批評我朋友一句試試看。」

夏普大師表情糾結，彷彿以爲會喝到酒，結果喝到醋。「有些時間和場合適合懲罰學徒。不幸的是，現在不是那種時候。這——」他揮了揮手，「這是弱點，阿德絲提雅，妳最好擺脫這種弱點。」

她想要弄個心靈盒子，把所有情緒放進去。她透露出的任何情緒都會成爲日後用來對付她的武器。

「妳保護不了他。妳知道，對吧？」夏普大師說。「在我面前不行。特別是在我面前。我很好奇，如果我告訴妳，要證明妳的忠誠就得殺了他，妳會怎麼做？」

「你何不下令看看我會怎麼做？」提雅問。

「喔，眞有骨氣。我喜歡。」他露出那種獵食者般的奇特笑容，彷彿想要一次把所有完美的牙齒都露出來。「妳有東西要給我？」

提雅把斗篷丟給他，然後把攀爬月牙也給他。

「掉了一塊月牙。」她說。「我得匆忙離開白法王的房間。有個黑衛士差點在陽台逮到我。」

「但是沒逮到。」這是個問題。

「我在這裡，不是嗎？」

他搜她的身。彷彿一種提不起勁兒的侵犯，像是被喜歡男人的男人剝光衣服。這種感覺有比較好一點，但沒有好到哪裡去。他從頭皮開始搜，用手指粗暴地插入她的頭髮裡。如果她有花時間整理頭髮的話一定會氣炸的，但是弓箭手太實際了，除了慶典日外絕不會花時間做頭髮。

「難道不能用帕來光譜搜身嗎？」提雅問。

「那樣並非萬無一失，我很肯定妳知道。」

有這種事？事實上，她不知道。眞是——

謀殺夏普直接伸兩根手指插入她的下體。先插正面，再插後面。她吃驚到受侵犯時，完全忘了反應。然後他就搜完了。

「我在哈——」謀殺夏普說著住口。「我在牢裡的時候，妳絕對想不到人可以在……那裡藏些什麼東西。抽聞起來像……肥料的海斯菸？我永遠不會絕望到那種地步。就算爲了融入牢獄生涯也一樣。有個提利亞人把匕首藏在……好吧。他們搜他搜得很暴力，把他的內臟割得亂七八糟。他沒活下來，但是他淪爲我們的……笑柄很久很久。」

太好笑了。

他放開她，攤開斗篷，攤到可以看見狐狸印記的長度。「就這一件？吉巴林被燒過的斗篷？」

「那裡只有這一件。」

「是嗎？」

「對。但我不禁懷疑你爲什麼要派我執行這項任務。要看我有多蠢嗎？如果找到兩件斗篷，你眞的認爲我會把兩件都交出來嗎？我有什麼理由在你這個隨興就能殺人的傢伙面前降低自己的價值。」

謀殺夏普臉上露出短暫的憂心表情。他眞的沒有想清楚。而問題是，下達命令的人有想清楚嗎？

「這是在測驗我有多聰明嗎？」她問。

那張隨時都在微笑的臉皺起了眉頭。「可能是。無論如何，做得好。妳幫我們帶來了一件微光斗篷，這已經比過去一百年間碎眼殺手會裡許多成員的貢獻都來得大了。就算是人家直接交到妳手上的也一樣。」

有一瞬間，提雅心跳停了。他知道是白法王幫忙。

接著她了解夏普大師的意思是他幫了很多忙，讓這個任務輕而易舉。

「外面風很大。」為了找點話說，提雅說道。

「我向來不喜歡高處。但話說回來，他們付錢就是為了這個，是吧？」他俐落地摺好偷來的斗篷。

「你會付錢給我？」提雅問。

「當然不會，妳要怎麼解釋錢從哪裡來的？但我確實收到了錢，所以該為此向妳道謝。兩件斗篷的話就更好了。」他又看了斗篷一眼。「可以的話，我會讓妳留下這件斗篷。」他說。「我猜這裡很快就會颳起腥風血雨。別被殺了。」

說完之後，他戴上自己斗篷的兜帽，手法熟練地把兜帽綁到遮住顏面，然後走出房間。

就剩下她和她的思緒獨處了。而她的思緒全部圍著基普轉。

她長長吐出一口氣。可惡，基普。就是。可惡。

你就一定要在謀殺夏普面前講那個嗎？在我不能回應的時候？

就算他不在場，我又會怎麼回應？

大概還是和剛剛一樣。

基普究竟有哪裡令她害怕了？訓練時，他是她的夥伴，相處很輕鬆。一切都很順暢自然，好像他們是左手和右手在攜手合作。他那種不言自明的信任感讓她在他身旁時能更加信任自己。他讓她覺得自己是個更好的人。

這有什麼可怕的？

而且她有什麼好驚訝的？那個不算擁抱的擁抱就是很明顯的提示了。她當時就該採取行動。如果只想當他的夥伴或朋友，她事後就該說些什麼。把話講清楚，不用搞得這麼尷尬。說清楚是種善意的殘酷。朋友不會那麼做。

不，她想要享受那點額外的注意，但她只想停在那裡打住。她不要他對她有所期待，只想要他愛慕自己。

聽起來是段很棒的關係。對我來說。

那為什麼想到提希絲・瑪拉苟斯就讓她心裡冒出一把惡毒的怒火？

似乎有點反應過度了，呃？

她知道他現在會在哪裡。他會跑去繼續把木屑打出重沙包。男孩子，一點都不複雜。

遲早有一天，她得告訴他班哈達發現基普想要打爆沙包後，就一直偷偷縫補鬆脫的縫線。班哈達的父親是裁縫，而班哈達是故意留下那條縫，並且特別強化那條縫隙的強度。

這個惡作劇讓所有小隊成員每次看到基普使勁擊打沙包的時候都會面露微笑。

看到一輩子都順心如意的蓋爾沮喪挫敗感覺很有趣。

突然間，這個惡作劇變成既卑劣又殘酷到難以想像的地步。

不，現在大概不是告訴他那件事的好時機。

她看向房門。應該現在就去找他，以免基普做出任何蠢事。

我爲什麼非當成熟的人不可？

妳認爲妳和基普之間，妳比較成熟？

歐霍蘭詛咒他，半小時前我差點從稜鏡法王塔外牆摔下去。我才不怕跟男孩講話。

她抓起門把。然後又放開。

好吧，我怕。這是截然不同的害怕。但我才不要因此卻步。

她吐了口氣。這樣可以提供勇氣。蠢男孩。

她推開房門，怒瞪所有路過的人，往升降梯走去。升降梯停在幾層樓下。培楊・納維德，克朗梅利亞或全世界最英俊的年輕人，走了進來。他看看她那張臭臉。他實在太英俊了，搞不好這是他這輩子第一次看到有女人對他擺臭臉。搞不好根本不曉得女人會擺臭臉。渾蛋。男人英俊到這種地步實在太不公平了。

他說：「我不——」

「別和我說話。」

「我只是——」

「不要。」

「好啦。」他說著面露微笑，露出完美的牙齒，襯托他的高大、黝黑、美貌。

提雅嗤之以鼻，朝他的臉揮手。「你這副英俊的外表？再說一個字，就會全部消失。」

有一瞬間，他似乎覺得很有趣。她的身高不到他的肩膀。她看起來必定像條對著他叫的小狗。接著他看見了她肩膀上以灰線繡在灰衣上的黑衛士官階，隨即瞪大雙眼。完美的臉蛋上突然閃過許多表情，接著他別過頭，怕了。

他在下一層樓離開升降梯。走到安全距離後，他轉身說道：「可以請問妳叫什麼名字嗎？」

她兩眼上翻，伸手去拉操縱桿。

他脫口而出：「妳想不想去——」

她已經下去了。

伴隨那件事情而來的自信，讓她有勇氣在抵達地下室時步出升降梯。但她立刻就停下來了。

喔，拜託，提雅。這太荒謬了！

她一步接著一步走到練習室的門口。再一次，她在門前停下腳步。移動！

她推開門。門重重撞上牆壁，力道比她預期要重多了。她步入訓練室，面露歉意——這和她原先想好的態度差很多。

然後她看見基普。他躺在地板上，沒有動靜，失去意識。

他做了什麼？

她衝過去。基普身邊有一圈牌——九王牌？重沙包躺在附近的地板上，扯爛了，到處都是木屑。基普雙眼睜開，但是目光沒有焦點。他沒有呼吸。

不不不！

他袒胸露背，皮膚冰涼，濕黏。她把他翻過身去，一時間，她心裡浮現希望。

他睜開的雙眼中有色彩在盤旋——基普體內，所有盧克辛法色都活力無窮。

但是基普沒有。

他的雙眼毫無反應，只是兩塊色彩翻飛的調色板，所有法色不斷旋轉，消失在永恆的排水孔中。

「基普！醒來！基普，回來！粉碎者！」

她搖晃他，但是毫無反應。

牌像水蛭般黏在他身上，固定住。她開始扯下他身上的牌。那些牌有毒。它們會害死他。每一張牌扯下來後，她都會看見一圈色彩如同墨滴落入水面般沉入他的皮膚。到底是怎麼回事？

撕下最後一張牌後，她屏息以待。但基普毫無動靜。如果有任何不同，大概就是如同翻騰雲彩般在他眼中起伏的法色開始消退了。

她握住他的雙手。她用力擠壓他的手掌。「不，基普，不。」

但他已經死了。

《馭光者3　破碎眼》中・完

駁光者3 破碎眼 中 / 布蘭特·威克斯（Brent Weeks）；
戚建邦 譯.——初版.——台北市：蓋亞文化，2020.06
冊；公分.——（Fever；FR071）
譯自：The Boken Eye

ISBN 978-986-319-481-1（中冊 ：平裝）.——

874.57 109003577

Fever FR071

馭光者〔3〕破碎眼 The Broken Eye 

作　　者　布蘭特・威克斯（Brent Weeks）
譯　　者　戚建邦
裝幀設計　克里斯
總 編 輯　沈育如
發 行 人　陳常智
出 版 社　蓋亞文化有限公司
地址：台北市 103 承德路二段 75 巷 35 號 1 樓
電話：02-2558-5438　傳真：02-2558-5439
電子信箱：gaea@gaeabooks.com.tw
投稿信箱：editor@gaeabooks.com.tw
郵撥帳號 19769541　戶名：蓋亞文化有限公司
法律顧問　宇達經貿法律事務所
總 經 銷　聯合發行股份有限公司
地址：新北市新店區寶橋路二三五巷六弄六號二樓
電話：02-2917-8022　傳真：02-2915-6275
港澳地區　一代匯集
地址：九龍旺角塘尾道 64 號龍駒企業大廈 10 樓 B&D 室
電話：+852-2783-8102　傳真：+852-2396-0050
初版一刷　2020年06月
定　　價　新台幣 350 元
Published and printed in Taiwan

ISBN／978-986-319-481-1